빛대들

빨대들

2013년 6월 24일 1판 1쇄 찍음
2013년 6월 28일 1판 1쇄 펴냄

지은이   김형주
펴낸이   손택수
편집   이호석, 하선정, 임아진
디자인   김현주
관리 · 영업   김태일, 이용희

펴낸곳   (주)실천문학
등록   10-1221호(1995.10.26.)
주소   우121-839, 서울시 마포구 서교동 478-3 동궁빌딩 501호
전화   322-2161~5
팩스   322-2166
홈페이지   www.silcheon.com

ⓒ 김형주, 2013

ISBN 978-89-392-0698-4 03810

이 도서의 국립중앙도서관 출판시도서목록(CIP)은
e-CIP홈페이지(http://www.nl.go.kr/ecip)와
국가자료공동목록시스템(http://www.nl.go.kr/
kolisnet)에서 이용하실 수 있습니다.
(CIP제어번호:CIP2013009772)

빨대들

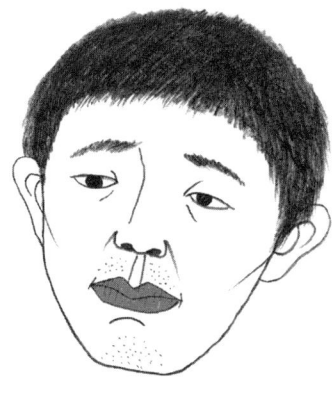

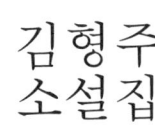

김형주
소설집

실천문학사

차례

밀리터리 게임

박스에 담긴 물품들을 다시 한 번 꼼꼼히 확인해본다. 자장 덮밥, 쇠고기 볶음밥, 마파두부. 정확히 일곱 개씩 모두 스물한 개가 들어있다. 박스를 닫고 포장용 테이프를 붙이려던 그는 잠시 선반을 올려다본다. 선반에는 박스에 담긴 물품들 이외에도 각종 전투식량이 종류별로 빽빽하게 진열되어 있다. 그는 그중에서 카레 덮밥 한 개를 빼서 박스에 쑤셔 넣는다. 카레 덮밥은 노인이 끔찍이도 싫어하는 제품이다. 동시에 노인이 난폭해지거나 게임이 재미없어질 때, 아주 요긴하게 쓰이는 유일한 물품이기도 하다.

노인을 세 번째 만나던 날, 그는 노인에게 골고루 먹여야겠다는 생각에 주문에도 없는 카레 덮밥을 가져갔었다. 하지만 노인은 자신 앞에 놓인 따끈따끈한 카레 덮밥을 쳐다보더니 진저리를 쳤다. 이게 뭔가? 왜 나에게 이런 걸 주는가? 전에는 놈들이 똥통에 머리를 처박더니만 이제는 아군이 내게 똥 묻은 밥을 먹으라고 하는

군. 카레를 똥이라고 착각하는 노인을 보면서 그는 아랫입술을 지그시 깨물었다. 아무리 참으려고 해도 비실비실 새어 나오는 웃음을 도저히 참을 수가 없었다. 그는 기침하는 척하면서 쿡, 웃음을 뱉어냈다. 그리고 짐짓 정색하면서 말했다. 나는 한 달 동안 당신을 감시하면서 확실히 우리 편인지 알아내라는 명령을 받았어요. 그렇지만 아직 나는 당신에 대한 확신이 없어요. 고분고분 협조하지 않으면 매일 이런 것만 먹게 될 겁니다.

협조? 뭘 말인가? 난 놈들의 첩자가 아니야. 지금까지 잘했지 않는가? 노인은 애절한 눈빛으로 그를 쳐다보더니 이내 고개를 숙이고 말했다. 사실 내가 실토하지 않은 것이 하나 있긴 해. 신분을 감추느라고 놈들에게는 가명을 썼거든. 지금은 본명일세. 확인해보면 알 거 아닌가? 그날 그는 노인과 함께 포로 교환 직후의 게임 공간에서 거의 반나절 동안이나 실감 나는 게임을 했다. 이름까지 숨기며 중공군의 포로였다가 북측으로 넘겨진 노인의 과거는 여자가 말해준 것보다 훨씬 비참했다. 노인은 일반적으로 알려진 국군포로들보다 더 혹독하고 잔인한 고문을 견뎌낸 사람이었다. 그는 게임을 통해서 여자가 모르는 노인의 과거를 캐내는 동안 게임 머니가 수북하게 쌓이는 기분이었다.

그가 지금까지 노인을 찾아간 횟수는 총 여섯 번이다. 일주일에 한 번씩 여섯 번을 갔으니까 여자와 계약한 한 달이 훨씬 넘은 셈이다. 여자에게서는 아직 아무런 소식이 없다. 여자의 집 대문에 게딱지처럼 붙어 있는 우체통에는 공과금 고지서들만 들어 있을 뿐, 편지 한 통 들어 있지 않다. 그렇다고 일방적으로 계약을 끝내기에는 노인과 너무 친해졌다. 아니 친해졌기보다는 노인과의 게임을 즐기게 되었다는 표현이 맞을 것이다. 노인과의 게임은 늘 실전을 방불케 한다. 가끔 너무 사실적이어서 섬뜩하게 느껴질 때도 있지만, 점점 더 강도를 높여야 스릴이 느껴지는 놀이기구처럼 은근히 재미있기까지 하다. 노인도 그와 게임을 할 때면 바짝 긴장하는 눈빛이 역력하다.

박스를 밀봉한 그는 진열대 오른쪽에 쌓여 있는 나이스바 중에서 땅콩 맛 두 개를 집어 든다. 오늘도 그는 노인이 전투식량을 먹는 동안 나이스바를 먹으면서 견딜 생각이다. 나이스바는 비상전투식량이면서도 간식처럼 간단하게 먹을 수 있는 에너지바의 일종이다. 중간거래상인 박을 통해서 몇 박스 구매한 나이스바는 이제 두 박스 정도가 남아 있다. 여간해서 제품 시식을 꺼리는 그였지만 각각 사과 맛, 코코아 맛, 딸기 맛, 땅콩 맛이 나는 나이스바는 입맛에 맞았다.

그는 나이스바 한 개를 바지 주머니에 집어넣고, 나머지 한 개의 포장지를 벗긴다. 대리석처럼 매끈하고 촉촉한 나이스바의 표면이 드러난다. 그는 나이스바의 허리 부분에 깊숙이 앞니를 박으면서 영문으로 된 제품 설명서를 다시 한 번 훑어본다. 영양가가 높지만 칼로리는 낮고, 트랜스 지방도 전혀 없다고 적혀 있다. 게다가 먹을 때 이에 눌러붙지 않으니 치아가 부식될 염려도 없고, 높은 온도에서도 잘 변형되지 않는다고 되어 있다. 설명서대로라면 나이스바는 휴대하기 편한 비상식량임에는 틀림없는 것 같다.

작년 이맘때쯤, 그는 박을 통해서 시카고에 있는 톰을 소개받았다. 톰은 나이스바를 제조하는 회사의 부사장과 친분 관계에 있었다. 그는 톰을 통해 이천 개 정도의 나이스바를 수입했다. 뜻밖에 인기가 좋았다. 다이어트 하는 여성들과 등산 마니아들에게 특히 잘 팔려나갔다. 재고가 없어서 그 후에도 삼천 개 정도를 사들였는데, 그마저도 이제 얼마 남지 않았을 정도다. 그는 다른 제품들보다 톡톡히 효자 노릇을 하는 나이스바에 욕심이 생겼다. 독점해서 판매할 수만 있다면 분명 굉장한 수익을 볼 수 있을 거란 기대감도 생겼다. 톰은 기획안을 잘 써서 본사에 제출하라고 했다. 자신의 입김으로 그다음 문제는 다 해결해준다고 약속까지 했다. 물론 톰과의 거래에서 그는 상당한 액수를 사례금으로 찔러 넣어야 했다. 그 돈은 아직 그가 갚아야 할 은행 빚으로 고스란히 남아 있지만, 독점계약만 성사된다면 쉽게 해결될 문제였다.

그는 나이스바를 입에 넣고 우물거리면서 책상 맨 아래 서랍에서 서류 한 장을 꺼낸다. 영문으로 된 기획안 사본이다. 아무리 봐도 기획안은 완벽한 문장의 나열이다. 서랍에서 꺼내 볼 때마다 복권이라도 당첨된 것처럼 마음이 뿌듯하다. 다만 기획안 내용 중에 약간의 거품이 들어 있는 것이 걸린다. 하지만 거래를 트기 위해서라면 그 정도의 뻥이야 애교라는 생각이 든다.

기획안에는 네 평 정도의 작은 매장이 전 직원 이십 명 정도인, 한국에서는 알아주는 전투식량 전문판매업체라고 되어 있다. 게다가 거미줄처럼 촘촘한 온라인과 오프라인 판매망은 연매출액 수십억 불을 올리고 있으며, 본사와 거래를 하게 되면 몇 배의 수익률을 올릴 수 있다고 적혀 있다. 어쩌면 기획안에 적힌 것보다 더 많은 수익률을 올리게 될지도 모른다. 기획안에는 매장에서 판매할 수 있는 물량이 일 년에 삼십만 개 이상이 될 거라고 적혀 있지만, 지금까지 주 고객이었던 다이어트 여성들과 등산 마니아 외에도 판매 대상은 얼마든지 널려 있다. 바쁜 시간에 쫓겨 아침을 거르는 직장인, 새벽에 등교해서 늦은 밤 귀가하는 고3 수험생들, 어디 그뿐인가. 집에서 밥해 먹기 귀찮아하는 독신들은 또 얼마나 많은가. 잘하면 대박 상품이 될 조짐이 보인다. 그는 기획안 사본을 조심스레 접어서 다시 책상 서랍에 넣는다.

문득 책상 위에 다소곳이 앉아 있는 쇼핑백이 눈에 띈다. 쇼핑백에는 그녀에게 선물하기 위해 따로 빼놓은 코코아 맛과 딸기 맛 나이스바가 가득 들어있다. 그동안 하나라도 더 팔려고 아껴왔지만, 본사와의 거래가 본격적으로 시작되면 물량은 넘칠 터였다. 사랑하는 그녀를 위해서라면 그까짓 몇 개쯤 안 판다고 문제가 될 것은 없다. 지금까지 그녀는 살을 빼겠다고 안 해본 짓이 없었다. 약물요법, 식이요법, 한방요법, 뇌파를 이용한 다이어트까지 그동안 동원한 방법들만 해도 열 가지가 넘었다. 그래도 그녀의 몸은 바람 빠진 풍선처럼 아주 잠깐 홀쭉해졌다가 다시 찐빵처럼 빵빵하게 부풀어 올랐다. 단 것을 워낙 좋아하는 그녀가 나이스바 선물에 어떤 반응을 보일지 생각하면 저절로 몸이 움찔거린다. 분명 그녀는 기분이 최상일 때의 습관대로 그의 손가락 하나하나를 막대사탕 빨듯이 쭉쭉 빨아대면서 좋아할 것이다. 생각만 해도 온몸이 짜릿하다.

계약만 성사되면 그녀와의 오랜 연애를 접고 작은 오피스텔이나 원룸 하나 얻어서 신혼살림을 차릴 생각이다. 호적상 가족이라는 이유로 툭하면 손을 내미는 새엄마와 이복동생에게서도 보란듯이 독립할 것이다. 어제만 해도 새엄마는 이복동생의 결혼자금을 책임지라고 전화상으로 거의 한 시간을 닦달했었다. 서른 살이 되도록 제대로 된 직장 생활은커녕 돈 한 푼 모아놓지 못한 이복동생의 결혼자금을 왜 자신이 대줘야 하는지 의문이었다. 나이스바가 대박 상품만 되어 준다면 거머리 같은 그들과는 완전히 남남으로 지낼 것이다.

그는 오토바이 뒷좌석에 박스를 단단히 고정하고, 벨 소리를 진동으로 설정한 휴대폰을 윗옷 속주머니에 숨긴다. 노인에게 들키면 또 게임을 망칠 수 있기 때문이다. 아직도 한국전쟁으로 착각하고 있는 노인은 작고 소리 나는 휴대폰을 신종 고문장비라고 믿는다. 노인에게 갈 때마다 휴대폰을 매장에 두고 간 것도 그래서였다. 그러나 오늘은 예외다. 톰의 말대로라면 오늘이나 내일 중 나이스바 본사로부터 긍정적인 답변이 올 것이다.

여자를 처음 만난 건 매장을 차리고 서너 달쯤 지나서였다. 그는 오전부터 밀리터리 용품 세트를 박스에 주섬주섬 담고 있었다.

전투 장면에 사용할 거라며 방송국에서 부탁한 것이었다. 군복, 모자, 계급장, 물통, 장갑 등이 차례로 박스에 담겼다. 방송국에 대여해주는 물품들이기 때문에 그는 소품까지도 빠짐없이 챙겨 넣기 위해 신경을 썼다.

매장을 찾는 고객들은 군대 시절의 추억을 생각해서 전투식량을 찾는 손님들이 대부분이었다. 하지만 미군들이 입는 야전 잠바나 우의, 양말, 방한복, 부츠 같은 물건을 좋아하는 마니아층도 꽤 있었다. 게다가 인터넷 포털에 링크해놓아서인지, 특별하게 지면 광고를 하지 않아도 밀리터리 용품에 관심 있는 손님들이 전화하거나 찾아왔다. 방송국도 그렇게 해서 알게 된 거래처였다.

팩스로 보내온 주문서와 물품을 하나씩 확인하던 그는 물통 하나가 빠진 것을 발견했다. 군복이 빼곡하게 걸린 행거를 헤치고 벽에 걸린 물통을 가지러 가려던 그는 깜짝 놀랐다. 언제 들어왔는지 초등학교 저학년 아이처럼 작고 마른 여자가 등을 돌린 채 매장 안을 둘러보고 있었다. 그가 헛기침하자 기척을 느낀 여자가 뒤를 돌아보았다. 긴 생머리를 하고 있어서 젊은 여자일 거로 생각했던 것과 달리, 여자의 얼굴은 몹시 지치고 늙어 보였다. 적어도 사십 대 후반은 되어 보였다.

제가 다른 일을 하느라고 손님이 오신 것을 몰랐습니다. 뭐 찾으시는 물건이라도 있으신가요? 그가 다가가자 여자는 놀랍다는 표정으로 그를 쳐다보았다. 진열된 물건들도 온통 군용품인데, 복장까지 군복이네요. 여기 유니폼인가요? 그는 매장을 시작하면서 밀리터리룩을 즐겨 입었다. 편하기도 했지만 매장의 콘셉트에 맞춘 나름대로 홍보 전략이기도 했다.

네, 잘 보셨습니다. 매장의 특성상 당연한 것 아니겠습니까? 그의 말에 여자는 출입구를 제외한 벽면 전체에 진열된 제품들을 하나하나 훑어보았다. 여기 있는 것들이 모두 군대에서 쓰는 것인가요? 예, 전부 그렇다고 봐야죠. 보시다시피 이렇게 군복도 있고, 물만 부으면 간편하게 먹을 수 있는 육개장, 카레 덮밥, 하이라이스, 김치 볶음밥, 쇠고기 볶음밥 같은 비상전투식량부터 건빵, 과일 통조림, 이온 음료까지 총망라되어 있습니다. 일단 매장을 찾아온 손님인 만큼 하나라도 팔아야 한다는 생각에 그는 열변을 토했다.

그런데 손으로 물건을 일일이 가리키며 설명하던 그는 여자의 시선이 허공을 향해 있는 것을 보았다. 괜한 짓을 했다 싶었다. 매장을 운영하면서 늘어난 거라곤 손님들 관상 보는 거였다. 척하면 물건을 살 사람인지 아닌지 알 수가 있었다. 여자는 물건을 살 사람 같지가 않았다. 그가 입을 다물고 있자 여자가 진열대 한쪽을 손끝으로 쓸어보며 물었다. 쉽게 먹을 수 있는 비상식량도 있나요? 물을 많이 부어서 끓이거나 하는 거 말고, 정말 비상시에 손쉽게 먹을 수 있는 그런 거요. 여자는 물품을 구매할 의사가 있다는 듯 제법 구체적인 질문을 던지고 있었다.

그는 얼른 여자의 발목 근처에 있는 진열대에서 미제 비상전투식량을 꺼냈다. 이건요, 극히 소량의 오줌만 있어도 돼요. 그야말로 비상시에 간편하게 조리할 수 있죠. 그는 물이 없을 때 사람의 오줌을 넣어서 발열이 가능한 전투식량을 늘어놓고 사용법을 일러주었다. 우선 내용물이 든 봉지를 꺼내고 다른 봉지에 오줌을 오분의 일 정도만 붓는 겁니다. 그리고 거기에 내용물이 든 봉지를 넣으면 즉시 발열이 시작되죠. 정확히 오 분만 기다리면 따끈따끈하게 데워진 즉석 음식을 맛볼 수 있습니다. 그 인간들, 정말 대단하지 않아요? 정말 전쟁의 귀재답다니까요. 이라크에서 전쟁하면서도 오줌으로 데워진 카레를 먹을까요? 하긴 물 한 방울 구할 수 없는 고립된 곳에서라면 요긴하게 쓰일 것 같긴 합니다만……. 다소 흥분한 듯한 그의 목소리를 끊으며 여자가 불쑥 물었다. 먹어봤어요?

사실 그는 군용 버전을 별로 좋아하지 않았다. 가끔 있는 신상품 시식조차도 진저리를 쳤다. 제품 상자에 아무리 먹음직스런 광고사진이 유혹해도 도저히 당기지가 않았다. 무엇보다도 신선한 재료로 막 요리했을 때 느껴지는 생생한 식감이 전투식량에서는 느껴지지 않았다. 도대체 그런 걸 먹고 제대로 힘이나 낼 수 있을지 의문이었다. 그는 얼버무리면서 말했다. 예, 뭐……. 몇 번……. 먹을 만합니다. 간편해서인지 자취생이나 등산객 들이 많이 찾습니다. 어떤 자취생은 지금까지 이 년째 전투식량만 먹는다고 하던데요? 밥하기는 귀찮고, 그렇다고 굶자니 체력이 바닥날 게 뻔하고, 게다가 매일 밖에서 사 먹을 수도 없는 노릇 아니겠어요? 좋게 말해서 마니아지 거의 중독 수준이죠 뭐. 그의 말에 여자는 알겠다는 듯이 고개를 끄덕였다.

　그날 여자가 사간 것은 이것저것 집어 들었던 전투식량이 아닌 방한용 깔깔이와 군복 하의였다. 여자는 그 후에도 가끔 매장에 들러 이런저런 밀리터리 용품과 건빵, 음료수 등을 사갔다. 그동안 여자에 대해 알게 된 정보에 의하면 여자는 독신이며, 늙은 아버지와 함께 살고 있었다. 특이한 사항이라면 여자의 아버지가 밀리터리 마니아라는 것. 순전히 그의 짐작이긴 했지만 그동안 여자가 매장에서 구매한 물품들만 보더라도 여자의 아버지는 거의 애호가 수준임이 분명했다.

　그가 처음으로 노인을 찾아가던 날은 유난히 더운 날이었다. 여자가 사는 집은 주택가와는 좀 떨어진 곳에 있었다. 그는 여자가 알려준 대로 깨진 블록 담 사이에 얌전히 놓여있는 열쇠를 찾아서 집 안으로 들어갔다. 밖에서 보기보다 꽤 넓은 집이었다. 널찍한 앞마당에는 뽑지 못한 풀들이 한 뼘씩 자라 있었고, 두 그루의 향나무가 산발한 가지를 하늘 높이 치켜들고 있었다. 그는 거실 바닥에 박스를 내려놓고 어딘가 있을 노인을 찾아 나섰다.

　그가 앞마당을 천천히 살펴보고 집 뒤로 돌아갔을 때, 뒷마당에 있는 살구나무에는 노랗게 익은 살구가 한창이었다. 얼마나 살구가 다닥다닥 열렸던지 마치 가지마다 거대한 알집들이 붙어 있는 것처럼 보였다. 그는 땅에 떨어진 살구 하나를 집었다가 얼른 내려놓았다. 겉은 멀쩡하게 잘 익은 살구의 뒷면은 곪아 터진 종기처럼 뭉그러져 있었고, 새까만 개미들이 씨까지 파고들어서 단물을 빨고 있었다. 그는 끈적거리는 손가락을 옷자락에 문질러 닦고 는 주위를 두리번거렸다.

그때였다. 그가 서 있는 곳에서 불과 칠십 센티미터쯤 떨어진 땅의 지면이 움직이는가 싶더니, 한 노인이 불쑥 튀어나왔다. 노인은 철모만 안 썼다 뿐이지 완전한 군인 복장을 하고 있었다. 살아 있는 화석이라도 보듯 두 눈을 동그랗게 뜨고 있는 그의 앞으로 키가 껑충하게 큰 노인이 휘적휘적 걸어왔다. 그는 엉겁결에 뒷걸음질을 쳤다. 노인은 영화에서 본 좀비나 미라처럼 괴기스럽고 앙상했다. 그는 노인이 팔을 뻗어 어깨에 얹으려는 순간, 그대로 뒤돌아서서 여자의 집을 뛰쳐나왔다.

매장에 돌아와서도 벌렁대는 가슴은 진정되지 않았다. 마치 공포영화 속으로 들어갔다가 나온 기분이었다. 그는 고민스러웠다. 여자와의 계약을 지키려면 몇 번은 더 가야 하는데 그동안 노인을 만난다는 것이 도저히 내키지 않았다. 그는 은근히 화가 치밀었다. 이건 명백한 계약 위반이었다. 그가 더는 계약을 지키지 않아도 할 말은 있었다. 땅굴에 사는 노인에 대해서 자세히 알려주지 않은 것은 여자였다. 따라서 책임은 분명히 여자 쪽에 있었다.

그런데 일주일이 지나고 이 주일째로 접어들자 슬슬 노인의 상태가 궁금해졌다. 결국, 고객들에게 택배로 보낼 물품들을 일찌감치 처리한 그는 거래명세표에 적힌 여자의 구매물품을 싸들고 노인을 찾아갔다. 거실 입구에 있는 물품 박스는 밀봉한 그대로였다. 그동안 노인이 집 안으로는 한 걸음도 하지 않는 것이 분명했다. 그는 심장이 덜컥 내려앉았다. 일주일 동안 노인이 아무것도 먹지 않았다면 뒷마당에서 노인의 시체와 마주칠 것이 뻔했다.

그는 뒷마당으로 가서 노인이 있을 것으로 짐작되는 땅굴 입구를 발로 툭툭 건드렸다. 아무런 반응이 없었다. 다시 한 번 인기척을 냈다. 그래도 여전히 반응이 없었다. 그는 숨을 크게 들이쉬고는 땅굴을 덮은 위장덮개를 들어 올렸다. 순간, 누군가가 그의 목을 뒤에서 휘감으면서 말했다. 두더지! 노인이었다. 목에 감고 있는 팔을 풀려고 할수록 노인은 먹이를 포획한 뱀처럼 더욱더 팔에 힘을 주었다. 암구호를 대라. 암구호라니? 여자는 암구호 따위는 가르쳐주지도 않았었다. 게다가 두더지라니, 두더지에 맞는 암구호가 뭐란 말인가. 그가 잠깐 망설이는 동안, 노인이 또다시 팔에 힘을 주면서 '두더지'를 외쳤다. 당황한 그는 할 수 없이 두 손을 번쩍 쳐들었다. 항복!

전쟁 영화에 자주 나오는 장면을 연출하면서 그는 속으로 잠깐 웃음이 나왔다. 긴박한 상황이긴 했지만, 상대는 아무리 기습적으로 공격했다 하더라도 노인이었다. 얼마든지 도망갈 길은 있을 터였다. 그런데 항복이란 말을 들은 노인이 뜻밖에 팔을 풀었다. 그는 엉겁결에 주머니에 있던 나이스바 하나를 내밀었다. 뭐야, 협상하자는 건가? 노인이 들고 있던 각목을 저만치 내던지며 다가왔다. 노인의 입가에는 누런 살구 속살이 지저분하게 묻어 있었다. 아마도 떨어진 살구를 주워 먹으며 허기를 달랬던 모양이었다.

그는 노인 앞에서 나이스바의 포장지를 벗기고 먹는 시늉을 해

보였다. 그러자 노인이 하나뿐인 앞니로 어렵사리 한입 베어 물며 생각났다는 듯이 물었다. 누가 보냈나? 그는 순간적으로 대답했다. 아, 아군이요……. 아군이 보냈어요. 그렇군. 무슨 용건인가? 새로운 식량을 지급하라는 명령을 받았어요. 그래? 그럼 식량은 어디 있나? 노인이 그를 빤히 쳐다보며 물었다. 겉모습과 달리 노인의 두 눈은 놀라울 만큼 맑고 형형했다.

그는 앞장서서 현관으로 들어갔다. 노인은 밖에서 그가 나올 때까지 기다리고 있었다. 그는 물품 박스를 들고 뒷마당에 있는 노인의 땅굴 근처에 내려놓았다. 노인이 기다렸다는 듯이 박스에 달려들었다. 이것저것 꺼내서 바닥에 던지던 노인은 자장 덮밥 사진이 먹음직스럽게 찍혀 있는 봉지를 들고 아무렇게나 뜯기 시작했다. 그렇게 하면 안 돼요. 그가 봉지로 손을 가져가려고 하자 노인이 몸을 홱 틀었다. 단순한 아이의 몸짓이었다. 아니, 먹는 방법을 가르쳐드릴게요. 정인경 씨께서 그렇게 하라고 시켰거든요. 혼자서도 드실 수 있게 알려주라고요. 여자는 노인이 반항하거나 힘들게 하면 자신의 이름을 대라고 했었다. 그러면 꼼짝 못할 거라고 했다. 여자의 말처럼 노인은 '정인경'이란 말에 화들짝 놀라며 봉지를 내밀었다.

그는 박스에 있던 전투식량들을 모두 꺼내서 바닥에 늘어놓았다. 그를 바라보는 노인의 눈빛이 호기심으로 가득했다. 그는 익숙하게 개별 포장된 전투식량 한 개를 들고 포장을 뜯었다. 고리가 있는 끈 두 개가 발열팩에 달린 것이었다. 스푼과 종이팩을 빼내고 손가락에 힘을 주어서 끈을 하나씩 잡아당기자 물이 펄펄 끓는 냄비뚜껑을 열어젖힐 때처럼, 강력한 수증기가 뿌옇게 피어올랐다. 재빨리 얼굴을 옆으로 돌렸지만 뜨거운 김이 턱 끝을 후끈 스치고 지나갔다. 그 광경을 지켜보던 노인의 동공이 크게 벌어지는가 싶더니, 그 자리에 잽싸게 엎드렸다. 그는 베어진 나무토막처럼 꼼짝도 하지 않는 노인의 옆구리를 손가락으로 꾹꾹 찔렀다. 거북이가 딱딱한 몸통에 숨겨진 대가리를 내밀듯 노인이 조심스럽게 머리통을 처들었다. 자장과 밥은 아주 잘 데워졌다. 섞어서 비비자 제법 구수한 냄새가 식욕을 자극했다. 더구나 제법 큰 고깃덩어리까지 보이는 것이 제대로 된 음식처럼 보였다. 킁킁거리며 냄새를 맡던 노인은 그가 건네준 자장 덮밥을 무릎에 올려놓고 게걸스럽게 퍼먹기 시작했다.

오늘도 노인은 그가 가져온 박스를 낚아채더니 서둘러 내용물을 꺼낸다. 자장 덮밥, 쇠고기 볶음밥, 마파두부가 차례로 땅바닥에 쌓인다. 문득 노인이 손을 멈추고 저만치 물러앉는다. 카레 덮밥을 발견한 것이다. 왜 이걸 또 가져왔나? 아직도 나를 못 믿는 건가? 그를 쳐다보는 노인의 눈빛이 쓸쓸해 보인다. 아무래도 오늘은 노인에게 위압적인 게임을 강요하지 못할 것 같다. 그는 카레 덮밥을 살구나무 아래로 힘껏 던져버린다.

노인의 손이 제일 먼저 가는 것은 역시 자장 덮밥이다. 여자가 주문한 대로 물건을 골고루 담아 와도 노인은 늘 그것에 먼저 손을 내민다. 그는 멀찌감치 쪼그리고 앉아서 노인의 행동을 지켜본다. 몇 번 시행착오를 겪더니 이제는 조리법을 일일이 가르쳐주지 않아도 제법 잘한다. 발열팩에 달린 끈을 억지로 끊어버린다거나 발열팩 자체를 뜯어서 못쓰게 하는 일은 없다. 이번에도 성공이다. 노인은 흡족한 듯이 해죽거리며 김이 모락모락 피어오르는 자장과 밥을 섞어서 비비고 있다.

여자는 캐나다에 있는 오빠를 찾아간다고 했다. 노인을 맡고 있다는 이유로 한 달에 얼마씩 보내주는 돈이 벌써 몇 달째 끊겼다는 것이었다. 오빠는 노인을 맡겨놓고 한 번도 오지 않았다고 했다. 심지어 전화 안부 한 번 묻지 않았다고 했다. 어떻게 그럴 수 있느냐는 말에 여자는 당연하다는 듯이 대답했다. 가족에게는 단한 번도 도움이 되지 못했던 아버지니까요. 아버지는 전쟁 때 국군 포로였어요. 함경도에 있었을 때 고문을 많이 당했대요. 그 후유증 때문인지 제대하고 나서 몇 년 동안 멀쩡했던 아버지는 어느 날부터 정신을 놓았어요. 그러다 보니 우리 가족은 좀 비참하게 살았어요. 아니 너무 참혹하게 살았죠. 난 너무 어려서 잘 몰랐는데 오빠가 그러데요. 한번은 오빠가 몸에 고름이 잡히고 열이 나는 병에 걸렸는데, 병원에 갈 돈이 없었대요. 그래서 다리가 붓도록 행상을 하고 온 엄마가 밤새 잠도 못 자고 오빠의 몸에서 고름을 빨아냈다고 해요. 입으로 말예요. 고열에 시달리며 끙끙 앓던 오빠는 엄마가 밤새 대야에 피고름을 빨아 뱉어내면 그제야 편하게 잠이 들었다고 했어요. 그런 오빠는 엄마가 돌아가시자마자 캐나다로 떠났죠. 도저히 아버지를 인정할 수 없다면서요. 그러면서도 매달 송금은 잊지 않고 해줬었는데 어떻게 된 일인지 모르겠어요. 아무래도 직접 가서 알아봐야 할 것 같아요.

여자는 웃돈까지 얹어주면서 직접 배달해달라고 신신당부했다. 퀵서비스나 택배는 절대 안 된다는 거였다. 게다가 반드시 노인을 만나서 전해줘야 한다고 강조했다. 이건 계약이에요. 일주일에 한 번씩은 꼭 배달해주세요. 꼭이요. 여자는 '꼭'이라고 말할 때 이마로 도장을 찍듯이 세게 끄덕였다. 노인을 부탁하는 여자의 얼굴에는 알 수 없는 초조함이 가득했다. 그건 단순하게 생활비가 떨어진 불안감에서 오는 것은 아닌 것 같았다. 그는 어쩌면 여자가 영원히 돌아오지 않을 수도 있을 거란 느낌이 들었다. 그건 배달오던 첫날 규격 맞춰 접은 와이셔츠처럼 너무도 말끔하게 잘 정리된 집 안에 들어섰을 때 본능처럼 감지되었다. 돌아올 생각이 있었다면 냉장고의 코드라도 꽂혀 있다거나, 입었던 옷 한 벌쯤은 옷걸이에 목을 빼고 걸려 있어야 했다. 그래야 집도 돌아올 주인을 기억하고, 하다못해 부유하는 먼지에서도 뭉클한 그리움이 느껴지는 법이었다. 그러나 집 안에는 냉정할 정도로 아무 느낌도 냄새도 없었다. 냉장고는 물론, 모든 전자제품의 코드가 완벽하게 본체와 분리된 것을 보면서 다분히 계획적이라는 생각이 들었다. 그래서인지 얼마 전부터는 여자가 교묘하게 자신을 이용했을 수도 있을 거란 의심까지 들기 시작했다.

노인이 입은 군복은 그새 많이 더러워져 있다. 게다가 군화는 앞 코가 메기 주둥이처럼 눈에 띄게 벌어져 있다. 정신없이 음식을 먹던 노인이 문득 그를 쳐다보더니 슬그머니 먹던 숟가락을 내민다. 얼마나 쪽쪽 빨아 먹었는지 물에 씻은 것처럼 깨끗하다. 친근감을 느낀 사람에게 자기가 먹던 과자를 내미는 아이처럼 노인의 표정이 정말 천진난만하다. 그는 베어 물던 나이스바를 주머니에 집어넣고서, 낯선 종족이 베푸는 친절의식을 받아들이는 기분으로 마지못해 숟가락을 건네받는다. 식어서 기름이 엉긴 음식은 꼭 돼지죽 같다. 그는 잠깐 주저하다가 한 숟가락 푹 퍼서 입안에 넣는다. 천천히 씹어 삼키자 의외로 고소한 맛이 입 안 가득 퍼진다. 그의 입가에 꺼멓게 묻은 자장을 보며 노인이 히죽히죽 웃는다. 드문드문 이가 빠진 노인의 입속이 컴컴하면서도 아늑한 동굴 같다. 갑자기 자신도 모르는 사이에 동굴 속 미로에 갇힌 것 같아서 정신이 번쩍 든다.

노인이 음식을 입에 넣고 우물거릴 때마다 이마 정중앙에 있는 일곱 개의 작은 홈이 미세하게 움찔거린다. 아버지는 자신이 특별한 존재라고 말해왔어요. 자신을 지켜왔던 것이 이마에 있는 북두칠성이라고 굳게 믿고 있죠. 내가 보기에는 그저 작게 파인 마마자국이나 여드름 흉터 같은데, 아버지는 신성한 사람에게만 그런 표식이 있다고 우겨대고 있어요. 여자의 말대로 노인의 이마에 있는 홈은 자세히 보지 않으면 눈에 띄지 않을 정도다.

그가 노인의 이마를 쳐다보자 노인은 비밀이라도 얘기하듯 목소리를 낮춘다. 이거 보이나? 사실 이거 때문에 내가 이렇게 된 거야. 놈들은 내가 앞장을 서야만 이긴다고 했어. 내가 여기 있는 줄 알면 놈들이 다시 날 잡으러 올 거야. 난 큰일을 할 사람이야. 놈들도 그걸 알아본 거지. 난 조국을 통일시켜야 해. 그래서 때가 올 때까지 이렇게 기다리는 거야. 일단 이마를 가려야겠어. 노인은 갈퀴처럼 앙상한 손으로 앞머리를 내려서 이마를 덮는다. 그리고는 궁금하다는 듯이 묻는다. 그런데 나이스에서는 연락이 왔나? 언제쯤이면 지원군이 올 것 같은가?

　게임의 시작이다. 예상했던 질문에 그는 선뜻 대답한다. 아마 오늘내일 연락이 올 겁니다. 나이스 측에서 긍정적인 검토를 한다고 했으니까 기다려 봐야죠. 멀리 있는 부대니까 소식이 올 때까지 조금 걸릴 겁니다. 그렇군. 그러면 이곳에서 탈출할 날도 얼마 남지 않았다는 말이군. 예, 그렇습니다. 나이스 측에서 지원군만 보내면 모든 게 해결될 겁니다. 표정이 밝아진 노인이 눈을 지그시 감으며 말한다. 희망이 보이는군.

　노인과의 게임은 늘 이런 식이다. 물론 엄밀히 말해서 게임이라기보다는 노인과의 언어유희 정도라고 해야 옳다. 하지만 그와 노인 사이에는 암묵적인 규칙이 있다. 상황은 전시라는 것, 둘의 대화는 민간인의 대화가 아닌 군대용어라는 것이 그것이다. 그는 노인과 게임을 할 때마다 긴장한다. 철저하게 동화되지 않으면 실패할 확률이 높기 때문이다. 노인은 그의 머릿속을 꿰뚫어 보기라도 하는 것처럼 정확하고 논리 있는 답변을 원한다. 조금이라도 의심스러우면 곧장 방어 자세를 취한다. 그래서 최근에 생각해낸 것이 나이스바 본사와 자신의 설정이었다. 그의 희망이 될 나이스 본사는 노인에게도 희망의 대상이었다. 그의 대답이 만족스러웠는지 노인의 표정이 편안해진다.

매장 문을 열자마자 전화벨이 울린다. 그는 허겁지겁 달려가서 전화를 받는다. 몇 번 전화했는데 안 받고, 어떻게 된 거야? 휴대폰은 고장 났나? 동종업을 하는 사람의 전화다. 그는 수화기를 들지 않은 손으로 윗옷 속주머니에 넣어두었던 휴대폰을 꺼내본다. 부재중 전화가 서너 통 넘게 와 있다. 발신인을 확인하기도 전에 수화기에서 다급한 목소리가 흘러나온다. 당신도 혹시 당했어? 나이스바 총판권 따준다고 접근한 사람이 한둘이 아닌 모양이던데……. 지금 박만 믿고 투자한 사람들이 난리가 났어. 어쨌건 피해자들끼리 만나서……. 그의 손에 힘이 빠지면서 들고 있던 수화기가 자꾸만 귀밑으로 미끄러진다. 그때마다 수화기에서 흘러나오는 목소리가 잠깐 잠깐 먹통이 된다.

박의 조언을 받아 사업을 시작한 이래 그는 박에게 인간적으로 베풀 수 있는 것은 거의 베풀었다. 또래들보다 일찍 결혼해서 초등학교에 다니는 딸을 둔 박에게 그는 계절이 바뀔 때마다 딸의 옷을 선물했다. 박의 장모가 죽었을 때는 시골 장지까지 가서 장례절차를 도와준 적도 있었다. 그날은 온종일 비가 오락가락하는 궂은 날이었고, 장례식에 참석한 박의 친구라고는 오직 그밖에 없었다. 그래서인지 박도 틈만 나면 그때 일을 떠올리면서 베스트

프렌드라고 그를 추켜세웠다. 박이 이렇게 뒤통수를 칠 줄은 몰랐다. 결국, 박에게 준 돈이긴 하지만, 톰에게 주기 위해 은행에서 빌린 돈이 문제다. 초조해진 그는 양손을 비비다가 바지 주머니에 찔러 넣는다. 주머니 한쪽에서 노인과 함께 있을 때 먹다 넣어둔 나이스바가 손끝에 잡힌다. 그는 토막 난 나이스바를 입 안 가득 밀어 넣고 질겅질겅 씹는다. 비릿한 땅콩 맛이 입 안에 가득 찬다.

입 안의 나이스바가 까끌까끌한 땅콩분말을 남기고 녹을 무렵, 휴대폰이 부르르 떨린다. 새엄마다. 그가 받지 않자, 잠시 끊겼던 휴대폰이 다시 맹렬하게 몸을 떤다. 그는 이맛살을 찌푸리며 휴대폰 폴더를 연다. 왜 전화를 안 받니? 짜증이 잔뜩 묻은 목소리다. 아무런 대꾸도 없이 그가 폴더를 닫으려고 하자 새엄마의 쨍쨍한 목소리가 귓전에 울린다. 네 동생 결혼 잘했다는 소리 들으려면 네가 잘해야 해. 내가 네 아빠 죽고 나서 널 어떻게 길렀는지 아니? 두말하면 잔소리가 될 것 같아서 그만둔다. 어쨌거나 이것저것 준비할 게 많더라. 알아서 해라. 그는 휴대폰에 입을 바짝 들이대고 소리를 지른다. 제발, 그만들 좀 해요. 지긋지긋하다고요.

머리가 띵해지면서 극심한 피로감이 몰려온다. 그는 비척거리면서 칸막이 방으로 향한다. 박스를 쌓아 올려 만든 어두침침한 칸막이 방은 혼자서 침낭 하나만 놓고 얌전하게 자야 할 만큼 비좁지만, 그에게는 유일한 휴식처이다. 이 방에서 한숨 자고 일어났을 때 모든 게 달라져 있다면 얼마나 좋을까. 문득 노인이 부러워진다. 전쟁이 끝나고 정권이 몇 번 바뀌었는지도 모르는 노인처럼 아무것도 기억하고 싶지 않다. 그는 방바닥에 누워 눈을 꼭 감는다. 하지만 눈을 감자마자 머릿속이 더 혼란스러워진다. 한참 뒤척거리던 그는 자리에서 벌떡 일어나 매장으로 걸어간다. 그리고는 커다란 빈 박스를 바닥 한가운데 놓고 손에 닿는 대로 전투식량들을 쓸어 담는다. 자장 덮밥, 카레 덮밥, 소고기 볶음밥, 마파두부, 건빵, 각종 음료수가 박스 안에서 마구 뒤섞인다.

박스를 안고 밖으로 나온 그는 불 꺼진 매장을 돌아본다. 앞 상점에서 흘러나오는 불빛 때문에 옷걸이에 걸린 밀리터리룩과 벽에 걸린 모자들, 차곡차곡 쌓아올린 박스들이 희미한 형체를 드러낸다. 오랜 여행에서 돌아와 마주친 집 안의 가구들처럼 너무도 생경하고 낯설어 보인다. 그는 담담한 표정으로 매장의 셔터를 내린다.

어둠에 가려진 여자의 집은 낮에 볼 때보다 더 을씨년스럽게 보인다. 그가 박스를 한쪽 어깨에 얹고 나타나자, 해 질 녘의 방문이 의외라는 듯 노인의 눈이 휘둥그레진다. 게다가 오늘은 벌써 두 번째 방문이다. 뭔가 심상찮은 기류를 느꼈는지 노인이 묻는다. 계획이 바뀌었나? 갑자기 다리가 풀린 그가 땅바닥에 털썩 주저앉는다. 다시 노인이 다그친다. 왜 그러나? 적이 알았나? 그는 간신히 입을 연다. 나이스에서 지원군을 보내지 않겠답니다. 왜? 나이스가 우리를 도와줄 부대라고 하지 않았나? 멀리 있지만 꼭 도와줄 거라고 했잖은가. 다른 곳에 이미 보냈답니다. 여기는 자체적으로, 자체적으로 해결하라고……

울먹이는 듯한 그의 목소리에 노인이 불안하게 눈동자를 굴리더니 마침내 그의 손을 잡아끈다. 그렇다면 경계를 강화해야겠군. 그는 순순히 노인을 따라간다. 나뭇잎을 잔뜩 가려 위장한 노인의 아지트가 달빛에 환하게 입구를 드러낸다. 땅굴 안은 의외로 넓다. 노인이 혼자 숨어 지내기에는 제법 넉넉한 공간이다.

그가 멀뚱히 서 있자, 노인이 땅굴 벽에 세워둔 커다란 각목 두 개를 집어 들더니 그중 한 개를 그에게 내민다. 그리고는 땅굴에서 머리만 밖으로 내밀고 총을 밖으로 겨누는 시늉을 한다. 그가 머뭇거리자 노인이 따라 하라는 눈짓을 한다. 그는 노인의 곁에서 각목을 치켜들고 자세를 취한다. 갑자기 진짜 적군이라도 기다리는 듯 묘한 긴장감이 그를 사로잡는다. 바로 그때, 골목 끝에서부터 작고 마른 여자가 집을 향해 자박자박 걸어온다. 여자의 등 뒤로 가로등 불빛이 희미하게 달라붙는다. 이제 막 새로운 게임이 시작되는 중이다.

환대들

차라리 죽어버려. 아니면 눈앞에서 당장 꺼지던가. 숙주가 내 등짝을 후려쳤다. 숙주의 거칠고 두툼한 손바닥이 등에서 떨어져 나가는 순간, 쭈그려 앉은 몸이 앞으로 쏠리면서 입에 물고 있던 담배꽁초가 거실 바닥으로 튕겨져나갔다. 동시에 품에 안고 있던 고양이도 잽싸게 빠져나갔다. 간신히 중심을 잡고 담배를 향해 손을 내밀자, 숙주가 발끝으로 담배꽁초를 냅다 걷어찼다. 담배꽁초는 열린 현관문을 향해 마하의 속도로 날아갔다.

이제부터 담배도 피우지 마! 빨대 주제에 꼴값 떨고 있어. 게다가 그놈의 고양이는 또 뭐야? 먹이값도 못 대면서 가지가지 하고 있어. 오늘 중으로 당장 내보내. 그러지 않으면 둘 다 쫓겨날 줄 알아. 숙주가 화를 내면서 대문이 부서져라 열고 나갔다. 나는 담배꽁초가 다이빙한 해피의 빨간색 플라스틱 밥그릇을 멀거니 쳐다보다가 킥킥거리는 웃음소리에 작은방 쪽으로 고개를 돌렸다.

이모가 방문을 열고 고소하다는 듯이 쳐다봤다. 내가 눈을 부라리자 이모는 재빨리 방문을 닫았다. 팔십 넘은 노인네치고는 행동이 너무 잽싸다.

숙주의 폭력은 한두 번 있는 일도 아니다. 다만 삼분의 일이나 남은 담배꽁초가 아까울 뿐이다. 숙주에게 얻어맞은 등짝보다 가슴이 더 쓰리고 아픈 것도 바로 그 때문이다. 사실 담배가 없었다면 나는 긴 빨대 생활에 진작 종지부를 찍었을 거다. 그만큼 담배는 숙주의 눈총으로부터 끈질기게 견뎌낼 수 있는 인내심을 가르쳐주었고, 심사가 뒤틀릴 때마다 마음에 평온을 주었으며, 앞으로 도래할 미래에 대한 자신감마저 심어주었다. 그런 의미에서 담배는 균열된 내 영혼의 세포막 사이사이에 연고처럼 스머드는 초강력 치료제임이 분명하다.

나는 누렇게 변색된 오른손 검지와 중지를 보면서 생각해 보았다. 만약 이 세상에 담배가 없었더라면 지금의 내가 존재할 수 있었을까? 그렇게 생각하자 애정 어린 내 손끝을 벗어나 개 밥그릇으로 다이빙한 삼분의 일 가량의 담배꽁초에 대한 미련이 강렬히 되살아났다. 나는 주춤주춤 해피의 밥그릇으로 다가갔다. 주둥이를 앞발에 얹고 길게 엎드려 있던 해피가 엉덩이를 치켜들며 으르렁거렸다. 고개를 빼고 밥그릇을 들여다보니 이미 담배꽁초는 물기가 스며들어 축축하다 못해 퉁퉁 불어있다. 정말 제대로 되는 일이 없다. 할 수 없이 비장한 마음으로 주머니에 있던 담뱃갑에서 딱 한 개비 남은 담배를 꺼냈다.

그건 그렇고, 예상대로 오늘의 상황도 이로써 종결이다. 단 오분도 안 되는 잠깐의 인내 덕분에 남은 시간이 내내 평화로울 것이다. 앞으로도 오늘처럼만 하면 된다. 숙주가 때리면 맞아주고, 화를 내면 죽은 듯이 입만 다물고 있으면 된다. 나는 짐짓 회심의 미소를 지으며 대문을 쳐다봤다. 숙주가 너무 세게 열고 나간 덕분에 아귀가 맞지 않는 철 대문이 뒤늦게 닫히면서 삐거덕 비명을 질렀다.

　숙주는 십 년 넘게 함께 산 내 아내의 별명이다. 키 170센티미터에 몸무게 45킬로그램인 나에 비해 숙주는 키 150센티미터에 몸무게 80킬로그램이 넘는 지극히 넉넉하고 안정적인 몸을 가지고 있다. 내가 숙주를 좋아하게 된 것은 순전히 그녀의 푸짐한 살집 때문이었다. 대대로 말라깽이들만 있는 집안에서 자란 내게 숙주 같은 여자는 그야말로 로망이었다. 나는 죽기 전에 단 한 번만이라도 뚱뚱한 여자들의 품에서 침몰해보는 것이 소원이었다. 사춘기를 넘기자마자 나는 뚱뚱한 여자들만 보면 거의 저돌적으로 달려들었다. 친구와 유원지에 놀러 갔다가 오리배 대여점에서 처음 본 숙주를 보고 대뜸 결혼하자고 덤벼든 것도 나였다. 그때 숙주는 코끼리 다리처럼 굵은 다리로 선착장에 서서 숙련된 솜씨로 오리배를 잡아주고 있었다. 덕분에 사람들은 뒤뚱거리지 않고 균형감을 유지하면서 오리배에 올라탔다. 그런 숙주의 모습은 정말 매혹적이었다. 나는 사람들이 숙주의 팔뚝 힘을 믿고 오리배에 탑승하는 광경을 황홀한 눈으로 쳐다보았다.

일곱 살 연상의 숙주와 결혼식을 올릴 때까지만 해도 내가 빨대가 될 줄은 몰랐다. 나는 잘나가는 회사에 취직해서 열심히 일하고, 퇴근한 후에는 솜사탕처럼 부드럽고 푸짐한 숙주의 뱃살에 파묻혀 하루를 행복하게 마감하고 싶었다. 하지만 숙주와 결혼해서 신혼여행을 간 바로 그날 밤, 신기하게도 그런 바람이 요원해질 거라는 예감이 들었다. 나는 더블침대에 거의 삼분의 이를 차지하고 누운 숙주의 알몸을 보면서 이상한 포만감을 느꼈다. 그날은 새벽부터 결혼식 준비로 바빠서 식사다운 식사를 한 끼도 하지 못한 날이었다. 그럼에도 전혀 허기가 느껴지지 않았다. 나는 숙주와 함께 산다면 평생 허기 때문에 고생할 일은 없을 것 같았다. 그리고 그런 생각은 적중했다. 적어도 숙주의 영역을 벗어나지 않는 한, 허기를 느낀 적은 단 한 번도 없었다.

그러던 어느 날이었다. 그날은 일요일이었다. 나는 평소처럼 이모와 함께 이른 저녁밥을 먹고서 벽에 기대앉아 텔레비전 주말 연속극을 보고 있었다. 내용은 뻔했다. 홀시어머니 시집살이도 모자라 남편의 바람기로 이혼한 여자가 연하의 재벌 2세와 사랑을 키워나간다는 이야기였다. 통속적인 드라마가 그렇듯 주말 연속극도 은근히 중독성이 있었다. 매번 주위 사람들에게 무시당하는 비련의 여주인공을 보기 위해 나는 주말만 되면 자동으로 텔레비전 앞에 자리를 잡았다. 그런데 그날따라 여주인공을 괴롭히는 측근들이 너무 노골적이었다. 이모와 나는 재벌 2세의 어머니가 여주인공의 머리채를 잡고 바닥에 내동댕이치는 장면에서 합창하듯이 쯧쯧쯧 혀를 찼다. 마침 현관문을 열고 거실로 들어서던 숙주가 나와 이모를 번갈아 보면서 얼굴을 찌푸리더니, 오른손 검지를 총구처럼 천천히 내 이마에 들이대며 말했다. 이제부터 넌 빨대야. 결혼해서 지금까지 돈 한 푼 벌지 않고 빈둥거리면서 내 등골이나 빨아먹는 너한테는 빨대라는 이름도 과분해. 촌충이나 빈대로 부르지 않는 걸 다행으로 생각해.

순간 뱃속에서 꼬르륵, 하고 다소 방정맞은 소리가 울렸다. 나는 냉장고에 있던 반찬들을 죄다 꺼내서 이모와 함께 밥을 한 양푼이나 비벼 먹고 난 직후였기 때문에, 뱃속에서 들리는 그 소리가 허기에서 비롯된 것이 아니라 장이 연동운동을 하느라 그런 걸거라고 나름 추측했다. 그러나 나중에 알고 보니 그게 아니었다. 그건 허기가 분명했다. 게다가 그 허기는 숙주가 손가락으로 나를 가리키면서 빨대라고 부를 때마다 불쑥불쑥 찾아왔다.

숙주가 나를 빨대라고 명명한 날, 나는 숙주에게 붙여줄 호칭에 대해 심각하게 고민하지 않을 수 없었다. 빨대라는 호칭에는 그동안 불러왔던 자기, 여보, 허니 같은 달콤한 호칭을 금한다는 단호한 의지가 담겨 있었다. 나는 빨대라는 호칭에 걸맞은 호칭이 무엇일까 몇 날 며칠 고민했다. 그렇다고 숙주가 싫어했던 '복자'라는 다소 촌스런 이름을 불러줄 수도 없었다. 나는 고민에 고민을 거듭한 끝에 아주 그럴싸한 호칭 하나를 생각해 냈다. 숙주!

나는 '숙주'라는 단어를 입안에 굴리면서 번뜩이는 아이디어에 스스로 감탄했다. 다행히도 숙주는 숙주라는 호칭에 나름 만족하는 눈치였다. 가령 '숙주 왔어?' '숙주, 담배 사게 용돈 좀 주면 안 될까?' '숙주, 밥은 먹었어?' 하면 눈을 게슴츠레 뜨고 싫지 않은 표정으로 나를 쳐다보았다.

빨대가 된 이후부터 나는 최소한의 자존심도 버렸다. 어쩔 수 없었다. 숙주는 내가 못마땅할 때마다 빨대라고 불렀기 때문에 될 수 있으면 숙주의 비위를 맞추기 위해 노력했다. 숙주가 나가라면 나가고 들어가라면 들어갔으며, 엎드리라면 엎드리고 뻗으라면 뻗었다. 빨대 생활은 그리 호락호락한 것이 아니었다. 그야말로 눈치 백 단 정도는 돼야 비로소 순조로운 것이 빨대 생활이었다.

가끔 숙주는 빨대와 기생충을 동등관계로 믿고 나의 호칭을 기생충이라고 했다가 다시 빨대라고 정정하기도 했다. 나는 숙주에게 기생충과 빨대는 엄연히 다르니까 확실하게 한 가지로 통일해달라고 부탁했다. 그때마다 숙주는 입을 샐쭉거리면서 투덜거렸다. 기생충이나 빨대나 그게 그거지 뭐가 달라? 어차피 나한테 붙어서 진액을 빨아먹는 건 똑같잖아? 숙주는 자신이 한 말이 정답이라고 믿는 눈치였다. 하지만 나는 숙주가 아무리 우겨도 기생충과 빨대는 분명 성격부터가 다르다고 말해주었다.

나는 담배를 입에 물고 추리닝 바지에 두 손을 찔러 넣은 채, 삭아빠진 대문을 냅다 걷어차고 밖으로 나왔다. 그 소리가 신경 쓰였는지 이모가 등 뒤에서 구시렁거리는 소리가 등짝에 와 박혔다. 아들한테 쫓겨나서 벌써 십 년째 조카딸한테 얹혀사는 주제에 더럽게도 툴툴댄다. 따지고 보면 이게 다 숙주가 용돈을 주지 않은 탓이다.

최근 들어 숙주의 행동이 좀 이상해졌다. 집에도 늦게 오고, 주기적으로 주던 용돈도 끊어버렸다. 그래도 간간이 이모에게만은 용돈을 주는 모양이었다. 이모가 즐겨 먹는 초코우유와 요구르트가 끊이지 않는 것만 봐도 그렇다. 아무래도 숙주의 가게에 들러 몇 푼 슬쩍하는 수밖에 도리가 없을 것 같다. 나는 담배를 조금씩 아껴 피우면서 천천히 동네 안쪽을 향해 걸었다.

고속도로 소음방지막 근처까지 걸어갔을 때, 대문을 자물쇠로 잠근 집에서 개들이 단체로 짖어댔다. 이 집에 살던 주인도 얼마 전 이사를 했다. 대신 하루에 한 번 꼴로 들려서 개들에게 먹이를 준다. 이 집은 동네에 있는 빈집 중 가장 최악이다. 코가 썩을 것처럼 지독한 냄새 때문에 언제나 이 집 앞은 재빨리 통과해야 한다. 조금이라도 지체하면 마당에 부유하는 개털과 개한테 붙어사는 진드기들이 굶주린 모기떼처럼 달려들 것 같다.

개발계획 공고가 나기 직전, 동네 사람들은 너도나도 마당에 개나 염소들을 기르기 시작했다. 그 무렵은 그야말로 온 동네가 개판이고, 염소판이었다. 숫자도 많아서 한 집당 평균 열 마리가 넘었다. 숙주도 어디서 강아지 스무 마리를 사오더니 마당에 풀어놓았다. 나는 바짓가랑이를 물고 늘어지는 강아지들을 피해 다니면서 짜증을 냈다. 내가 개를 제일 싫어하는 걸 몰라서 그래? 왜 하필 개야. 그것도 스무 마리씩이나……

어릴 때 친구 집에 놀러 갔다가 개에게 물린 적이 있는 나로서는 정말 개가 싫었다. 아무리 작고 귀엽게 생긴 개라도 언제 돌변해서 대들지 모른다는 생각 때문에 개가 보이면 되도록 멀리 피해 다녔다. 그건 숙주도 내게 들어서 대충 알고 있는 내용이었다. 그럼에도 숙주는 단호했다. 징징대지 말고 길러. 스무 마리 이상이면 땅이 일곱 평이야. 프리미엄이 얼만 줄 알아? 몇천만 원이라고. 지금까지 무위도식하면서 기생충처럼 들러붙어 살았으니까 개라도 잘 길러서 보은해 봐. 그래도 개가 젤 기르기 쉽잖아.

그러나 스무 마리의 개를 일곱 평의 프리미엄으로 바꾸겠다는 숙주의 꿈은 오래가지 못 했다. 내게 나타난 이상 증세 때문이었다. 처음에는 개 떼에게 시달려서 나타난 순간적인 증상인 줄 알았는데 그게 아니었다. 최초의 증상은 착시현상이었다. 고속도로 소음방지막에 난데없이 부처의 얼굴이 보였다. 예쁜 여자도 있고, 귀여운 여자도 있고, 섹시한 여자도 있는데 왜 하고많은 얼굴 중에 하필 부처였는지는 모르겠다. 얇고 긴 눈, 도톰한 입술, 어깨까지 늘어진 커다란 귀. 둥글넓적한 얼굴 형태가 후덕한 부처의 얼굴이 분명했다. 도대체 언제부터 부처의 얼굴이 그곳에 있었던 것인지 신기하기 그지없었다. 나는 눈을 한 번 질끈 감았다 뜨고는 다시 한 번 쳐다보았다. 여전히 부처의 얼굴이었다. 마치 누군가가 조각을 해 놓은 것처럼 부처의 얼굴만 도드라져 보였다.

숙주는 그것이 부처의 얼굴이 아니라 단순한 얼룩이라고 정정해 주었다. 다른 곳에 있는 얼룩보다 부처 얼굴처럼 보이는 곳의 얼룩이 좀 더 짙고 부위가 넓다는 거였다. 두려움은 두려움으로 극복하는 거야. 개에게 물린 과거는 개밥 주면서 극복해. 숙주는 잔꾀 부리지 말고 개밥이나 열심히 주라고 충고했다. 나는 숙주가 시키는 대로 열심히 개밥을 주었다. 개들에게 가까이 다가가는 것이 싫어서 개밥그릇에 먹이를 담고 긴 막대기로 개들의 주둥이가 닿도록 밀어주고, 개들이 여기저기 퍼질러놓은 똥을 치웠다.

그런데 개 먹이를 밥그릇에 담아 막대기로 밀어주던 나는 두 눈을 의심했다. 밥그릇을 향해 달려들던 개들이 갑자기 얼음처럼 멈춰 있는 것이었다. 동영상을 보다가 멈춤 버튼을 누른 것처럼 개들은 꼼짝도 하지 않았다. 나는 고개를 돌려 다른 쪽을 보는 척하면서 곁눈질로 개들을 쳐다보았다. 그러자 개들은 언제 그랬냐는 듯이 꼬리를 흔들며 먹이를 먹었다. 나는 눈을 비비며 하늘을 쳐다보았다. 때마침 하늘을 날던 잠자리들이 이불에 박힌 무늬처럼 꼼짝도 하지 않았다. 이번에도 나는 고개를 돌리고 곁눈질로 살펴보았다. 잠자리들이 마취에서 풀린 것처럼 자유롭게 하늘을 날고 있었다.

그런 일들이 잦아지자 나는 움직이는 사물을 정면에서 보기가 점점 두려워졌다. 될 수 있으면 고개를 돌리고 곁눈질로 쳐다보기 시작했다. 하지만 언제까지 그럴 수는 없는 일이었다. 사물을 자꾸만 곁눈질로 보게 된다면 언젠가는 모든 사물을 곁눈질로만 보게 될지도 모를 일이었다. 내 몸에 심각한 병증이 있다고 생각한 나는 숙주에게 상황을 설명했다. 물론 숙주는 내 말을 믿으려고 하지 않았다.

참 여러 가지 한다. 기껏 짜낸 게 그따위야? 넌 도대체 어떻게 생겨먹은 인간이기에 쉬운 일도 못한다고 핑계를 대냐? 숙주는 기가 막힌다는 듯이 한숨을 쉬었다. 하긴 내가 그녀였어도 믿지 못할 상황이긴 했다. 나는 믿지 못할 상황을 믿어달라고 계속해서 하소연했다. 그러자 숙주가 두 손을 들었다. 진짜 빨대는 재활용이라도 하지, 넌 재활용도 못 하고 아무짝에도 쓸모없는 빨대야.

숙주는 투덜거리면서 스무 마리의 잡종 개 중에서 그나마 가장 똘똘한 해피만 남겨두고 나머지는 모두 다른 집에 팔아버렸다. 해피가 남았다는 게 껄끄러웠던 나는 제발 그놈도 팔면 안 되냐고 했다. 하지만 숙주의 고집을 꺾을 수가 없었다. 숙주는 절대로 반박하지 못할 초강력 말 펀치로 내 입을 막아버렸다. 이제 빈집들이 점점 많아질 거야. 그럼 이 동네는 머잖아 우범지대가 될 거야. 나도 없이 노인네랑 둘이 있다가 강도라도 들어오면 책임질 거야? 자기 몸도 하나 지키지 못할 거면서 그만 좀 징징거려, 넌덜머리나.

숙주의 말처럼 사람들이 대부분 떠나간 동네는 밝은 대낮에 돌아다녀도 으스스한 적이 많았다. 유리창이 깨지고 담이 부서진 집들은 폭격을 맞은 것처럼 흉해보였고, 차량과 인적이 끊긴 도로는 전쟁영화의 한 장면처럼 보였다. 오죽했으면 영화사에 전화해서 전쟁영화를 찍을 장소로 이 동네를 추천하고 싶을 정도였다.

동네에서 그나마 멀쩡한 형태를 유지하는 집은 우리 집을 비롯하여 아직 이사하지 않은 서너 집밖에 없다. 그중에 한 집은 개발

지역 경계에 있는 한옥이다. 그 집은 한옥으로서의 보존가치가 크다는 이유로 철거 대상에서 제외되었다. 건축에 대해서는 아무것도 모르는 내가 보기에도 집을 지을 때 사용한 나무와 건축기법에서 우리 집과는 게임이 안 된다. 도대체 숙주는 뭘 믿고 이사를 거부하는지 모르겠다. 나는 반파된 책상과 의자가 바리케이드처럼 쌓여있는 보습학원 건물 앞에서 담배 연기를 깊이 들이마셨다. 필터만 남겨두고 마지막으로 한 모금 들이마신 담배 연기가 꿀맛이었다. 격정을 향해 치닫다가 마지막 고지를 넘지 못하고 숙주에게 떠밀려 날 때처럼, 꽁초를 버려야 한다는 사실이 너무도 아쉬웠다.

내가 빨대가 된 이후부터였을 것이다. 숙주는 내가 태평양처럼 넓은 품에서 안주하는 것을 원치 않았다. 숙주가 모르게 그 아늑한 늪에 나를 쏟아버리고 싶었지만, 숙주는 용하게도 타이밍을 기가 막히게 알았다. 정말 안 될까? 쏟고 싶어 미치겠어. 내가 번번이 두 눈썹을 아래로 찌푸리며 측은지심을 유발해도 소용없었다. 숙주는 단호했다. 너 같은 유전자를 똑 닮은 애가 나오면 어쩔 거야? 끝까지 책임질 자신 있어? 나는 그 말에 감히 이의조차 달수가 없었다. 나는 단 한 번도 나를 닮은 새끼의 출현을 심각하게 고민해본 적이 없었다.

그나저나 왼팔이 허전했다. 고양이를 늘 왼쪽에 안고 있다 보니, 조금이라도 고양이가 없으면 마치 팔이 없는 것처럼 느껴진다. 지금 이 순간 나는 많은 것을 바라지 않는다. 허전함을 달랠 수 있는 담배 한 갑만 하늘에서 뚝 떨어졌으면 좋겠다. 그리고 고양이가 품에 안겨있으면 좋겠다.

　고양이를 집으로 데려온 것은 정확히 두 달 전이었다. 그날따라 무슨 일인지 날카롭게 신경이 곤두선 숙주가 저녁밥을 먹고 있던 내게 신경질을 냈다. 이젠 네가 밥 먹는 꼴도 보기 싫어. 내가 없을 때야 먹든지 말든지 알 바 아니고, 지금 당장 사라져. 그리고 내가 잘 때까지 들어오지 마.

　숙주의 명령을 받고 할 일 없이 동네 한 바퀴를 돌고 집으로 들어가려던 나는 멈칫했다. 갑자기 대문에서 바라본 집이 낯설었다. 숙주의 잔소리가 점점 더 심해져서 그런 걸 거라고 생각한 나는 잠시 머뭇거리다가 손을 뻗어 문고리를 잡았다. 차가운 쇠붙이에서 서늘한 기운이 전류처럼 짜릿하게 전해졌다. 얼른 문고리를 놓았다. 때마침 활짝 열려 있는 옆집 대문으로 걸어 나오던 고양이 한 마리가 움찔 놀라며 나를 쳐다보았다. 몸통은 은색이고 얼굴과 귀, 발, 꼬리는 염색한 것처럼 까만색이었다. 고양이는 멀뚱히 서 있는 나를 보고도 아무런 경계심을 느끼지 않았는지 유유히 골목을 빠져나갔다. 나는 얼른 고개를 돌려 골목을 나서는 고양이를 바라보았다. 고양이는 서두르지 않고 앞만 보고 걸어갔다. 나도 모르게 고양이를 따라 걸음을 옮겼다.

　긴 고가도로 아래 지은 지 이십 년은 되어 보이는 낡은 오피스텔들과 빌라 서너 채가 보였다. 나는 고양이를 따라 24시 편의점과 한 동뿐인 아파트를 지나 계속해서 걸어갔다. 고양이는 어느덧 나와 일정 거리를 유지하면서 미끄러지듯 걸어갔다. 나는 걸어가면서 좌우를 살펴보았다. 한옥과 양옥만 즐비한 동네에 이런 곳이 있었다는 사실이 믿어지지 않았다.

고양이는 오피스텔들 가운데 새 둥지처럼 덩그러니 남아 있는 빈집으로 망설임 없이 들어갔다. 자주 와 본 것처럼 매우 자연스러운 행동이었다. 벽이 절반쯤 부서진 빈집은 바로 옆에 서 있는 가로등 불빛이 심하게 깜박대는 탓에 더 음침하게 보였다. 주변에는 누군가가 몰래 버린 쓰레기들이 도로까지 점령하고 있었고, 지붕 위에는 '철거반대! 끝까지 사수하라!'고 적힌 현수막이 찢어진 치맛자락처럼 너풀거렸다. 페인트가 벗겨져 시멘트 벽돌이 훤히 들여다보이는 벽에 그려진 해골 그림은 '생존권을 보장하라'는 핏빛 글씨 때문인지 섬뜩해보였다.

나는 뭔가 알 수 없는 기운에 이끌려 허물어져 가는 빈집으로 들어섰다. 얼마 전까지 사람이 살았던 흔적이 보였다. 찌그러진 양은 세숫대야, 끈이 풀어진 운동화 한 짝, 솜이 터져 나온 두툼한 이불, 칫솔, 거울이 깨진 경대, 내용물이 반쯤 들어있는 화장수, 쥐들이 갉아 먹고 남은 세숫비누 따위들이 방부터 거실까지 무질서하게 흩어져 있었다.

조심스럽게 집 안으로 들어섰다. 집 구조로 보아 오래전에 지은 집인 듯했다. 희뿌연 달빛에 의지해서 세어본 방은 모두 네 개였고, 방문은 하나같이 거실을 향하고 있었다. 거실과 방들이 독립적으로 위치한 현대식 집들과 달리, 빈집은 여러 식구가 부대껴 살았던 농경 사회의 옛집에서나 볼 수 있는 그런 구조였다. 아마도 빈집에 살았던 사람들은 서로 마주치고 싶지 않아도 방문만 열면 언제든지 얼굴을 마주 볼 수 있었을 터였다.

나는 고양이가 사라진 부엌을 들여다보았다. 문짝 하나가 떨어진 싱크대가 기울어진 집의 각도에 맞춰 기우뚱하게 서 있었다. 고양이는 그곳에 숨어있는 게 분명했다. 나는 조심조심 싱크대를 향해 다가가 고양이가 있을 거라고 짐작되는 싱크대 문짝을 젖히고 손을 집어넣었다. 캬악! 내가 손을 뺀 것과 동시에 고양이가 손등을 할퀴며 구석으로 숨어들었다. 찢어진 손등에서 피가 배어났다. 나는 옷소매를 길게 늘여서 손등을 덮고 구석에 웅크리고 있는 고양이를 억지로 끌어냈다. 고양이는 겁에 질린 표정으로 질질 끌려나왔다. 나는 한 손에 고양이를 안고 집으로 돌아왔다. 숙주는 이미 코를 골며 세상모르고 자고 있었다.

고양이는 식성이 까다로웠다. 해피는 이것저것 잘 먹었지만 고양이는 참치 캔이나 햄 종류를 잘 먹었다. 아무리 배가 고파도 좋아하는 먹이가 아니면 근접도 하지 않았다. 나는 고양이가 깔끔한 것을 좋아한다기에 밥그릇도 항상 깨끗이 씻고, 가끔 목욕도 시켰다. 처음에는 자꾸만 집 밖으로 나가려던 고양이는 내가 온갖 노력으로 보살펴주는 것을 알았는지 자연스럽게 내 방에서 잠을 잤다. 고양이와 동거하기 전까지만 해도 독신인 사람들이 애완동물에 유난히 집착하는 이유를 몰랐는데, 어렴풋이 알 것도 같았다. 무엇보다 감동한 것은 고양이 털이었다. 고양이를 안고 있으면 부드러운 털이 내 몸의 감각을 일깨웠다. 온몸이 이완되면서 기분이 좋았다. 특히 새벽에 눈을 뜨고 고양이를 쓰다듬다 보면 팬티가 터질 듯이 힘이 솟았다.

내가 고양이를 기르는 동안 숙주는 무슨 일인지 이른 아침에 나갔다가 내가 잘 때서야 집에 돌아왔다. 어쩌다가 고양이를 보고서도 아무 말이 없었다. 나는 그것이 고양이를 계속해서 길러도 좋다는 무언의 허락으로 받아들였다. 다만 이모가 노골적으로 싫어했다. 정확히 말하면 이모가 고양이를 싫어하는 것은 아니었다. 용돈이 늘 부족한 나는 고양이 먹이를 사기 위해 이모가 은밀하게 숨겨 둔 돈을 찾아내야 했고, 이모는 자신이 지켜야 할 것이 오로지 쌈짓돈이라는 사실을 알고부터 고양이가 어슬렁거리는 꼴을 보지 못했다. 고양이 꼬리만 보여도 옆에 있는 건 죄다 내던졌다. 고양이가 집 안을 돌아다닐 때마다 이모 방에 있던 효자손이며, 빈 요구르트병이며, 빗자루 같은 것들이 방 밖으로 쏟아져 나왔다.

그래서 어느 날 갑자기 고양이가 없어졌을 때, 나는 당연히 이모를 의심할 수밖에 없었다. 이틀 내내 동네를 뒤지면서 고양이를 찾았지만 찾을 수가 없었던 나는 이모를 다그쳤다. 이모, 혹시 고양이 죽였어? 설마 빗자루로 패 죽인 건 아니지? 내 말이 끝나기 무섭게 이모가 눈을 똑바로 뜨고는 옆에 있던 빗자루를 들고 대들었다. 내가 넌 줄 알아? 이 벌레 같은 놈아. 내 조카딸 빨아먹는 것도 모자라서 고양이 새끼까지 보태 주냐?

더는 이모를 자극해봤자 나만 손해였다. 욕을 먹어서 배부르긴

싫었다. 다행히 고양이는 없어진 지 사흘 만에 내 앞에 모습을 드러냈다. 그것도 먹이를 먹는 아주 잠깐이었다. 고양이는 주위가 조용한 틈을 타서 좌우를 살피며 살금살금 먹이가 있는 쪽으로 다가갔다. 그리고는 황급히 먹이를 먹어치운 다음 다시 잽싸게 달아났다. 나는 고양이의 움직임을 눈으로 쫓았다.

고양이는 장식장 뒤에 숨어 있었다. 그동안 고양이는 좁고 어두운 그곳에서 지내다가 집 안에 인기척이 없으면 얼른 나와서 밥을 먹고 다시 들어간 듯했다. 내가 장식장 뒤로 팔을 뻗어 끄집어내려고 하자 녀석은 날카롭게 비명을 질렀다. 고양이는 꼼짝도 하지 않았다. 오히려 몸을 점점 뒤로 빼는 바람에 손을 뻗을 수도 없었다. 생각지도 못한 고양이의 반응에 당황스럽기만 했다.

나는 숙주에게 전화를 걸었다. 컬러링이 두 번 정도 반복되고 나서 숙주가 전화를 받았다. 왜, 무슨 일이야? 아니, 고양이 때문에……, 아무래도 병원을 가볼까 해. 저기 말이지……, 담뱃값 대신 고양이 병원비를 좀 주면 안 될까? 그러자 숙주가 버럭 소리를 질렀다. 제정신이야? 고양이 한 마리 기르는데 얼마나 돈이 많이 드는지 알아? 돈도 못 버는 주제에 무슨 고양이 타령이야? 전화 끊어! 숙주는 할 말만 하고 전화를 끊었다. 나는 다시 전화를 걸었다. 컬러링이 반복될 때까지도 숙주는 전화를 받지 않았다. 할 수 없이 나는 다시 이모의 쌈짓돈을 훔쳐서 고양이에게 줄 참치캔을 살 수밖에 없었다.

고양이는 점심시간이 가까워지도록 나타나지 않았다. 나는 고양이가 돌아오길 기다리다가 혼자서 숙주의 가게로 향했다. 숙주가 점심을 먹는 사이에 몰래 범죄를 저지르려면 어쩔 수 없었다. 숙주에게 들키지 않고 돈통의 돈을 슬쩍할 생각을 하니 온몸에 짜릿한 전율이 일었다.

웬일인지 유원지에 있는 상가들 입구에 대부분 묵직한 셔터가 내려져있었다. 셔터에는 빨간색 페인트로 X자가 큼직하게 그려져 있었고, 유원지를 오가는 사람들은 아예 보이지도 않았다. 숙주의 가게도 마찬가지였다. X자가 그려져 있진 않았지만 셔터가 내려져 있었다. 이러면 나의 계획은 수포로 돌아갈 수밖에 없었다. 나는 셔터를 들어 올리려고 애썼다. 하지만 어찌나 무거운지 내 힘으로는 아예 들리지도 않았다. 나는 주위를 두리번거렸다. 평소에는 자주 눈에 띄던 경비원들조차 보이지 않았다.

나는 유원지 입구에 있는 복권방을 찾아갔다. 몇 달 전까지만 해도 숙주가 꿈을 잘 꾼 날이면 가끔 복권 심부름을 시킨 덕분에 주인과는 안면이 있었다. 그는 상가에 왜 셔터가 내려져 있는지 묻는 나를 빤히 쳐다보더니 기가 막힌다는 듯이 한숨을 쉬었다. 상가 사람 아니었소? 난 그쪽이 가끔 오기에 상가에서 장사하는 줄 알았지……. 아무리 그래도 그렇지 그쪽은 신문도 안 봐요? 여기 개발 구역이잖소. 가게 주인들은 이미 보상금도 다 받았어. 이참에 월세 내고 가게 하던 사람들이 딱하게 된 거지. 그럼, 그 사람들 다 어디 갔어요? 아, 상가 세입자들? 그 사람들 지금 데모하잖아. 유원지 옆에 있는 오 층 빌딩 옥상에서 천막 쳐놓고 있을걸? 그나저나 그 사람들조차 없으니 이거 원, 이 짓도 그만해야 하나 어쩌나……. 복권방 주인은 심드렁한 얼굴로 복권용지가 있는 키 낮은 진열대를 볼펜으로 쿡쿡 찔렀다. 진열대에 파리똥만 한 점들이 빼곡한 걸 보니 복권방 주인이 툭하면 볼펜으로 찔러댄 모양이었다.

복권방 주인이 알려준 오 층 건물은 군데군데 콘크리트가 떨어져 나가고 페인트가 각질처럼 일어나 있었다. 게다가 엘리베이터도 없어서 계단을 올라가는데 얼마나 가파른지 마치 등산을 하는 기분이었다. 그 와중에도 계단 옆 벽면에 중국집과 치킨집, 족발집에서 다닥다닥 붙여놓은 원색 스티커들을 보니 군침이 돌았다. 도대체 짜장면을 먹어본 지가 언제인지 가물거렸다. 내가 옥상으로 올라가자 빨간 조끼를 입고 입구에 서 있던 두 명의 남자가 막아섰다. 못 보던 얼굴인데, 누구요? 나는 숙주가 운영하는 가게 이름을 댔다. 그들은 떨떠름한 표정을 지으면서도 숙주의 이름까지 알고 있는 나를 안으로 들여보냈다.

먼발치에서도 숙주가 제일 먼저 눈에 띄었다. 숙주는 다른 사람들처럼 가슴에 '근조'라고 쓰인 리본을 달고 앞에 앉아 있었다. 모인 사람 중에는 갓난아이를 안고 있는 여자도 있고, 목과 한쪽 다리에 깁스한 노인도 끼어 있었다. 사람들이 수군대는 소리를 들어보니 세입자들이 이곳에서 농성한 지도 벌써 두 달째 접어드는 것 같았다.

사람들은 조용히 의견을 나누다가도, 가끔 흥분해서 버럭버럭 소리를 질렀다. 어떤 사람은 욕이 절반은 섞인 말을 하면서 공중을 향해 삿대질하기도 했다. 분위기가 점점 험악해지자 바닥에 앉아 있던 숙주가 벌떡 일어서서 앞으로 나갔다. 먼발치에서 보니 숙주는 약간 살이 빠진 것 같았다. 그동안 집에서 볼 때는 몰랐던 사실이었다. 숙주는 좌우를 훑어보더니 평소보다 침착한 목소리로 말했다. 우리는 최후에 남은 사람들입니다. 시행사 측에서도 우리 같은 세입자들과의 싸움이 가장 힘들 겁니다. 그래도 유원지에 땅 있고, 공장 있고, 모텔 있고, 상가를 가진 사람들은 몇십 억에서 몇백 억씩 보상금 받고 나갔습니다. 그런데 우리는 뭡니까? 그동안 세 들어 살면서 뼈 빠지게 일했는데, 돌아온 것은 몇 푼 안 되는 보상금입니다. 여러분! 우리가 그 터무니없이 알량한 보상금을 받아서 어디로 가겠습니까?

숙주의 말에 앉아 있던 사람들이 모두 박수를 쳤다. 나는 분명하고 조근조근한 목소리를 듣기보다 코끼리 다리처럼 굵고 튼튼한 숙주의 다리를 쳐다보았다. 사람들이 단체로 밀어내지만 않는다면 숙주는 언제까지고 그 자리에 서 있을 것 같았다. 문득 그곳에 모인 사람들이 숙주가 붙잡아 주고 있는 오리배에 탑승하기 위해 기다리고 있는 손님들처럼 보였다. 그리고 엉뚱하게도, 숙주가 많은 사람을 일일이 오리배에 탑승할 수 있도록 붙들고 있으려면 참으로 오랜 시간이 걸릴지도 모른다는 생각이 들었다. 나도 모르게 한숨이 나왔다. 나는 사람들이 두 명에서 많게는 네 명씩 오리배에 올라 힘차게 페달을 밟으며 호수를 누비는 광경을 상상했다.

오리배 영업이 잘됐을 무렵, 나는 구차하게 숙주에게 손을 벌릴 필요도 없었다. 주말이나 공휴일처럼 손님이 많은 날이면 숙주는 나를 불렀다. 나는 숙주의 명령에 따라 오리배를 타고 안전선 밖으로 나가는 손님들을 스피커로 불러들이거나, 구명조끼를 착용하는 방법을 일러주기도 했다. 그때는 그래도 살맛 나는 날들이었다. 일을 마치고 숙주가 집어준 일당을 주머니에 찔러 넣고 가게를 나올 때면 저절로 콧노래가 나오곤 했었다.

숙주가 말을 마치고 자리에 앉자, 한 중년 남자가 일어나서 격앙된 목소리로 외쳤다. 맞아요. 그건 여러분도 마찬가지 아닙니까? 우리가 억지를 쓰는 건 아니잖아요? 우리는 유원지에서 거의 이삼십 년씩 장사해온 사람들입니다. 저만 해도 이십 년째 메기매운탕 집을 했습니다. 그런데 세입자란 이유로 저들이 보상해주겠다는 금액은 정말 터무니없습니다. 이건 뭐, 애들 과잣값도 아니고…… . 정말이지 앞으로 살아갈 날이 캄캄해서 잠도 오지 않습니다. 저는 이번에도 타협이 안 된다면 본격적으로 저들과 끝까지 싸울 준비도 되어 있습니다. 뭐, 죽기 아니면 까무러치기 아닙니까?

중년 남자의 말에 사람들이 다시 박수를 쳤다. 사람들의 태도로 봐서는 농성이 빨리 끝날 것 같지는 않았다. 아무래도 숙주와 단둘이 말할 기회는 글러 버린 듯했다. 할 수 없이 나는 사람들 틈을 비집고 천막을 나왔다. 그런데 내가 계단을 막 내려가려고 할 때였다. 갑자기 네댓 명의 건장한 남자들이 옥상으로 올라오더니 천막 안으로 들어갔다. 그중 키가 껑충하게 크고 눈이 얄팍한 사내는 포장지에 쌓인 커다란 물건 하나를 옆구리에 끼고 있었다. 무슨 일인지 궁금해진 나는 그들의 뒤를 따라 다시 천막 안으로 들어갔다.

모여 있던 사람들의 눈길이 모두 사내의 옆구리로 쏠렸다. 크기로 봐서 둔기처럼 보이지는 않았다. 그래도 사람들은 경계하는 눈빛이 역력했다. 상황을 눈치챈 사내가 얼른 물건을 바닥에 내려놓더니 포장지를 찢으며 너스레를 떨었다. 제가 좀 늦었지요? 여러분이 세입자대책위를 세웠다는 말을 듣고도 얼른 와 보지 못했습니다. 이건 거울입니다. 죄송하다는 표시로 가져온 선물이지요. 그래도 이런 사무실에 거울 하나 정도는 있어야 하지 않겠습니까? 농성하더라도 가끔은 이에 고춧가루가 끼었는지, 눈에 눈곱이 끼었는지 비춰볼 수도 있고요.

사내의 말이 끝나기 무섭게 목과 한쪽 다리에 깁스한 노인이 호통을 치면서 앞으로 나갔다. 지금 뭐하자는 거야? 겨우 그깟 거울로 우리를 회유하겠다는 심보야? 우리가 그렇게 호락호락해 보여? 거울은 깨지면 그만이야. 당신네 혹시 우리를 거울처럼 박살 내려고 온 거야? 노인은 목발을 쳐들고 사내를 향해 휘둘렀다. 예상했다는 듯이 사내가 옆으로 살짝 피했다. 그 바람에 노인이 중심을 잃고 넘어졌다. 옆에 있던 숙주가 얼른 노인을 일으켜 세우자, 앉아 있던 사람들이 약속이나 한 듯 한꺼번에 자리에서 일어섰다. 그 모습을 본 사내가 손을 거세게 저으며 정색을 했다.

좋습니다. 여러분이 지금 몹시 어려운 상태라는 걸 잘 압니다.

지금까지 다른 신도시들도 항상 최후에 힘든 사람들은 세입자분들이었습니다. 그렇지만 여태 대한민국에서 세입자들이 반대하고 데모해서 신도시가 무산된 적은 없었습니다. 그건 아시잖습니까? 물론 크고 작은 사고는 있었습니다만, 절대 백지화된 적은 없다는 말입니다. 여러분은 현명한 판단을 해야 합니다. 내가 최대한 여러분을 위해 힘쓸 테니 협조해주세요. 그럼, 지금까지 우리가 요구한 것들을 들어줄 수 있어요? 숙주였다. 팔짱을 낀 숙주가 바짝 다가가자 사내가 움찔하더니 흠흠, 목소리를 가다듬고 말을 이었다.

그래도 이런 일에는 여러분보다 내가 더 경험이 많습니다. 여러분이 만약 철거민 대책위원회 같은 단체에 가입하면 아무리 데모하고 철거를 반대해도 단체에 소속된 이상 임의대로 할 수 없다는 걸 아셔야 합니다. 그러니까 거기에는 절대 가입하지 마세요. 가입하면 회비도 내야하고, 집회 한 번 할 때마다 또 회비를 내야 합니다. 여러분에게는 전혀 이익이 없다는 것만 아시면 됩니다. 막말로 지금 여기만 해도 삼백만 평이 넘습니다. 그러니 세입자가 얼마나 많겠습니까? 나는 잘 압니다. 그들이 여러분을 끌어들이려고 얼마나 노력을 하는지 말입니다. 그렇지만 그 단체도 정의를 앞세워서 데모하고 회비를 받아서 먹고사는 단체라는 것만 아십시오. 제 말은 타협점을 찾으려면 우리와 의논을 해야 한다는 것입니다. 버터에 오랜 기간 절여진 것처럼 사내의 혀가 자유자재로 능수능란하게 움직였다. 사내의 능변에 사람들이 술렁대기 시작했다.

그러자 숙주가 아까보다는 좀 더 높은 소리로 말했다. 저 사람들은 자기들 하고 싶은 말만 합니다. 이제 우리도 우리가 하고 싶은 말을 합시다. 우리는 법적으로 정해준 보상금으로 다른 곳에 가서 가게를 얻기는커녕 방 한 칸 얻기도 어렵습니다. 어떻게든 우리는 살아야 합니다. 우리가 요구하는 것을 확실히 들어줄 때까지 저런 인간들의 꾀임에 절대로 넘어가지 맙시다. 사람들은 어느 쪽에 붙어야 살아남을지 머리 굴리는 원숭이들처럼 숙주 쪽과 사내 쪽을 번갈아 쳐다봤다.

숙주가 바닥에 있던 재떨이를 집어 든 것은 사람들이 사내 쪽을 쳐다봤을 때였다. 투포환선수처럼 재떨이를 들고 두 번 정도 공중에 휘두르던 숙주가 느닷없이 사내를 향해 재떨이를 던졌다. 사내가 잽싸게 몸을 옆으로 비트는가 싶더니 벽에 세워두었던 거울이 와장창 소리를 내며 깨졌다. 그 소리에 빨간 조끼를 입고 있던 남자들이 천막 안으로 뛰어들었다. 조금 전에 들어왔던 네댓 명의 건장한 남자들이 그들과 맞섰다. 사람들이 놀라서 숙주의 몸 뒤로 우르르 몰려들었다. 순간 방패처럼 사람들 앞에 버티고 선 숙주와 내 눈이 마주쳤다. 나는 엉겁결에 고개를 숙이고 허겁지겁 천막을 빠져나왔다.

꿈속에서 숙주가 우락부락한 남자들의 손에 이끌려 어디론가 가고 있었다. 숙주의 모습은 언뜻 고슴도치처럼 보였다. 자세히 보니 숙주의 몸에는 무수히 많은 빨대가 꽂혀 있었다. 등, 가슴,

팔, 다리, 엉덩이에 꽂힌 빨대들은 숙주의 몸을 쪽쪽 거리며 빨아 대고 있었다. 애드벌룬 같던 숙주는 이내 바람 빠진 풍선처럼 작고 쪼글거렸다. 그런 숙주는 이제 매력적으로 보이지 않았다. 마치 다른 사람 같았다.

숙주가 나를 향해 손을 뻗으며 구해달라는 표정을 지었다. 하지만 정나미가 떨어진 나는 주춤주춤 뒤로 물러섰다. 그러자 숙주가 울먹이며 말했다. 빨대들 때문에 미치겠어. 이 세상은 온통 빨대들 천지야. 숙주의 말이 끝나기 무섭게 여기저기서 쪽쪽, 쪽쪽, 쪽쪽, 쪽쪽, 쪽쪽 힘차게 빨아대는 소리가 들렸다. 너무 끔찍했다. 숙주 옆에 있으면 나도 조만간 빨대에 꽂힐 것만 같았다. 나는 뒤돌아서서 냅다 달렸다. 하지만 달리고 달려도 제자리였다. 나는 비명을 질렀다.

쪽, 쪽, 쪽, 쪽……. 아직 잠이 덜 깬 내 귀에 아주 가까운 곳에서 빨대 소리가 들렸다. 나는 벌떡 일어나 앉았다. 이모가 냉장고 문을 열어놓고 앉아서 요구르트를 다섯 개째 빨고 있었다. 어찌나 힘차게 빨던지 이모의 양쪽 볼이 함몰될 것 같았다. 벌컥 짜증이 났다. 나는 이모가 빨던 요구르트를 빼앗아 담 너머로 힘껏 던져버렸다. 이모가 째진 눈으로 나를 흘겨보면서 악을 썼다. 미친놈! 벌건 대낮부터 잠이나 처자는 주제에 왜 아까운 걸 그냥 버려? 네놈이 뭐길래?

그러거나 말거나 나는 안방으로 가서 숙주의 물건들을 살펴보았다. 모두 그대로 있었다. 문득 집 안 곳곳에 배어있는 담배 냄새

속에서 아주 은은하게 남아 있는 파스 냄새가 느껴졌다. 갑자기 온몸에서 힘이 쭉 빠졌다. 나는 거실로 나와서 양팔로 무릎을 감싸 안고 그 위에 턱을 고였다. 냉장고에서 다시 초콜릿 우유를 꺼내 빨대를 꽂던 이모가 그런 나를 흘끔흘끔 쳐다봤다.

숙주가 없으니까 이상하게 기운이 없었다. 만약 이대로 숙주가 돌아오지 않는다면 서서히 기운을 잃고 죽어버릴 것만 같았다. 나는 어쩌면 내가 빨대가 아니라, 기생충일지도 모른다는 생각이 들었다. 기생충은 숙주가 죽으면 같이 죽어버리고, 숙주가 건강하고 힘이 있으면 덩달아 활발해진다. 반면에 빨대는 숙주가 죽어도 살아남는다. 오히려 빨대는 기생충보다 더 질기게 숙주를 빨아먹다가 더는 빨아먹을 것이 없으면 다른 숙주를 찾을 수도 있다. 그런 의미에서 나는 여러모로 빨대보다는 기생충일 확률이 높았다.

때마침 대문 밑으로 몸을 집어넣고 집으로 들어오던 고양이가 나를 보고는 슬며시 꽁무니를 뒤로 뺐다. 고양이를 본 나는 좀비처럼 천천히 일어섰다. 그러자 고양이는 대문 밑에서 몸을 완전히 빼내더니 골목을 되돌아 나갔다. 나는 신발을 구겨 신고 고양이의 뒤를 따라갔다.

고양이는 처음 만난 날처럼 나와 적당한 거리를 두면서 고가도로 아래를 지나고, 지은 지 오래된 오피스텔과 빌라 앞을 지나서 허물어져 가는 빈집으로 들어갔다. 빈집의 내부는 아직 해가 남아 있어서 그런지 어두웠을 때 보던 것과는 분위기가 많이 달랐다. 왠지 편안하고 아늑한 거실의 중간에 서자 묘한 친근감까지 느껴졌다. 나는 그 이유가 뭔지 곧 짐작할 수 있었다. 그건 훈기였다. 사람 사는 집에서나 느껴지는 훈기가 아직도 빈집에 남아 있었다. 그리고 그 훈기는 거실로 향한 네 개의 방문들이 감싸안듯이 지켜내고 있었다.

나는 싱크대 밑에 엎드려 있는 고양이를 불러냈다. 고양이가 순순히 내게로 다가왔다. 나는 고양이를 안고 집안을 둘러보았다. 그런데 큰방을 지나 두 평 남짓한 작은방을 둘러보던 나는 문득 이상한 흔적을 발견했다. 벽 한쪽이 다른 벽면처럼 매끈하지가 않고 뭔가를 덧댄 것처럼 불룩하게 튀어나와 있었다. 가만히 다가가 손으로 벽면을 쓸어보다가 반쯤 뜯긴 벽지를 힘껏 잡아 뜯었다. 몇 겹이나 덧발랐는지 퇴적층처럼 두툼한 벽지가 부스럼 딱지처럼 떨어져 나갔다.

신기하게도 벽지를 뜯어낸 자리에는 작은 문이 하나 있었다. 벽장문이라기엔 너무 크고 또 다른 방문이라기엔 너무 작은 문이었다. 조심스럽게 손잡이 대신 한쪽에 매달려 있는 노끈을 잡아당겼다. 살며시 문이 열리면서 한 평 남짓한 자그마한 공간이 드러났다. 나는 한쪽 발을 들여놓고 내부를 살핀 뒤, 나머지 발도 들여놓았다. 높이는 일 미터도 채 되지 않았고, 벽과 천장에는 귀여운 구름 모양이 박힌 하늘색 벽지가 붙어 있었다. 전에 살던 사람들이 어떤 용도로 쓰다가 밀폐해 버렸는지 모르지만, 꽤 신경을 쓴 것 같았다.

나는 고양이를 내려놓고 문을 닫았다. 먹물을 끼얹은 것처럼 사방이 캄캄했다. 빛이라고는 한줄기도 들어오지 않았다. 고양이가 있을 법한 쪽으로 손을 뻗었다. 고양이는 어디 있는지 손에 닿지도 않았다. 다시 손을 뻗어 여기저기 더듬던 나는 천장에 총총 떠 있는 별들을 보았다. 자세히 보니 야광별 스티커가 천장 여기저기에 붙어 있었다.

나는 등을 벽에 기대고 앉아서 천장에 뜬 별들을 세어보았다. 하나, 둘, 셋, 넷, 다섯, 여섯, 일곱, 여덟, 아홉, 열, 열하나, 열둘, 열셋······. 별들은 내가 숫자를 셀수록 하늘에 뜬 별처럼 환하게 빛이 났다. 나는 별들을 세면서 숙주를 생각했다. 숙주도 내가 '복자'라고 부르면 돌아올 수 있을까? 별들을 세고 있는 동안, 어디선가 굴착기 움직이는 소리가 아득하게 들려왔다.

배팅

마감 시간까지는 정확히 다섯 시간이 남아 있다. 그러나 아직까지 확정 짓지 못한 숫자가 세 개나 있다. 이미 마흔다섯 개의 숫자 중에서 여섯 개의 숫자를 뽑아내긴 했다. J는 일요일 새벽, 복권방 문이 열릴 때를 기다렸다가 남보다 먼저 복권 한 장을 구매했었다. 여섯 개의 번호는 그 따끈따끈한 복권과 지난 두 주간 일등에 당첨된 번호들을 기본수로 뽑아낸 숫자들이다. 하지만 아무래도 8, 30, 35 세 숫자에 대한 확신이 없다. 신중을 기해 분석하고 필터링한 번호로 조합해도 실수하는 경우가 종종 있다. 이런 경우는 좀 더 고민해 볼 필요가 있다.

　몇 시간째 숫자만 보고 있었더니 두 눈에 모래바람이 들어간 것처럼 뻑뻑하다. 의자에서 일어난 J는 눈을 한 번 질끈 감았다가 뜬 다음, 거실 한쪽에 있는 컴퓨터 책상을 향해 휘적휘적 걸어간다. 널브러진 종이컵들이 J의 발끝에 채여 바퀴벌레처럼 흩어진다.

컴퓨터를 부팅하자마자 모니터에 메신저가 뜬다.

─해피바코드는 잠수 중?

닉네임 '번호를 부탁해'다. J는 곧바로 카페로 이동한다. 아니나 다를까, 게시판에 사십 개도 넘는 글들이 올라와 있다.

─이런 된장, 인내심 셤 봅니?

─췬장 폐업했수?

─개색꺄! 뒈질래?

─조사하면 닭 나온다, 그래도 잠수 탈래?

─피 같은 회비 당장 돌려주시압!

제목만 봐도 어떤 글이 올라와 있는지 짐작이 간다. J는 얼른 컴퓨터의 전원을 끈다.

지금까지 J는 인터넷카페 회원들과 일정한 계약을 맺어왔다. 특수회원에게는 여섯 개의 완벽한 번호를 제공하고, 복권을 구매하러 갈 때는 함께 갔다. 그들 중에는 대학교수와 의사, 대기업 부장도 끼어 있다. 함께 가서 구매한 복권은 봉투에 넣어서 복권방 금고에 보관했다가 추첨일 다음 날 다시 만나서 개봉했다. 복권이 일등에 당첨된 경우에는 세금을 제외한 금액의 오십 퍼센트, 이등이면 삼십 퍼센트, 삼등이면 이십 퍼센트를 받았다. 아직 일등은 나오지 않았지만 계약은 지금까지 철저하게 지켜져 왔다.

특수회원과 달리 일반회원에게는 열두 개의 번호를 제공한다. 일반회원은 그 번호들을 가지고 소신껏 당첨예상번호를 추려내기만 하면 된다. 그럼에도 그들은 늘 불평이다. 말로는 일주일을 행복하게 해주는 '해피바코드'라고 부르면서 단 하루라도 게시판에 늦게 올리면 치졸한 인신공격까지도 서슴지 않는다. 게다가 그들은 특수회원도 아니면서 좀 더 압축된 확실한 번호를 요구한다. 그들이 한 달에 몇천 원씩 건네주는 회비만 받고 그런 요구를 들어줄 수는 없다. 적어도 로또를 하겠다는 사람들은 기본적으로 번호연구가를 존경해야 한다는 것이 J의 지론이다. 엉덩이에 욕창이 생길 정도로 의자에 앉아서 번호를 추려낸 적이 한 번도 없는 사람들이 번호 조합하는 것을 너무 쉽게 생각할 때마다 J는 분통이 터진다.

숫자와 관계된 직업을 가질 거라고는 꿈에도 생각하지 못했다. 그런데 벌써 사 년째 숫자와 사투를 벌이고 있다. 어렸을 때부터 J는 유난히 수리 감각이 뒤떨어졌다. 또래 친구들과 달리 초등학교를 졸업할 때까지도 가게에 가서 물건을 사고 제값을 치르지 못할 정도로 심각했다. 심지어 중학교 때 수학 선생은 수학 공식 하나를 가지고 몇 번을 설명해도 알아듣지 못하는 J에게 이렇게 말한 적도 있었다.

"숫자도 하나의 언어라고 생각해 봐. 영어나 국어와 비슷하지만 그보다 좀 더 차원이 높고 질서 정연한 언어 말이야."

수학 선생의 논리대로라면 J는 수학을 못하는 것이 아니라 언어를 습득하는 실력이나 능력이 없었던 것일지도 몰랐다. 하지만 지금은 숫자를 보며 밥을 먹고, 숫자를 보며 잠을 자고, 심지어 꿈속에서도 숫자 꿈을 꿀 만큼 숫자와 친해져 있다.

시골에서 농사를 지었던 아버지는 죽을 때까지도 '농자천하지대본'을 부르짖었다. 아버지는 모든 일의 근본이 농사니만큼, 숫자는 몰라도 살 수 있지만 농사는 반드시 알아야 한다는 주의였다. 매번 수학 점수 때문에 전체 석차가 하위를 맴돌 때마다 아버지는 차라리 농사일을 배우라고 종용했다.

"농사만큼 정직한 것은 없다. 내가 중학교를 졸업하고 고등학교를 안간 것도 다 그놈의 수학 때문이었다. 농사는 씨를 뿌리고 열심히 가꾼 만큼 소득이 보장된다. 너도 숫자에 약한 걸 보니 유전이 분명한 것 같다. 그러니 학교 졸업하면 너도 농사나 지어라."

만약 아버지가 살아있었다면 숫자의 공포를 당당하게 극복한 자식의 영특함에 눈물을 흘리며 '숫자천하지대본'을 부르짖을 지도 모를 일이었다.

아무래도 산책을 한번 하고 와야 할 것 같다. 이렇게 집중력이 흩어질 때는 역시 산책이 제일이다. 지난번 이등 당첨번호 중 마지막 번호 하나도 사실은 산책을 통해서 결정한 것이었다. 그날 J는 공원으로 가기 위해 건널목에 그려진 흰색 선만 밟으며 건너고 있었다. 그런데 자신도 모르게 선의 숫자를 마음속으로 세고 있었다. 처음부터 끝까지 흰색 선은 열다섯 개였다. 15. 한 주 전에도 나왔던 숫자였다. 예감이 좋았다. 같은 번호가 연속해서 나올 확률은 낮았지만 J는 15를 선택했고 그 수는 당첨번호에 있었다.

정작 일등에 당첨되지 못한 것은 다른 번호 때문이었다. 26이 삼 주 연속으로 나오지 않아 선택했는데 그것이 실수였다. 25가

당첨 번호였다. 물론 25도 확률상 가능한 번호는 아니었다. J는 며칠 동안 25와의 연관성을 곰곰이 따져 보았다. 결혼기념일도 그 숫자와 관련이 없었고 생일이나 군대에 입대한 날, 주민등록번호, 심지어 통장번호와도 관련이 없었다. 그건 의외의 숫자였다. 늘 그렇지만 생각지도 못한 숫자가 튀어나올 때마다 뇌의 신경회로에 두꺼운 차단막이 내려지는 느낌이 든다.

욕실로 들어간 J는 속옷을 벗고 샤워기를 틀었다. 아무리 추워도 샤워할 때만큼은 찬물이 최고다. 그건 번호연구를 하면서 생긴 습관이기도 하다. 샤워기에서 분사되는 찬물이 머리카락을 적시기 시작하자, 어수선한 머릿속이 차분히 가라앉는다. 굳어 있던 어깨와 목의 근육도 서서히 풀리는 기분이다. 양쪽 어깨의 시퍼런 멍은 어느새 보라색으로 변해 있다. 보름 전부터 맞기 시작한 침 때문에 보이지는 않지만 등에도 이렇게 멍꽃이 피었을 것이다.

"목 디스크가 심합니다. 앞으로 한 달 이상은 계속해서 침 치료를 받으세요. 그리고 될 수 있으면 앉아 있지 말고 시간 날 때마다 낮은 베개를 베고 누워서 쉬어야 합니다. 물론 틈틈이 목운동도 병행해야 하고요. 안 그러면 손가락까지 마비될 수도 있어요."

한의사는 진지한 얼굴로 J를 쳐다보면서 엄포를 놓았다. 젠장, 직업병인가? J는 거울을 보면서 오른팔을 천천히 들어 귓바퀴 쪽으로 가져가 본다. 순간 예리한 칼로 완장 차는 부위를 마구 도려내는 것 같다. 컥! 막혔던 숨을 토해낼 때처럼 저절로 비명이 튀어나온다.

샤워를 끝낸 J는 옷장에서 은은한 광택이 도는 검은색 양복과 셔츠를 꺼낸다. 문짝에 달린 넥타이 걸이에서 작고 하얀 별 모양이 촘촘히 박힌 검은색 넥타이도 골라낸다. 늘 신경 써서 갈아입는 옷인데도 남들은 똑같은 옷만 입는 줄 안다. 옷장 안에 걸린 검은색 양복 중에서 똑같은 것은 하나도 없다. 무늬나 천의 질, 심지어 단추 모양까지도 다 다르다.

잔뜩 추켜올린 바지가 스르르 흘러내리더니 엉덩이 중간쯤에 슬쩍 걸쳐진다. 체중이 더 줄었나 보았다. J는 싱크대 서랍에서 송곳을 꺼내 벨트에 구멍을 뚫고 허리춤을 바짝 조인다. 동시에 바지 앞섶에 잡힌 서너 개의 굵은 주름이 잔뜩 인상을 쓴다. 한 달 전 세탁소에서 허리통을 줄였는데 다시 또 수선해야 할 것 같다.

따지고 보면 로또 번호 조합에는 공식이 따로 없다. 어떤 사람들은 역대 당첨 번호의 특성을 가지고 수십 가지 방법을 적용한다고 하지만 정확한 공식이 없는 한 그것도 완벽한 것은 아니다. 1부터 45까지 마흔다섯 개의 숫자를 가지고 조합해 낼 수 있는 방식이 무려 팔백만 개 이상이라는데, 딱 이거다 하는 정석이 없는 것은 당연한 일일 것이다. 괜히 색다른 방법을 연구한답시고 번번이 날밤 새우지 말고, 그냥 하던 방식 그대로 해야겠다는 생각이 든다.

J는 강력 헤어왁스를 손바닥에 덜어 짧은 스포츠머리를 위쪽으로 빳빳하게 세운다. 한 치의 오차도 없이 정사각형으로 접힌 손수건과 휴대폰을 챙기고, 왼쪽 귓바퀴에는 무선이어폰을 걸친다. 산책하러 나가면서까지 이렇게 외모에 신경을 쓰는 이유는 번호

연구가로서 팽팽한 긴장감을 유지하기 위해서다.

현관을 막 나서려던 J의 시선이 언뜻 침대 옆에 있는 TV에 멈춘다. 창틈으로 비집고 들어온 햇살이 화면에 반사되어 언뜻 TV가 두 동강이 난 것처럼 보인다. 흉물스러운 고철 덩어리 같다. TV를 잠시 노려보던 J는 현관문을 미어지게 닫는다. 쾅, 하는 소리와 함께 건물 구석구석에 납작 웅크리고 있던 공기입자들이 고양이 털처럼 곤두선다.

"어떤 새끼야?"

아래층에서 누군가가 문을 열고 소리를 버럭 지른다.

벌써 어제 끝냈어야 할 일이었다. 추첨일 전날까지 깔끔하게 번호조합을 하지 못한 것은 다 그놈의 방송 때문이었다. 방송만 아니었어도 하루를 공연히 낭비하는 일 따위는 없었을 것이다. J는 오늘 특수회원에게 적어도 마감 시간 삼십 분 전까지 휴대폰 문자로 번호를 알려주겠다고 했다. 특수회원에게 당첨예상번호를 공개하는 것은 J가 번호를 조합한 이래 처음 있는 일이다. 번호가 다른 사람들에게 노출될 수도 있지만 어쩔 수 없는 일이다.

며칠 전 로또 특집방송을 찍겠다며 방송국에서 섭외가 들어왔었다. 방송작가라는 여자는 역전복권방 황 사장에게서 J를 소개받았다고 했다. 역전복권방은 최근 한 달 새에 세 번이나 이등 당첨자를 낸 곳이었다. 덕분에 '이달의 명당'으로 로또잡지에 실리기도 했다. 물론 그중의 두 명은 J가 조합한 번호로 당첨된 사람들이었다.

J는 단호하게 거절했다. 섣불리 나설 일이 아니었다. 더구나 J는 겨우 그깟 유명세나 타려고 이 일을 시작한 것이 아니었다. J에게 는 자신의 능력을 증명해 보일 가족이 있었다. 시골에 있는 전답 까지 몽땅 팔아서 실패한 J의 사업에 투자했던 큰형과 몇 년째 별 거 중인 아내에게 되돌아갈 명분을 만들어야 했다.

그런데 전화를 끊은 지 한 시간도 못돼서 사실을 알고 달려온 황 사장이 굴러들어온 복을 차내지 말라고 신신당부했다. 황 사장 은 누구보다도 방송의 위력을 믿고 있는 사람이었다. 한 골목에 있는 삼겹살집 '돈창고'가 방송에 나온 뒤부터는 더 그랬다. 거의 매일같이 삼겹살집 앞에 줄지어 선 손님들 때문에 주변 가게들은 툭하면 삼겹살집과 싸움이 붙곤 했다. 어느 날 삼겹살집과 부대고 기집이 그야말로 박 터지게 싸우는 모습을 지켜보던 황 사장은 이 렇게 중얼거렸다.

"요샌 뭐든지 방송을 타야 해. 저놈의 손바닥만 한 삼겹살집이 저렇게 잘 될 줄 누가 알았어. 뭐, 삼겹살 샤부샤부? 그걸 칠리소 슨가 뭔가에 찍어 먹는다며? 대체 그게 뭔 맛이래? 삼겹살은 그저 불판에 노릇노릇 구워서 양념 된장에 찍어 먹는 게 최고 아닌가? 요새 젊은 것들은 왜 퓨전이다 뭐다 이것도 저것도 아닌 맹탕들을 좋아하나 몰라. 암튼 방송 한 번 타면 유명해지는 것은 시간문제 라니까……."

황 사장이 가고 난 뒤 곧바로 전화를 걸어온 방송작가는 좀 더 나긋나긋한 목소리로 J를 설득했다. 아마도 황 사장이 방송작가에게 다시 부탁한 모양이었다.

"선생님은 하시는 일에 대해서 사명감을 가지셔야 합니다. 사람들에게 행운을 주는 일은 아무나 하는 게 아닙니다. 그러니까 이번 기회에 선생님의 노하우를 시청자들에게 알리세요. 분명히 로또에 대한 부정적 시각이 많이 바뀔 테니까요."

사실 번호를 연구하기 전까지만 해도 J는 행복에 대해서 깊이 생각해본 적이 없었다. 그러나 사람들은 온통 숫자 때문에 행복한 것 같았다. 하다못해 유치원 아이들조차도 살고 있는 아파트 평수로 서열이 정해진다고 했다. 결코 숫자를 무시하고는 행복해질 수 없는 세상이었다. J가 숫자를 존경하게 된 것도 그런 사실을 인정하고부터였다. J는 '부정적인 시각이 바뀔' 거라는 방송작가의 말에 촬영을 허락할 수밖에 없었다.

결국 다음 날 아침, 좁아터진 원룸으로 카메라맨과 피디가 들이닥쳤다. 약속 시각보다 삼십 분 정도 이른 시간이었다. 그들은 현관 입구에서부터 각도를 잡는다, 어쩐다 하면서 카메라를 집 안 구석구석으로 들이댔다.

"야, 이거 완전히 복권방이네."

모자챙에 올이 군데군데 풀린 감청색 야구 모자를 쓴 피디가 놀랍다는 듯이 탄성을 질렀다.

"뭐 있을 건 다 있네. 우선 여기서부터 저기까지 쭉 한번 가지?"

카메라맨은 피디가 가리키는 대로 벽에 붙은 로또 광고포스터부터 연필꽂이에 빼곡하게 들어있는 사인펜, 마킹용지, 모형 로또추

첨기, 천장에서부터 길게 실에 꿰어 늘어뜨린 만 원짜리 복돈, 커다란 황금색 돼지저금통, 똥광과 팔광을 확대해서 걸어놓은 벽면을 차례로 찍었다. 그리고 카메라를 천장으로 향해서 야구공만 한 크기로 붙어 있는 마흔다섯 개의 야광 숫자판까지 샅샅이 찍었다.

방송에 나오기는 했다. 결론은 한마디로 실망이었다. 방송의 첫 순서는 복권을 팔던 편의점에 멧돼지가 출몰한 사건을 다루고 있었다. 편의점 주인은 복권을 파는 곳에 멧돼지가 들어온 것은 그야말로 대 행운이라며 덕분에 손님이 하루 평균 세 배가 늘었다고 흥분해서 떠들고 있었다. 곧이어 화면에 나온 것은 일등에 당첨된 사람들의 주변인 인터뷰였다.

"시상에, 그런 경우가 있어유? 삼십 년 동안 식구처럼 지내온 사람이 하루아침에 인사도 없이 홀랑 이민을 가버렸다구유. 염병할 눔의 로또가 뭐라구……."

갑작스럽게 이웃사촌으로부터 배신을 당한 마을 주민이 카메라를 향해 섭섭한 마음을 토로하고 있는 가운데, 일등 당첨자가 살던 집에는 명당에서 흐르는 기를 받으려는 사람들로 북새통을 이루는 장면이 클로즈업되었다. 분명히 삼십 분 방송이라고 했는데, 벌써 시간은 이십 분을 넘기고 있었다. 로또에 대한 시각이 긍정적으로 바뀔 시간은 아무래도 없어 보였다.

초조해진 J는 줄담배를 피워대기 시작했다. 평소와 달리 담배 맛도 제대로 느낄 수가 없었다. J가 텅 빈 담뱃갑을 구겨버리고 새 담뱃갑의 비닐포장을 막 벗기려고 할 때였다. 드디어 J가 화면에 등장했는데, 무슨 이유에서인지 얼굴이 온통 모자이크로 처리되어 있었다. 방송에 출연한 J는 그런 자신을 단박에 알아봤지만, 다른 사람들은 그가 누군지 짐작도 하지 못할 상황이었다. 더구나 J는 음성까지 변조되어 무슨 말인가 열심히 떠들어 대고 있었다. 화면 하단에는 '숫자가 주는 매력은 참으로 큽니다. 도저히 헤어 나올 수 없는 마력 같은 거죠.'라는 자막이 연기처럼 떠 있었다.

허무했다. 온종일 찍어댄 그 많은 장면과 대사는 다 자르고 겨우 일 분 동안, 그것도 벌집 같은 모자이크 속에 가두어 놓다니……. 더구나 자막으로 처리된 말은 촬영하는 날 J 자신이 한 말이긴 했었는지 기억조차 나지 않았다. 어쨌든 방송을 통해 새롭게 알게 된 것은 방송국 사람들의 이중성이었다. 친절한 얼굴 뒤에 숨어 있는 악마적 근성, 그것이 지금까지 언론을 굳세게 지켜온 힘이라는 생각이 들었다.

봄이라고는 하지만 날씨는 초겨울처럼 으스스하다. 공원 안 산책로를 따라 길게 심어놓은 개나리들이 성급하게 내민 꽃망울을 수습도 못 한 채 생기 없이 얼어 있다. 간혹 커다란 마스크를 쓴 여자들이 눈만 간신히 내놓고 양쪽 팔을 앞뒤로 우스꽝스럽게 흔들며 지나갈 뿐, 공원은 비교적 한산하다. J는 여자들의 뒤를 따라 천천히 산책로를 걷는다. 여자들의 묵직한 엉덩이가 유난스럽게 좌우로 실룩거린다. 마치 커다란 8자가 쓰러진 채 버둥거리는 것 같다.

모든 사물에서 숫자를 연상하게 된 것은 번호연구를 하면서부터 생긴 또 하나의 습관이다. 사업에 실패하고 그나마 몇 개월 다니던 직장을 때려치우고 본격적으로 숫자에 파묻혀 살던 어느 날, J는 뭔가 찾을 것이 있어서 아내의 방으로 들어갔다. 밤늦게 직장에서 돌아온 아내는 한쪽 팔을 이마에 얹은 채 깊이 잠들어 있었다. 길게 다문 얇은 입술 때문인지 두 개의 동그란 콧구멍이 유난히 눈에 띄었다. 문득 숫자 18이 떠올랐다. J는 얼른 책상으로 다가가 아내의 몸에서 연상되는 숫자들을 노란색 스티커에 모두 적었다. 귀는 3, 눈은 10, 코는 4, 목은 11…….

J는 제일 먼저 아내의 코에 스티커를 붙였다. 아내가 숨을 쉴 때마다 콧구멍에서 나오는 바람 때문에 스티커가 파르르 떨렸다. 하지만 아내는 아무것도 모른 채 코를 골며 자고 있었다. 잠옷을 걷어 올리고 양쪽 젖꼭지에 스티커를 붙일 때까지도 잠에서 깨지 않았다. J는 배꼽에도 서둘러 스티커를 붙였다. 숫자가 붙어 있는 아내의 젖꼭지와 배꼽을 보니 갑자기 아랫도리에 힘이 들어갔다. 숫자에 빠져들면서 아내와의 섹스가 시들해지던 때였다. J는 마른침을 꿀꺽 삼키며 아내의 팬티를 내렸다. 아내가 눈을 뜬 것은 바로 그때였다.

"뭐하는 거야?"

벌떡 일어난 아내가 J를 밀치고 화장실로 들어갔다. 그 바람에 아내의 몸에 붙어있던 스티커들이 나비처럼 팔랑거렸다. J는 황급히 떨어진 스티커들을 가지런히 모아서 책상 위에 올려놓았다. 33과 36은 아내의 양쪽 젖꼭지에서 떨어진 숫자였다. 왠지 당첨예상

번호가 쉽게 나와 줄 것 같은 예감이 들었다.

"당신, 돌았어?"

화장실에서 물을 내리고 나오던 아내가 등 뒤에서 소리를 질렀다. J는 그 후로도 자주 아내의 몸에 스티커를 붙이는 방법으로 숫자에 대한 영감을 얻어 보려고 했다. 하지만 아내는 J의 애걸에도 불구하고 정신 이상자와는 살기 싫다며 끝내 집을 나가고 말았다.

J는 심각하게 숫자 8을 생각해본다. 하지만 지난주 당첨번호 중에 38이 있었다. 당연히 끝수를 제외하는 방식에 의하면 8은 탈락시켜야 한다. J가 천천히 공원을 도는 동안, 여자들은 여전히 8자를 고문하면서 산책로를 반복해서 돌고 있다. 마치 단순한 동작만 하도록 입력된 로봇처럼 보인다.

공원 한가운데 있는 인공호수에는 언제 몰려 왔는지 작은 물새들이 군데군데 집단을 이루고 앉아 있다. 멀리서 보면 꽤 추상적인 그림으로 보인다. J는 문득 어느 과학잡지에서 읽었던 기사를 떠올린다. 과학자들이 하늘에 떠있는 수많은 별을 컴퓨터에 모두 입력시켰더니, 놀랍게도 사람의 형상을 하고 있었다는 내용이었다. 그리고 보니 인간과 우주에 대한 연관성을 분석해서 숫자에 대입해 보는 것도 꽤 재미있을 거란 생각이 든다.

J가 공원을 두 바퀴쯤 돌았을 때 휴대폰이 울린다. K다.

"지금 동네 입구에 있어요. 당장 나오시죠?"

늘 그랬듯이 K의 말투는 꼭 심통 난 마누라 같다. 그래도 K가 싫지는 않다. J는 시간을 따져 본다. 마감 시간까지는 세 시간 정도 남아 있다. 커피만 마시고 K를 돌려보낸다면 크게 방해받을 일은 없을 것이다.

동호회 회원인 K와는 늘 새로운 방법을 고안해 낸다는 점에서 뜻이 통했다. 그녀는 번호를 분석하고 조합하는 일에 남다른 애착을 보였다. 그래서인지 가끔 엽기적인 방법들도 생각해냈다. 회원들이 징크스로 여기는 숫자들만 조합해서 번호를 뽑아내기도 했고, 시내버스나 지하철을 타고 가면서 옆자리에 바꿔 앉는 사람들의 숫자로도 번호를 조합했다. 심지어는 병원 영안실 입구에 붙어 있는 망인의 나이와 사망한 날짜를 조사해서 번호를 조합한 적도 있었다. 신기하게도 K의 조합 방식은 확률이 높았다. 다른 회원들이 아무리 정밀하고 과학적인 분석 방법을 써도 K만큼 실적이 좋지는 않았다. 하지만 K는 번호를 절대로 남에게 팔지 않았다. 번호를 조합해서 생계를 유지하는 J와 달리 K는 조합한 번호를 자신을 위해서만 사용했다.

동네 입구에 서 있는 K의 얼굴이 좀 야위어 보인다. 마른 몸매에 아직도 두꺼운 코트를 입고 있는 K는 고치 속에서 머리를 내밀고 있는 애벌레처럼 보인다. J가 다가가자 K는 다짜고짜 J의 팔짱을 낀다.

"이번 주 숙제를 끝냈더니 왜 이렇게 배가 고픈지 몰라. 어젯밤에는 라면까지 먹고 잤어요. 오늘도 벌써 세 번이나 밥을 먹었는데 여전히 배가 고파요. 꼭 생리하기 전처럼 너무 허기가 져요. 우리 치킨 먹으러 가요."

고양이처럼 등까지 살짝 휘면서 말하는 K의 얼굴은 정말로 배가 고파 죽겠다는 표정이다. K는 프라이드치킨을 두 마리나 주문하고는 J의 얼굴을 빤히 들여다본다.

"잘 돼가요?"

J는 건성으로 고개를 끄덕인다. 하지만 K는 못 믿겠다는 듯이 고개를 좌우로 흔들고는 어깨를 한번 으쓱해 보인다.

치킨이 나오자 K는 며칠 굶은 사람처럼 허겁지겁 먹기 시작한다. J는 천천히 콜라를 마시면서 K가 먹는 모습을 지켜본다. 먹는 것에 열중한 K의 표정은 앞에 누가 앉아 있는지 전혀 의식하지 않는 것처럼 보인다.

번호연구를 막 시작했을 때 J도 습관처럼 배가 고팠다. 하지만 일에 점점 탄력이 붙기 시작하면서 반대로 식욕이 떨어지기 시작했다. 대신 하루에도 커피를 서른 잔 이상씩 마셔가며 번호 조합에만 몰두했다. 게다가 술을 마시면 정신이 더 맑아진다는 핑계로 마셔댄 소주만 해도 몇 박스였다. 그렇게 몸을 혹사하던 어느 날 갑자기 피를 토하고 쓰러졌다. 금요일이었고, 번호는 이미 다 조합한 후였다. 정신이 아득한 중에 천장을 바라보니 형광펜으로 종이에 써서 붙여놓은 숫자들이 별 무리처럼 뿌옇게 보였다.

병원 침대에 누워 링거를 맞으면서도 번호만 생각했다. 마흔다섯 개의 숫자들을 천장과 벽에 눈으로 옮겨놓고 열심히 번호를 추려냈다. 그리고 간신히 앉아있을 만큼 회복이 되자 잠도 안 자고 침대 위에 웅크리고 앉아 머릿속으로 추려낸 번호들을 조합했다.

의사와 간호사들은 J를 보고 미쳤다고 했다. 정작 J가 완전히 돌아버릴 만큼 흥분한 것은 퇴원하고 나서였다. 입원하기 전에 조합해놓았던 번호가 일등에 당첨된 사실을 알게 된 J는 죽고 싶은 심정이었다. J는 당첨번호를 조합해놓고도 병원에 입원하는 바람에 복권을 구매하지 못 했던 거였다. 아픈 기억을 떠올리자 갑자기 수많은 바늘이 위벽을 돌아다니며 쿡쿡 찔러댄다. J의 오른손이 슬며시 배 쪽으로 옮겨진다.

마침내 K가 먹는 속도를 줄이더니 살점이 약간 붙어있는 닭 뼈 한 개를 손에 쥐고 쪽쪽 빨아댄다. 뼈가 완전히 드러날 정도로 세차게 빨아대는 놀라운 흡입력에 순간적으로 J의 몸이 움찔한다. 온몸의 세포가 흐물흐물해져서 K의 입속으로 후루룩 딸려 들어가는 느낌이다.

K 앞에는 닭 뼈가 소복이 쌓여있다. J는 무심코 닭 뼈를 눈으로 세어본다. 하나, 둘, 셋, 넷…… 모두 여덟 개다. 접시에는 아직 여러 조각이 남아 있다. 겨우 반 마리도 채 못 먹은 K는 더 이상 먹을 생각이 없는지 휴지를 집어서 번들거리는 입가를 닦는다.

또다시 숫자 8과 마주치자 혼란스러워진다. 살점 하나 붙지 않은 매끈한 여덟 개의 뼈들이 다소곳이 J의 간택을 기다린다. 아무래도 이번 주 당첨 예상 번호 중에 8을 끼워 넣어야 할 것 같다. 그렇다면 이제 남은 숫자는 두 개뿐이다. J는 소주병을 들고 활짝 웃는 핀업걸의 머리 위에 걸린 벽시계를 쳐다본다. 마감 시간은 두 시간도 채 남지 않았다.

"차 한 잔 마셔요. 느끼한 거 먹었으니까 개운하게 녹차 한잔 마셔주는 게 예의겠죠?"

치킨집에서 나온 K가 뒤통수를 보이며 앞장선다. 햇볕을 받은 K의 머리카락이 유난히 건조해보인다. 얼마 전까지만 해도 K가 고개를 돌릴 때마다 찰랑찰랑 종소리가 들릴 것 같았는데 지금은 마른 갈대들이 서걱대는 소리가 들린다.

찻집 주인 여자가 안내해 주는 창가 쪽에 자리를 잡고 앉으며 K가 입을 연다.

"더 빠져들기 전에 그만 발을 빼려고요. 어젯밤 마지막 작업을 끝내면서 결심했어요. 더는 확률에 도전하고 싶지는 않아요. 내가 숫자들을 추려내면 낼수록 점점 더 숫자들이 많아지는 것 같아요. 숫자가 얼마나 많은지 가방 속에도 들어 있고, 밥그릇에도 들어 있어요. 어떤 때는 화장실 변기에도 들어 있고 심지어는 내 귓구멍에도 들어가서 정신없이 덜그럭거릴 때도 있어요. 불어나는 속도가 악성바이러스처럼 빨라서 정신이 없을 정도예요."

K는 당분간 쉬었다가 천천히 다른 일을 알아볼 거라고 했다. J는 갑작스러운 K의 고백에 놀라기는 했지만 너무 갑작스러운 일이어서 무슨 말을 해야 할지 잠시 난감해진다. 때마침 주인 여자가 네모난 나무 쟁반에 다관과 찻잔을 받쳐들고 다가온다. K는 주인 여자가 내온 다관의 뚜껑을 열고 가만히 들여다본다. 찻잔 속에 있던 마른 찻잎이 뜨거운 물을 머금으면서 원형대로 사르르 펼쳐진다.

"나는 이걸 볼 때마다 진실의 실체에 대해 생각하게 돼요. 찻잎은 물을 부으면 바로 반응하는 것이 눈에 보이잖아요. 그에 비하면 우리가 번호를 연구해서 조합하는 것이 헛것 같다는 생각이 들어요. 우리는 없는 것에서부터 시작하잖아요. 있는 것에서 있는 것을 찾기도 어려운데, 없는 것에서 있는 것을 찾는다는 게 쉽지는 않은 노릇이죠. 그러니 우리처럼 로또에 미친 극소수의 사람들 말고 누가 이 일을 하겠다고 덤비겠어요?"

그렇지만 K의 말과 달리 로또 번호를 연구하겠다는 사람들은 전국적으로 수백 명이 넘는다. J가 운영하는 동호회도 처음에는 세 명으로 시작했지만 회원 수는 벌써 열 배가 넘는 사십 명으로 늘어났다. 그중 복권방 주인들을 빼고 순수하게 번호연구만 하는 사람들만 해도 삼십 명 이상이다. 뭐든지 된다고 소문나면 부동산이든 주식이든 벌떼처럼 사람들이 몰려드는 것처럼 로또도 마찬가지다. 이러다간 국가에서도 공인중개사 시험을 보듯이 로또 고시를 시행한다고 할지도 모르는 일이다.

K의 충격적인 탈퇴 선언과 얼마 남지 않은 마감 시간을 의식해서인지 갑자기 정신이 혼란스럽다. 정면에 앉아있는 K가 무슨 말을 하는지 하나도 알아들을 수가 없다. J는 물고기처럼 뻥긋거리는 K의 입술을 멍청하게 바라본다.

찻집에서 나오자마자 K가 한쪽 손을 내민다. J는 얼떨결에 그 손을 맞잡는다. 순간 번호 하나가 떠오른다. 28. K와 J의 손가락 마디를 합친 숫자이다. 하지만 28도 끝수에서 걸리기는 마찬가지다. 차라리 30은 어떨까. 손가락 마디만 합칠 것이 아니라 두 개의 손까지 합친 숫자. 30은 삼 주 동안 등장하지 않아서 잘하면 이번 주에 나올 가능성도 있다. J는 자신의 천재성에 스스로 감탄한다. 그렇다면 이제 확정 짓지 않은 숫자는 35밖에 없다.

건널목을 중간쯤 건너던 K가 J를 돌아보고 손을 흔든다. 생각 없이 오른팔을 번쩍 들어 올리던 J는 미간을 찌푸리며 팔을 떨어 트린다. 팔 근육이 찢어질 것만 같다. K는 무슨 말인가 하려다가 그냥 뒤돌아서 또박또박 걸어간다. 점점 멀어져가는 K의 뒷모습 이 무수한 숫자로 이루어진 커다란 덩어리로 보인다. J는 숫자 때 문에 정말로 자신이 미친 것이 아닐까 하는 생각이 든다.

J는 휴대폰에 떠 있는 시간을 확인해본다. 마감 시간까지 오십 분 정도 남아 있다. 어쩔 수 없이 남아 있던 35를 그냥 써먹는 수밖 에 없을 것 같다. 확신이 서지는 않지만 더는 연관성을 따지고 심 사숙고할 시간이 없다. 택시를 잡아탔다. 평소에는 걸어 다녔을 정도로 가까운 역전복권방이 오늘따라 아득히 멀게 느껴진다. 거 의 대머리에 가까운 택시기사가 흘낏 쳐다보더니 말문을 연다.

"기관에 계슈?"

"왜요?"

"옷차림이 기관에 계시는 분 같아서요."

이런 말을 듣는 것은 한두 번이 아니다. 택시기사는 백미러로 다시 한 번 그를 훑어본다.

"그러고 보니 기관 사람은 아닌 것도 같구먼. 그러면 업소에 계신가? 요즘은 업소에 있는 사람들이 그러고 다니던데……."

업소? J는 택시기사의 시선을 피하며 빙긋 웃는다. 평소 같으면 똘마니가 몇 명쯤 있다고 되받아쳤을 테지만 지금은 그럴 여유가 없다. J가 아무런 대꾸도 하지 않자 택시기사는 입을 꾹 다문다.

K에게 고백하지는 않았지만 최근 들어 번호조합 하는 일이 쉽지가 않다. 애써 조합한 번호로 구매한 복권이 자꾸만 당첨 확률이 낮아질 때마다 능력의 한계가 느껴진다. 지난주까지만 해도 몰래 추첨장에 숨어들어, 추첨기 안에서 레일을 타고 내려오는 당첨볼을 꺼내 반으로 잘라보고 싶다는 생각마저 했었다. 공 속에 아무도 모르는 비밀이 숨어있지 않을까 해서였다. 당첨볼 속에 번호를 마음대로 선택할 수 있는 전자 칩 같은 것이 들어 있을지도 모른다는 추측은 동호회 회원 모두의 생각이기도 했다.

일곱 평 정도의 역전복권방에는 남자 손님 세 명이 마킹용지에 번호를 표시하고 있다. J가 들어서자 자리에 앉아있던 황 사장이 힘없이 고개를 까딱인다. 표정이 전 같지 않게 침울해보인다. J는 그 이유가 방송국에서 거의 반나절 이상 찍어 간 복권방이 아예 코빼기도 안 비쳤기 때문이란 걸 잘 안다. 황 사장은 J와 같은 날 방송 섭외가 들어오자 전국에 흩어져 사는 친척들과 친구들에게 빠짐없이 전화를 걸었다. 드디어 하나뿐인 아들이 성공할 모양이라고, 가는귀 먹은 칠순의 아버지에게 큰 소리로 전화를 할 때는 괜스레 눈물까지 글썽거렸다. 아마도 황 사장은 당분간 저렇게 기가 죽어 있을 것이다.

J는 재빨리 마킹용지를 들고 구석 자리로 가면서 슬쩍 남자들 쪽을 쳐다본다. 주황색 벙거지를 쓴 남자가 10, 11, 12, 13, 14, 15에 표시를 하고 있다. 연속되는 번호를 아무렇지도 않게 선택하고 있는 남자를 보니 짜증이 난다. 저런 경우의 당첨확률은 아예 없다고 보면 된다. 남자는 순전히 운에 맡기는 심정으로 추상적인 번호를 선택하는 것이 분명하다.

J가 선택한 번호는 8, 12, 23, 30, 35, 45다. 하지만 세련된 정장을 갖추어 입은 여자가 운동화를 신은 것처럼 어색한 조합이다. 물론 자신 있게 당첨예상번호를 탄생시켰을 때 느껴지는 성취감도 없다. 마지막까지 남아 있던 35가 문제다. 다른 숫자들은 이런저런 일관성을 찾아 비로소 제 그림자를 찾았다. 그러나 35는 여전히 사족처럼 불안정하다. 시간이 없어서 그냥 예상번호에 포함하려고 했는데, 도저히 자존심이 허락하지 않는다.

할 수 없이 35를 제외한 나머지 숫자들을 고정수로 해서 다섯 게임을 뽑아 본다. 숫자 하나 때문에 반자동으로 복권을 뽑아보긴 처음이다. 지금으로서는 이 방법밖에 없다. 역시나 컴퓨터에서 갓 뽑혀 나온 따끈따끈한 복권에도 35는 없다. 대신 37이 세 번이나 들어 있다. 그렇다면 37이 가장 확실한 번호일 것이다. J는 37을 포함한 여섯 개의 번호로 마킹용지에 표시를 한다.

황 사장이 영수증을 뽑는 동안, J는 서둘러 휴대폰으로 문자를 찍는다. 마감 시간은 이십 분 정도 남아 있다. 지금이라도 특수회원들이 발 빠르게 움직여만 준다면 자신들 몫은 챙길 수 있을 것이다. 그런데 열심히 손가락을 움직이던 J가 멈칫한다. 문자로 찍은 번호는 분명 여섯 갠데 그보다 더 많은 숫자가 액정에 떠 있다. 최신형 휴대폰이라 벌써 액정이 망가질 리는 없다.

J는 손가락을 셔츠 앞자락에 쓱쓱 문질러 닦고는 다시 천천히 문자판을 누른다. 그러자 찍지도 않은 엉뚱한 숫자들이 해파리 떼처럼 떠오른다. 당황한 J의 손끝에서 휴대폰이 물 묻은 비누처럼 튕겨져나간다. 바닥에 떨어진 휴대폰에서 숫자들이 거품처럼 부글거린다. 지금 이 시간은 뭐든지 불가능한 시각이다. 휴대폰을 고칠 수도 없고, 특수고객들의 전화번호를 일일이 찾아내서 따로 통보할 시간적 여유도 없다. J의 표정이 점점 어두워진다. J는 떨리는 손으로 간신히 휴대폰을 집어 든다.

거리에는 환하게 라이트를 밝힌 차들이 정해진 차선을 따라 물 흐르듯 움직이고 있다. J는 넋을 잃은 표정으로 물끄러미 차량의 움직임을 눈으로 쫓는다. 가끔 귀를 찢을 것처럼 날카로운 경적소리가 불쾌하긴 하지만, 비교적 평화로운 광경이다. 한참 동안 도로를 쳐다보던 J는 휴대폰을 쥔 두 손을 머리 위로 번쩍 들어올린다. 곧이어 두 팔을 가슴 부위까지 내리고 왼쪽 다리를 들어 올리는가 싶더니, 오른팔을 투수처럼 앞으로 쭉 뻗는다. 그와 동시에 J의 손에 들려있던 휴대폰이 도로 한가운데를 향해 힘차게 날아간다. 그걸 본 J의 표정이 일순 환해진다.

퍼펙트 레이

휴대폰이 지치지도 않고 울려댄다. 휴대폰 창에는 '사육마녀'라고 입력된 글씨가 완강하게 버티고 있다. 전화를 받지 않는다면 금방이라도 창을 뚫고 뛰쳐나올 기세다. 시계를 보니 일곱시도 채 안 된 시각이었다. 급하긴 꽤나 급한 모양이었다. 다행히 그녀는 매장으로 출근한 뒤였다. 나는 머리맡에서 우렁차게 울리는 휴대폰을 집어서 베개 밑에 쑤셔 박았다. 그런대로 소리가 작아지긴 했지만, 벨 소리는 인내심을 시험하듯 끊임없이 울려댔다. 할 수 없이 베개 밑에 손을 집어넣고 휴대폰을 끄집어냈다.

"오늘 확실하게 돈 나오는 거 맞지? 오늘 안 나오면 정말 안 돼. 이번이 정말 마지막이야. 다신 전화 안 할 테니까 꼭 도와줘. 내가 돈 벌면 너한테 빌린 돈 죄다 갚아줄게. 알았지? 응? 제발……."

휴대폰을 받자마자 엄마가 징징대며 말했다. 벌컥 짜증이 치밀었다. 나는 신경질적으로 쏘아붙였다.

"매번 나한테 미안하단 생각 안 들어? 나도 이제 능력 없어. 낳아준 게 무슨 유세야? 왜 나를 그렇게 괴롭혀?"

그러자 엄마가 팽, 하고 코 푸는 소리가 수화기 너머에서 들려왔다.

"왜, 울어? 미안해서?"

"아니, 그게 아니라…, 감기 걸렸어."

태평스러운 엄마의 목소리에 한숨이 절로 나왔다. 나는 앞으로 절대 전화하지 말라고 버럭 소리를 질렀다.

휴대폰의 전원을 길게 눌러 꺼버린 나는 다시 침대에 드러누웠다. 그런데 살짝 잠이 들려는 순간, 퀴퀴한 냄새가 콧속으로 스며들었다. 좀 더 자고 싶은 생각에 애써 참아보려고 했지만 이상하게 속이 메슥거렸다. 나는 침대에서 벌떡 일어나 탁자 위를 쳐다보았다. 우유 한 잔과 딸기잼을 듬뿍 바른 식빵 두 쪽이 접시에 얌전히 담겨 있었다. 원인은 바로 그거였다. 익숙했던 냄새가 그처럼 역겹게 느껴질 수 있다는 사실이 신기했다.

나는 잠깐 망설이다가 빵 한 쪽을 들고 귀퉁이를 베어 물었다. 굳어있던 가장자리가 바스러지면서 혀에 모래처럼 쌓였다. 나는 억지로라도 먹기 위해, 빵을 서너 조각으로 잘라서 우유에 푹 담갔다. 하지만 우유에 적신 빵은 흐물흐물하다 못해 상한 연두부처럼 보였다. 빵도 아니고 죽도 아닌 것을 간신히 목구멍으로 넘기자마자 아랫배에서 곧장 신호가 왔다. 나는 용수철에서 튕겨져나가듯 화장실로 돌진했다. 변기에 머리를 처박고 속에 있는 것들을 모조리 게워냈다.

아무리 그녀가 주고 간 먹이였지만 속에서 받아들이지 않는 이상 먹는 시늉조차도 할 수가 없었다. 나는 형체가 모호해진 빵과 우유를 변기에 쏟아 버렸다. 물을 내리는 순간, 소용돌이치면서 정화조로 빠져나가는 그것들을 보면서 잠시 죄의식에 빠지기도 했다. 어쨌거나 아침 일찍 출근하면서 먹이는 챙겨놓고 나간 그녀에 비해, 나는 제대로 기능을 하지 못하는 고장 난 시계 같다는 생각이 들었다. 그녀가 보고 있건 아니 건 뼛속까지 펫의 마인드를 각인하고 있어야 했다. 나는 펫으로서 최소한의 기본조차도 지키지 못하고 있는 것에 대해 스스로 비참해졌다.

분명 그녀는 새벽에 일어나 전자레인지에 우유를 데우고 토스터에 식빵을 구웠을 것이었다. 구수한 빵 냄새가 은은한 상태에서 너무 바삭하지도 않고 물렁거리지도 않게, 노릇노릇 먹음직스러운 상태로 빵을 굽는 것은 그녀의 특기였다. 그녀는 절정에 오르는 타이밍처럼, 빵 굽는 타이밍도 아주 절묘했다. 나는 그녀가 알맞게 구운 빵에 늘 탄복했고, 감탄사를 부르짖으며 열심히 먹어주곤 했다. 내가 맛있게 먹는 모습을 볼 때마다 그녀는 눈을 가늘게 뜨고 어린아이처럼 물어보았다.

"맛있쪄?"

"물론이지."

"얼마나 맛있쪄?"

"몰라서 물어? 지금 내 얼굴에 쓰리 감의 여운이 고스란히 떠 있잖아."

"쓰리 감? 그게 뭐얌?"

"감격, 감동, 감화."

뭐 이런 식이었다. 나는 그녀에게 최대한의 말치레를 늘어놓았고, 그녀는 은근히 그것을 즐겼다. 빵뿐만 아니라, 다른 것도 마찬가지였다. 나는 그녀가 만든 요리 한 가지, 그녀가 사주는 양말 한 켤레에도 스스로 부담스러울 만큼 감탄사를 연발하곤 했다. 그것은 주인님인 그녀에게 당연히 해야 할 임무이자 예의였다.

토하느라 애를 썼더니 온몸에서 기운이 쭉 빠졌다. 다시 방으로 들어간 나는 침대에 벌렁 누워 이불을 머리끝까지 뒤집어썼다. 그런데 이번에는 시끄러운 확성기 소리가 골목 가득 울려 퍼졌다. 떠돌이 야채 장사꾼이 확성기를 들고 호객행위를 하고 있었다. 아무래도 더는 잠자기 글러 버린 것 같았다. 나는 침대에서 일어나 화장실로 비척비척 걸어갔다.

세면기 위쪽에 붙은 거울 속에서 며칠 사이에 더 까칠해진 얼굴이 물끄러미 나를 쳐다봤다.

"누구세요?"

나는 거울을 향해 말을 건넸다. 거울 속의 남자가 고개를 갸웃거렸다. 눈 밑이 퀭해서인지 십 년은 늙어버린 얼굴이었다. 그러고 보니 그녀가 귀엽다고 툭하면 손바닥으로 두들겨 주던 양쪽 볼이 홀쭉했다. 나는 오른쪽 검지를 볼에 대고 꾹 눌렀다 뗐다. 볼살이 금방 원위치로 회복되지 않는 걸로 봐서 탄력도가 심하게 떨어진 듯했다. 그동안 관리를 못 한 티가 아주 역력했다. 상할 대로 상해 있는 얼굴은 내가 봐도 상태가 심각했다. 아무래도 빨리 엄마 문제를 해결하고, 본격적인 관리에 들어가야 할 것 같았다. 나는 찬물로 대충 세수를 하고, 주방에 딸린 창고 문을 활짝 열어젖혔다.

처음으로 그녀의 집에 오던 날, 작고 아늑한 공간이 아주 마음에 들었다. 나는 그녀의 허락을 받아서 창고에 있던 물건들을 다른 곳으로 옮기고 작업실로 만들었다. 내가 좋아하는 블루마린색 페인트로 벽면을 모두 칠하고, 유리문이 달린 키 낮은 장식장과 책상을 들여놓았다. 그녀가 출근하고 나면 대부분 시간을 그곳에 틀어박혀 시계들과 놀았다. 인터넷 중고 사이트에 들어가서 시세를 확인하고, 업그레이드할 시계를 말끔히 수리해서 디카로 사진을 찍었다.

장식장에는 업그레이드 중인 시계가 여섯 개 있다. 평범한 디자인이지만 은근히 귀여운 포체 두 개, 심플하면서도 고급스러운 스털링 한 개, 쥐샥 빅페이스 흑금 두 개, 그리고 레이가 있다. 레이만 빼놓고 모두 저가시계들이다. 아마도 엄마만 아니었다면 고가의 시계가 네다섯 개 정도는 더 있었을 것이다.

쥐샥 두 개는 곧 다른 시계로 업그레이드 할 예정이다. 흑금이라고 알려진 녀석은 블랙 제품에 금색 포인트가 아주 매력적이다. 글래스 테두리와 글씨에 금색을 넣어서 컬렉션화 시킨 덕분에 녀석은 벌써 단종이 되어 희귀 제품이 되어버렸다. 사이트에서 녀석을 본 시계수집가들이 눈독을 들이고 있는 이상, 녀석도 다른 시계처럼 곧 나의 손을 떠나게 될 것이다. 나는 녀석들을 하나씩 손목에 착용했다가, 다시 원위치에 올려놓았다.

내가 최초로 구매한 시계는 사십만 원대의 티쏘 브랜드였다. 도저히 다른 녀석에게로 눈을 돌릴 수 없었던 나는 그녀가 준 용돈 일부를 투자했다. 티쏘를 데려온 날, 나는 전지전능한 절대자가 지구를 바라보듯이 티쏘를 손바닥에 올려놓고 한참을 들여다보았다. 그런 나를 그녀가 신기하게 쳐다보았다.

"그렇게 좋아?"

"그럼, 정말 좋아. 이것 좀 봐. 글래스 안에서 시침과 분침, 세 개의 서브다이얼에 있는 앙증맞은 초침들이 서로 조화를 이루며 돌아가고 있잖아. 이건 완벽히 또 다른 세계야. 콜럼버스도 신대륙을 처음 발견했을 때 아마 이런 기분이었을걸?"

글래스 안에서 돌아가는 시곗바늘들을 보면서 나는 현재보다 업그레이드된 미래의 시간을 점쳤다. 나는 티쏘를 이 개월 정도 차고 다니다가 중고 사이트에 팔고 오십만 원대의 세이코로 업그레이드시켰다. 블랙 메탈로는 가장 마음에 들어서 거의 오 개월이나 착용한 시계였다. 나는 값싸게 구매한 하나의 시계가 명품시계로 탈바꿈할 때까지 꾸준히 업그레이드했다. 그 과정은 뭐랄까. 처음에는 보잘것없는 알이었다가, 유충을 거쳐 껍데기를 벗고 우화한 잠자리를 보는 기분이었다.

레이도 그런 과정을 통해서 업그레이드시킨 시계였다. 처음 레이를 봤을 때 나는 심장이 멎는 줄 알았다. 녀석은 2차 세계대전

때 독일조종사들에게 지급되었던 시계였다. 워낙 인기가 좋아서 곧 품절됐던 녀석은 수십 년 전, 제조사에서 재탄생시켜 명품 대열에 합류시켰다. 그날 내가 본 녀석은 손오공의 털을 뽑아서 만든 분신처럼 시시한 짝퉁이 아니었다. 길고 긴 시간을 돌고 돌아 대한민국의 인터넷 중고 사이트에서 구매자를 기다리게 된 경로야 어떻든 간에, 녀석은 분명 최초에 만들어졌던 진품이었다. 나는 그동안 모아두었던 돈과 몇 가지 시계들을 죄다 처분한 돈을 합쳐서 녀석을 손에 넣었다.

레이가 장식장 제일 가운데 자연스럽게 왕좌를 정하고 입성하던 날, 나는 레이와 평생을 함께할지도 모른다는 예감이 들었다. 그런 감정은 처음이었다. 녀석의 이름은 한하르트였지만, 나는 녀석을 레이라고 불렀다. 시계에 애칭을 붙여서 부른 것도 레이가 처음이었다. 보통 다른 녀석들은 시계의 브랜드를 붙여 부르거나, 브랜드의 약칭으로 부르곤 했었다.

"그런데 왜 하필 애칭이 레이야? 그건 너무 흔한 이름 아닐까?"

그녀는 좀 더 특별한 애칭을 붙여보라고 충고했다. 하지만 나는 그럴 생각이 전혀 없었다. 오히려 레이 앞에 '퍼펙트'라는 단어를 추가해서 '퍼펙트 레이'라고 부른다면 몰라도 말이다. 사실 레이는 미국 가수인 레이 찰스의 이름이다. 흑인이면서 시각장애인이었지만 세상의 편견과 당당히 맞서며 자신의 한계를 뛰어넘은 레이 찰스는 내가 특별히 존경하는 인물이다. 레이 또한 레이 찰스처럼 당당하게, 한 치의 오차 없이 하루하루를 살아냈다. 결코 시계의 전설인 오메가 못지않은 기특한 녀석이었다. 나는 레이만큼 녀석에게 잘 어울리는 애칭도 없다는 생각이 들었다.

그러고 보니 전직 조종사와 만나기로 약속한 시간이 얼마 남지 않았다. 나는 서둘러 레이를 상자에 담아 배낭에 넣었다. 사실 그는 한 달 전에 만나야 했던 사람이었다. 하지만 그쪽에서 두 차례나 일방적으로 약속을 어기는 바람에 이제야 만나게 된 것이다.

그는 일주일 전에 불쑥 전화를 걸어서 대뜸 레이가 무사하냐고 물었다.

"무사?"

내가 반문하자 그는 허허 웃으면서 정정했다.

"레이의 안부 말이요. 설마 다른 사람에게 넘긴 건 아니지요?"

"아직은 아닙니다만……."

내 말에 그는 안심했다는 듯이 길게 한숨을 내 쉬고는, 그동안 약속을 지키지 못한 이유가 전적으로 자신의 잘못 때문이라고 말했다.

"변명 같지만 첫 번째 약속을 어긴 것은 길을 잃었기 때문이었소. 하늘 길은 자신이 있었는데, 지상의 길은 나를 너무 무기력하게 만들더군요. 집을 나서면서부터 약속된 방향과는 정반대 방향으로 가기 시작했어요. 결국 몇 시간을 헤매다가 낙심한 채 그냥 집으로 돌아갔답니다."

나는 첫 번째 약속을 어길 때처럼 두 번째 약속을 어긴 것도 길을 잃어서였냐고 물었다. 그러자 그는 쓸쓸하게 웃으며 대답했다.

"그때는 전화번호 때문이었어요. 두 번째로 만나기로 한 날, 조금 늦겠다고 당신 집으로 전화를 했는데 계속해서 불통이더군요. 나는 당신의 집 전화번호를 지역번호도 없이 휴대폰에 입력해 놓은 사실을 최근에야 알았습니다. 그것도 모르고 나는 당신이 레이를 다른 사람에게 넘기려고 일부러 피하는 줄 알았지요. 그래서 잠시 연락을 끊었던 거구요. 당신의 휴대폰번호를 입력해놓았더라면 벌써 만났을 텐데, 내가 굳이 고집을 부려서 집전화번호만 알려달라고 한 것이 잘못입니다."

나는 그렇게 세상 물정 모르는 사람이 어떻게 비행기 조종사가 되었는지 의심스러웠다. 게다가 그런 사람에게 레이를 보내야 할지 잠깐 망설여지기까지 했다. 그러나 내게는 선택권이 없었다. 무조건 그를 만나야 하기 때문이었다. 그는 약속 장소를 충무로에 있는 한 커피전문점으로 정해주면서, 그곳이 그나마 자신이 헤매지 않고 쉽게 찾아갈 수 있는 곳이라고 덧붙였다.

이른 봄인데도 한여름 같은 날씨 때문인지, 카페 앞에 놓인 여러 개의 야외 테이블에는 많은 사람이 자리를 잡고 앉아 있었다. 나는 혹시라도 빈자리가 있나 싶어서 이리저리 훑어보았다. 야외 테이블마다 죄다 한두 명씩은 차지하고 있어서 빈자리는 찾아볼 수가 없었다. 할 수 없이 카페 안으로 들어가 자리를 잡았다. 시멘트벽 하나로 바깥세상과 격리된 내부는 일찌감치 가동한 에어컨 때문에 시원하다 못해 팔에 소름이 돋을 정도로 서늘했다. 나는 배낭 깊숙이 손을 집어넣고서 레이가 담겨 있는 상자를 부드럽게 쓰다듬었다. 이내 미세한 떨림이 손끝으로 전해져 오면서 가슴이 먹먹해졌다.

디카로 찍어 사이트에 올린 레이는 내가 보기에도 정말 매혹적이었다. 잔디 위에 다소곳이 눕혀놓고 정면에서 찍은 사진은 특히 더 그랬다. 검은색 다이얼에 세 시와 아홉 시 방향으로 나란히 배치된 두 개의 서브다이얼은 절제된 품격이 있었고, 용두를 사이에 두고 위아래 달린 두 개의 깜찍한 크로노그래프용 버튼과 규칙적인 홈이 마치 빗살무늬를 연상시키는 바젤은 진한 밤색 가죽 밴드와 완벽한 조화를 이루고 있었다. 또한 전체적으로 섬세하고 다소 빈티지한 이미지는 연녹색 잔디와 어울리면서 레이만의 장점을 한껏 발산했다.

레이를 본 많은 사람이 사진 밑에 리플을 달아 가격을 홍정했지만, 레이를 아무에게나 함부로 넘겨줄 수는 없었다. 내가 레이의 사진을 최대한 매력적으로 찍어서 사이트에 올린 것은 오직 한 사람의 구매자를 위해서였다. 나는 레이의 가치를 발견해낼 진정한 주인을 기다리고 있었다. 레이를 영원히 소유할 수 없다면 그렇게라도 해주는 것이 레이를 위해서 당연하다는 생각이 들었다.

나는 신청자 중에서 메일로 구매자를 엄선했다. 레이가 꾸준한 생명력을 이어갈 수 있도록, 레이를 가장 잘 아껴주고 특별하게 여길 수 있는 사람을 선별하는 일은 그리 쉽지가 않았다. 메일로 내가 요구한 사항은 이런 것이었다.

'레이를 구매하지 않으면 안 될 이유를 말씀해 주실 수 있으십니까?'

메일로 답변을 보내온 구매자 중에는 장난스러운 답변을 한 사람도 있었고, 중고시계 하나 팔면서 뭔 이유가 필요하냐고 항의하는 사람도 있었으며, 희소성이 있는 만큼 오래도록 소장하고 싶어서라고 답변한 사람도 있었다. 심지어 누군가는 이유를 왜 알아야 하는지 그 이유를 알려달라고 했으며, 누군가는 너 아니면 팔 사람이 또 없겠느냐며 다른 곳을 알아보겠다고 했다. 일일이 기억하고 싶지도 않지만 대부분 이유가 미약했다. 그나마 단순하게 '소장하고 싶어서'라고 답변한 사람에게 순간적으로 연락을 취할 뻔했지만, 맨 마지막에 도착한 장문의 메일을 보고는 바로 마음을 접었다.

'수개월 전 조종사생활에서 은퇴한 사람입니다. 하늘길에서 지상으로 내려온 지 제법 많은 시간이 흘렀는데도 나는 아직 지상의 삶이 너무 혼란스럽습니다. 하늘에서의 삶이 숙달된 조교의 생활이었다면, 지상에서의 삶은 훈련병의 생활이라는 생각이 듭니다. 갑작스럽게 바뀐 삶의 패턴 앞에서 나는 모든 것이 어리둥절합니다. 아무래도 처음부터 다시 세상사는 법을 배워야 할 것 같습니다.

사실 조종사를 그만두고 나면 해야 할 일들이 많을 것 같았습니다. 나는 은퇴를 하게 되면 제일 먼저 캠핑카 한 대를 사서 당분간 아내와 함께 여행을 다닐 생각이었습니다. 그리고 아내와 그동안 못다 한 시간을 함께하면서 직접 요리도 만들어주고 싶었습니다. 요리학원에 등록하여 요리를 배운다면 그리 어려울 것도 없을 것 같았지요. 하지만 현실은 너무 쉽게 나를 굴복시켰습니다. 나는 지금 바보나 마찬가지랍니다. 익숙하지 않은 일상의 삶은 번번이 나를 외롭게 만듭니다. 심지어 공중전화 사용법이나 은행업무 같은 가장 기본적인 것들마저도 아내의 도움이 있어야 가능합니다.

지금 아내는 매우 아픕니다. 나는 아내를 편하게 해주고 싶습니다. 아내는 나 때문에 지금까지 고생만 해온 사람이랍니다. 내가 삼십 년 이상 하늘을 나는 동안 아내는 혼자서 아이 셋을 낳아 길렀습니다. 생각해보면 오랜 비행사 생활 끝에 얻은 것은 사회적 괴리감인 것 같습니다. 내가 다시 공간 감각을 찾기 위해서는 반드시 레이가 필요합니다. 물론 신제품을 제 값 주고 살 수도 있겠지요. 하지만 당신이 사이트에 올린 시계와는 비교도 되지 못할 겁니다.

레이는 과거에 내가 소장하고 있던 시계와 느낌이 흡사합니다. 비록 사이트에 올린 사진으로만 봤지만, 나는 레이를 보자마자 내가 그토록 찾던 시계임을 직감했습니다. 내가 차던 시계는 은퇴할 때 지인에게 주었답니다. 하늘길에 함께해 왔던 시계를 선뜻 풀어서 지인에게 넘겨준 것은 하늘에서의 생활을 완전히 청산하겠다는 의지의 표현이었습니다. 그것도 순전히 아내를 위한다는 명목으로 말입니다. 지금 생각하면 후회가 됩니다. 도대체 왜 그랬는지, 조금이라도 더 생각했더라면 좋았을 것을……. 미안합니다. 되는 대로 적고 보니 푸념 같기만 하군요. 거듭 밝히지만 나는 지금 레이가 매우 필요합니다.'

전직 조종사가 레이를 필요로 하는 이유는 절절했다. 메일 내용으로 봐서는 그가 나보다도 훨씬 더 레이를 아껴줄 수 있을 거란 예감이 들었다. 선뜻 레이를 떠나보내기로 한 것도 그래서였다. 그는 곧바로 레이를 넘겨달라고 하진 않았다. 그는 서너 번 정도 더 메일을 보내서 레이의 특징을 재확인했다. 구매의사를 밝힐 때는 금방이라도 달려올 것처럼 굴던 것과는 아주 다른 반응이었다. 상당히 꼼꼼한 사람인 것은 확실해 보였다. 어쨌건 그건 장점이 되면 되었지 결코 단점이랄 수는 없었다.

생각하면 할수록 레이의 새 주인으로 전직 조종사를 선택한 것은 내가 지금까지 한 일 중에서 가장 잘한 일인 것 같았다. 나는 다시 한 번 레이가 들어있는 상자를 어루만졌다. 순간, 엄마가 더없이 원망스러웠다. 엄마만 아니었다면 내가 레이와 헤어지는 일 따위는 결코 없었을 것이다. 엄마는 사채로 빌린 돈 오백만 원 때문에 벌써 두 달째 하루도 빠짐없이 내게 전화를 걸었다. 돈을 갚아주지 않으면 차라리 죽어버리겠다고 협박도 했다. 겨우 몇백만 원 때문에 레이를 처분해야 한다는 사실에 남아 있던 자존심을 뿌리째 뽑혀버린 기분이었지만, 달리 돈을 구할 수 있는 방법이 없었다. 나는 이번 기회에 엄마의 빚을 마지막으로 갚아주고 완전히 인연을 끊을 작정이었다.

평소에 아버지는 엄마를 사랑한다고 강조했지만, 사실은 사육했다는 표현이 맞았다. 엄마는 집이라는 울안에 갇혀 아버지의 지나친 간섭과 관심을 받고 살았다. 아버지는 사육사답게 식사는 물론 청소까지 도맡아 했다. 만일 아버지의 행동에 대해 엄마가 한 번이라도 거부한 날이면 그날은 잠을 재우지 않았다. 아버지는 엄마가 진심으로 반성할 때까지 곁에서 지키고 앉아 날밤을 새웠다. 나는 두 사람이 반드시 이혼할 거라는 걸 일찌감치 예감했다. 그리고 그 예감은 군대 가기 전날 확신으로 바뀌었다.

그날 아버지는 나를 군대에 보내는 기념으로 외식을 제안했다. 안방으로 옷을 갈아입으러 들어갔던 엄마가 때마침 걸려온 전화를 받았다. 발신자는 테니스 강사였다. 당시 엄마와 아버지는 매주 수요일과 토요일, 삼십 대 초반의 남자 강사로부터 테니스를 배우고 있었다. 간간이 들리는 엄마의 말소리로 보아 테니스 강사는 친구의 결혼식 때문에 토요일 레슨을 미루고 싶은 모양이었다. 그런데 전화를 받던 엄마가 갑자기 큰 소리로 웃었다. 그때까지 엄마의 웃음소리를 한 번도 들어보지 못했던 나는 깜짝 놀랐다. 엄마는 웃을 줄 모르는 사람이 아니라, 웃지 않고 있었다는 사실이 충격적이었다. 사건은 곧바로 일어났다. 아버지가 안방 문을 벌컥 열고 엄마에게 소리를 질렀다.

"뭔 놈의 통화가 그렇게 길어? 누구야 대체, 엉?"

아버지는 필요 이상으로 흥분하면서 화를 냈다. 그때 아버지의 표정은 말로 설명하기 힘들 만큼 기묘했다. 겁을 주려는 듯 부릅뜬 눈은 영화에서 본 일본 사무라이 같았으며, 콧구멍은 재채기라도 할 것처럼 벌렁거렸고 벌어진 입가에는 게거품이 부글거렸다. 아버지를 흘끔 쳐다보던 엄마는 서둘러 전화를 끊었다. 그리고는 그때까지 들었던 엄마의 목소리 중에서 가장 높은 음성으로 따지듯이 대들었다.

"테니스 강사가 레슨을 미루자고 전화한 거예요. 그렇게까지 화를 낼 문제가 아니잖아요?" 엄마로서는 도대체 뭐가 잘못된 것인지 알 수가 없었다. 테니스 강사가 날짜를 조율하면서 뭔가 웃긴 얘기를 하는 통에 소리 내서 웃은 것이 잘못이라면 잘못이었다. 엄마의 말에 아버지는 얼굴이 벌게지더니 위층으로 뛰어 올라가면서 다시 소리쳤다.

"이제부터 우리 중 아무도 테니스를 할 수 없어!"

위층 작은 방에서 테니스 라켓 두 개를 꺼내서 계단을 내려온 아버지는 엄마의 손목을 한 손으로 홱 잡아끌고 주방으로 들어갔다. 엄마가 손목을 빼내려고 버둥거리자 아버지는 더 세게 잡으면서 다른 한 손으로 가스레인지의 불을 켰다. 푸른 불꽃이 일렁거리자 아버지는 테니스 라켓 두 개를 동시에 불 위에 올려놓았다. 나는 멍청하게 서 있는 엄마 뒤에서 테니스 라켓의 헤드 부분이 처참하게 망가지는 광경을 지켜보았다. 그날 하얗게 질려서 곧장 방으로 들어간 엄마는 다음 날이 되어도 나오지 않았다. 자식이 군대에 간다는 사실을 아는지 모르는지 엄마는 방문을 굳게 잠그고 있었다. 할 수 없이 나는 엄마의 얼굴도 보지 못한 채 군에 입대해야 했다.

아버지와 엄마는 내가 제대하기 며칠 전에 합의이혼을 했다. 내가 입대할 무렵 금방이라도 이혼할 것 같았는데 왜 그때까지 끌었는지는 모를 일이었다. 군복무를 마치고 집으로 달려갔을 때, 식구들은 이미 뿔뿔이 흩어진 직후였다. 식구들이 살던 집에는 다른 사람들이 살고 있었다. 아버지는 아예 연락도 되지 않았다. 다행인지 불행인지 이모네 집에 임시로 살고 있던 엄마와는 간신히 연락이 닿았다. 엄마는 곧바로 나를 만나러 오지 않았다. 혼자서 신바람 나는 인생을 살아볼 거라고 했다. 엄마가 나를 찾은 것은 위자료로 받은 돈을 모두 날리고 난 뒤였다.

엄마는 돈이 필요할 때마다 번번이 나를 찾았다. 그동안 업그레이드 중이던 시계를 처분해서 엄마가 빚진 돈을 갚아준 것만 해도 여러 번이었다. 언제부턴가 나는 엄마를 '사육마녀'라고 불렀다. 엄마는 아무래도 아버지가 사육하다 실패한 마녀 같았다. 사육장에 가두어 기르다가 갓 풀어놓은 반달곰처럼 사회에 적응하지 못할 때는 안쓰럽기도 했지만, 점점 그런 엄마가 무서워졌다. 엄마는 이혼하고 난 후부터 앞을 보는 눈까지 멀어버린 것 같았다. 그렇지 않고서야 두 눈 멀쩡히 뜨고 번번이 사기를 당할 수는 없는 일이었다. 나는 엄마가 돈 때문에 내게 매달릴 때마다 헨젤과 그레텔의 마녀를 떠올렸다. 동화 속 마녀와 다른 점이 있다면 엄마는 내가 살이 찌기도 전에 잡아먹을 태세라는 거였다.

그녀는 내가 엄마 때문에 힘들어 하는 것을 알고 있는 것 같았다. 그렇지만 내색은 하지 않았다. 대신 그나마 풍족했던 용돈이 줄어들었다. 그만큼 시계를 업그레이드 할 수 있는 내 능력도 현저히 줄어들었다. 그뿐이 아니었다. 그녀가 나를 대하는 태도도 부쩍 냉랭해졌다. 그녀가 좋아하는 빨간 산타 모자를 쓰고, 앞부분에 껍질을 절반 정도 벗긴 바나나가 매달린 초록색 팬티를 입고 있어도 별 반응이 없었다. 아침마다 주고 가는 먹이도 몇 주째 똑같았다. 전자레인지에 데운 우유 한 컵과 토스터에 구워서 딸기잼을 바른 식빵 두 쪽이 그것이었다. 그래도 나는 나름 만족했다. 원래 아침을 잘 먹지 않는 나로서는 그 정도만으로도 저녁때까지 견딜 수 있었다.

지금은 주인님인 그녀를 나는 한때 사장님이라고 불렀었다. 제대하고 난 뒤, 군복을 입은 채 역 부근을 돌면서 구한 직장이 그녀가 운영하는 베이커리 카페였다. 그녀는 무작정 들어가서 일자리를 찾는 나를 한참 살펴보고는 선뜻 채용해 주었다. 군대 가기 전 육 개월가량 다른 베이커리에서 아르바이트한 경력이 도움이 된 것도 있었다. 나는 아침부터 저녁까지 빵을 팔고 커피머신에서 국수 뽑듯이 커피를 뽑았다. 그녀는 베이커리 카페에서 파는 백여 종 정도의 빵 종류를 단 이틀 만에 외운 사람은 나밖에 없다면서 은근히 치켜세우기도 했다.

다들 퇴근을 하고 난 밤이면 매장 한쪽에 팔걸이가 없는 의자들을 붙여놓고 그 위에서 잠을 잤다. 등이 배기고 꿈자리가 사나운 날은 타일바닥으로 여러 번 낙하하기도 했지만 어느 정도 돈을 모아 방을 구할 때까지는 어쩔 수 없는 일이었다. 제일 참기 어려웠던 것은 바퀴벌레였다. 아무리 청결을 유지하기 위해 열심히 쓸고 닦아도 캄캄한 밤이면 바퀴벌레들이 개선장군처럼 의기양양한 모습으로 불쑥불쑥 나타나곤 했다. 빵을 올려두는 진열대부터 주방 조리대, 심지어는 자고 있던 의자 손잡이까지 올라와 더듬이를 불

량스럽게 까닥거렸다. 가만히 있으면 바퀴벌레들이 내 귓구멍과 콧구멍까지 접수할 것만 같았다.

나는 바퀴벌레가 보일 때마다 분사용 살충제를 뿜어대거나, 신고 있던 신발을 벗어 던졌다. 간혹 신문지를 몽둥이처럼 말아서 바퀴벌레를 때려잡기도 했다. 하지만 바퀴벌레는 한밤의 나들이라도 즐기듯이 줄기차게 기어 나왔다. 게다가 내 손에 사망한 바퀴벌레들은 몇 배의 닮은꼴들을 세상에 내놓는 것으로 나를 비웃었다. 매장 직원들의 회식이 있던 날, 내가 술을 퍼마시지 않은 것도 그 때문이었다. 취해서 잠이 든 사이 바퀴벌레들이 귓구멍으로 들어갈 지도 모를 일이었다. 나는 매장 직원들이 술에 취해있는 동안 열심히 그들의 수발을 들었다.

"너, 내 펫 할래?"

이차로 간 노래방에서였다. 쉐프 형 옆에 앉아있던 그녀가 마이크를 다른 직원에게 넘기고 자리에 앉으면서 한 말이었다. 술에 취한 그녀가 게슴츠레하게 눈을 뜨고 나의 표정을 살폈다.

"너 말이야. 일도 잘하고, 노래도 잘하고, 귀여워서 내 맘에 딱 들거든? 그러니까 내 펫 하라고."

그날은 내가 베이커리에 취직한 지 두 달 정도 지났을 때였다. 나는 고개를 끄덕거렸다. 열 살이나 더 많은 그녀가 좋아서가 아니라 바퀴벌레가 싫어서였다. 처음엔 '펫'이라는 용어가 쉽게 적응되지 않았다. '펫'이라는 단어를 발음할 때 풍기는 퇴폐적인 뉘앙스도 별로였다. 그럼에도 나는 펫으로 살겠다고 선언한 순간부터 생각과 행동, 라이프 스타일까지도 그녀에게 맞췄다. 가끔 케이블방송이나 책에 나오는 애완남들을 보면서 나름 연구도 했다. 그녀가 어떨 때 가장 기뻐하고, 어떨 때 가장 역겨워하는지도 일찌감치 파악했다. 비굴하다는 생각은 손톱만큼도 하지 않았다. 그 어떤 상황도 바퀴벌레보다는 나았기 때문이었다.

약속 시각이 지났는데도 전직 조종사는 나타나지 않았다. 그의 말대로라면 그는 감색 바지에 베이지색 트렌치코트를 입고 있을 것이다. 나는 아내의 도움 없이는 아무것도 할 수 없을 정도로 멍청해진 전직 조종사의 모습을 상상하면서 카페 안에 있는 사람들의 손목을 쳐다보았다. 그것은 아이를 가진 임산부가 같은 임산부들에게 눈이 가고, 가방을 좋아하는 사람이 다른 사람들의 가방을 눈여겨보듯이 아주 자연스러운 행동이었다.

생긴 모습이 각자 다른 것처럼 사람들의 손목에 있는 시계들도 다양했다. 출처를 알 수 없는 초저가 시계부터 알마니, 까르띠에, 불가리, 테그호이어 같은 명품도 눈에 띄었다. 그러나 오 초 정도만 살펴보면 사람들의 손목에 채워져 있는 시계들이 짝퉁인지 진품인지 금방 알아볼 수 있다. 마주앉은 긴 생머리 여자에게 열심히 수다를 떨고 있는 노랑머리 남자가 차고 있는 불가리는 언뜻 봐도 짝퉁이었다. 바로 그 뒤에서 혼자 앉아 커피를 마시고 있는 짧은 웨이브 단발머리 여자는 다행히 진품 까르띠에를 차고 있었다. 깔끔하고 세련된 복장 때문인지 여자의 손목에 있는 사각형

까르띠에가 더 품위 있게 보였다.

　나는 눈을 돌려 까르띠에 바로 옆에 앉은 여자의 손목을 살폈다. 귀에 자전거 바퀴 축소판처럼 큰 링을 매달고 있는 깡마른 여자는 어울리지 않게 뚜르비용을 차고 있었다. 나는 허리를 구부리는 척하면서 가까이 들여다보았다. 그러면 그렇지. 여자의 시계는 진짜를 가장한 저가형 짝퉁이었다. 순간 여자가 입고 있는 옷, 신고 있는 구두, 옆자리에 얌전히 놓아둔 가방까지도 죄다 싸구려로 보였다.

　뚜르비용이 장착된 시계는 아무나 소유할 수 있는 것이 아니다. 시계를 만드는 장인에 의해 순수 수작업으로 모든 공정이 이루어질 만큼 고난도의 기술이 필요하다 보니 가격대가 상상을 초월한다. 뚜르비용을 몇 개 장착했는지, 다이아몬드 같은 보석이 몇 개나 박혔는지에 따라 수천에서 수억 원대를 호가한다. 그럼에도 나는 일찌감치 뚜르비용을 명품에서 제외했다. 글래스 안에서 회오리처럼 돌아가는 모습을 보면 아름답고 예쁘긴 하지만 그것 하나 빼고는 가격이 쓸데없이 비싸기 때문이다. 내가 생각하는 명품은 그처럼 화려하고 비싼 것이 아니라 레이처럼 정직한 시계다.

　나는 얼른 고개를 돌리고 식어있는 커피를 한 모금 마셨다. 아무래도 가로숫길로 원정을 한번 나가야 할 것 같았다. 그곳에서는 카페의 한나절이 전혀 지루하지가 않았다. 다양한 시계들의 향연이 펼쳐지기 때문이었다. 만일 전직 조종사를 가로수길에 있는 카페에서 만나기로 했더라면 온종일이라도 기다려 줄 수 있었다.

지루함을 참느라 커피 잔을 한 손으로 빙빙 돌리고 있을 때, 카페 문에 매달린 작은 종이 경쾌하게 울리면서 한 남자가 들어섰다. 남자는 내가 앉아 있는 곳에서 정면으로 있는 테이블에 앉았다. 정장도 캐주얼도 아닌, 흰 바탕에 푸른 줄무늬가 있는 가벼운 재킷으로 한껏 멋을 낸 남자는 누가 봐도 눈에 띌 만큼 외모가 준수했다. 남자는 자리에 앉자마자 휴대폰을 꺼내서 누군가에게 전화를 걸었다.

　나의 시선은 휴대폰을 들고 있는 남자의 손목으로 향했다. 놀랍게도 그의 손목에서 후광을 빛내고 있는 것은 론진이었다. 나는 손을 멈추고 카페조명을 받아서 반짝이는 시계를 황홀하게 바라봤다. 남자와 론진은 거의 한 몸처럼 어울렸다. 어느 한 쪽도 따로 분리해서 생각할 수 없을 만큼 둘은 일체감을 이루고 있었다. 숫자판이 아라비아 숫자가 아니라, 시원하게 직선으로 뻗은 로마자인 것도 마음에 들었다. 게다가 다이얼을 무채색의 로고에 흰색과 검은색, 파란색만을 사용해서 심플하게 처리한 것은 더 마음에 들었다.

　한때 나는 천만 원대 이상의 시계를 사기 위해서 꾸준히 돈을 모아야겠다는 생각을 했었다. 적어도 그 정도의 시계를 가지고 있어야만 제대로 업그레이드된 인생이 될 것 같았다. 하지만 줄무늬 재킷의 남자를 보고나니 그런 생각이 싹 가셨다. 싸구려 중국제 시계나 비싼 명품시계나 그것을 착용한 사람과 어울려야만 비로소 시계의 가치가 빛나는 것 같았다.

커피를 리필해서 다 마실 때까지 전직 조종사에게서는 아무런 연락이 없다. 카페에 있던 사람들도 벌써 두 차례쯤 물갈이가 되었다. 전직 조종사는 또 약속을 어길 모양이었다. 이번에는 내 휴대폰 번호까지 분명히 알려줬으니 늦으면 늦는다고 벌써 연락이 왔을 것이다. 어쨌든 나로서는 기다릴 만큼 충분히 기다렸으니 할 일을 다한 셈이었다. 나는 열렸던 배낭의 지퍼를 채운 뒤 자리에서 일어섰다. 그때 누군가가 내 어깨에 묵직하게 손을 얹었다. 감색 바지에 베이지색 트렌치코트였다. 나는 엉거주춤 다시 자리에 앉았다.

"미안합니다. 많이 기다렸을 텐데, 내가 너무 실례를 범한 것 같네요."

젊었을 때라면 거의 조각 같았을 그의 외모와 예의 바른 말투가 심플하고 고급스러운 시계 디자인을 연상시켰다. 시계 애호가 중에는 고급스러운 디자인만 선호하는 사람도 있고, 명품이나 크기에 집착하는 사람이 있다. 나는 전체적으로 통일감을 이루는 심플한 것을 좋아한다. 다행히 그는 내가 가장 좋아하는 시계 같은 타입이었다. 두 번이나 바람 맞힌 것조차 용서될 정도였다. 선한 눈매의 그는 시계처럼 성실하게 하루를 살아낼 사람처럼 보였다. 물론 그가 원했던 현실감만 회복한다면 말이다.

그는 내게 커피 한 잔 더 마실 거냐고 물었다. 나는 두 잔이나 마셨다고 대답했다. 그는 고개를 끄덕이더니 불쑥 손을 내밀었다.

"레이라 그랬지요? 시계의 애칭이……. 볼 수 있을까요?"

나는 말없이 배낭을 열고 레이가 담긴 상자를 그의 손에 넘겨주었다. 그는 잠시 숨을 고르더니 상자를 열고 레이를 뚫어지게 쳐다보았다. 곧이어 그의 입에서 탄성이 쏟아졌다.

"아, 맞아요. 이게 바로 내가 찾던 그 시계입니다. 세상에 어떻게 이런 일이 있을 수 있지요? 다른 사람에게 주었던 시계가 지금 내 눈앞에 있다니요. 정말 믿을 수가 없군요. 사실 하마터면 오늘도 약속을 못 지킬 뻔했습니다. 자신 있게 집을 나왔는데, 또 길을 잃었거든요. 다행히 어떤 여자 분의 도움으로 여기까지 오긴 했는데 너무 늦었습니다. 정말 미안합니다. 그리고 시계를 저에게 넘겨주셔서 감사합니다."

그가 정중하게 일어서서 고개를 숙였다. 나도 덩달아 자리에서 일어나 고개를 숙였다. 그는 다시 자리에 앉더니 한 손으로 의자 손잡이를 꼭 잡고서 입을 열었다.

"그동안 비행을 하면서 구름 위를 숱하게 날아다녔습니다. 나는 구름을 볼 때마다 맨발로 그 위를 걸어 다니는 상상을 하곤 했었지요. 그런데 지금이 바로 그런 기분인 것 같습니다. 이렇게라도 의자를 잡고 있지 않으면 둥둥 떠올라서 깃털처럼 가벼워질 것 같네요."

전직 조종사는 레이를 품에 넣고 정말 깃털처럼 가벼운 걸음으로 카페를 나갔다. 그가 주고 간 금액은 생각보다 많았다. 엄마가 빌린 돈을 갚고도 남을 만큼 충분한 액수였다.

전직 조종사가 가고 난 뒤, 뒤늦게 자리에서 일어서던 나는 도로 그 자리에 털썩 주저앉았다. 무릎에 바윗덩어리를 올려놓은 것처럼 무거웠다. 내가 잠시 머뭇거리는 동안, 카페의 손님들은 대부분 다른 사람들로 교체되었다. 나는 또다시 사람들의 손목으로 눈을 돌렸다. 그런데 신기하게도 카페에 있는 사람 중에서 시계를 찬 사람이 아무도 없었다. 마치 시계들이 하늘로 모두 증발해버린 것처럼 사람들은 하나같이 빈 손목이었다. 나는 영화 같은 현실이 믿어지지 않아서 고개를 갸웃거렸다.

저녁놀이 지기 시작한 하늘에는 흰 물감과 붉은 물감을 적당히 섞어서 터치한 것처럼 환상적인 깃털 구름이 촘촘히 떠있었다. 마치 구름무늬가 박힌 거대한 양탄자를 공중에 펼쳐놓은 것 같았다. 길 가던 사람들이 탄성을 지르며 휴대폰을 치켜들고 구름 사진을 찍었다. 그들이 셔터를 누를 때마다 째깍, 째깍…, 시계 소리가 이명처럼 들렸다.

나는 충무로에서 가까운 그녀의 매장까지 터벅터벅 걸어갔다. 걷는 내내 마음이 울적했다. 아니 울적하다기보다는 허전했다. 나는 자꾸만 손을 뒤로 돌려서 등에 멘 배낭을 더듬었다. 레이가 들었던 상자 하나 없어졌다고 해서 배낭의 부피가 줄어든 것은 아니었지만, 배낭 안이 텅 빈 것 같았다.

그녀의 매장은 손님들로 붐비고 있었다. 나는 유리창 너머로 매장 안을 들여다보았다. 그녀는 여전히 계산대에서 계산하고 있었다. 매장 직원들은 대부분 못 보던 얼굴들이었다. 아마도 최근에 바뀐 모양이었다. 내가 보고 있는 줄도 모르고 키가 크고 앳된 남자가 머그잔에 커피를 뽑다 말고 그녀를 보면서 웃었다. 계산대에서 있던 그녀도 약간 상기된 얼굴로 남자를 보고 웃었다. 오랜만에 그녀가 웃는 걸 보니 왠지 낯설었다.

나는 매장 앞에 있는 나무 의자에 걸터앉아 오가는 사람들을 쳐다보았다. 다들 시계 초침처럼 바쁘게 걸어가고 있었다. 문득 한 노인이 눈에 띄었다. 근처 약국과 상점을 오가며 박스를 수집하는 노인이었다. 허리가 굽은 노인은 바닥에 수북이 쌓인 박스들을 크기별로 구분하는 중이었다. 작업하는 도중, 노인은 쇳소리가 날 정도로 밭은기침을 하면서 흘러내리는 콧물을 옷소매로 연신 닦아냈다. 노인이 팔을 위로 들어 올릴 때마다 노인의 손목에서 금속성의 뭔가가 반짝거렸다. 아무 생각 없이 노인을 지켜보던 나는 화들짝 놀랐다. 노인의 손목에서 반짝거리는 것은 오메가였다. 추레한 모습과 어울리지 않는 오메가가 노인의 손목에서 한 번만 쳐다봐 달라고 신호를 보내고 있었다.

시계를 아는 사람이라면 진정한 시계의 가치는 오메가로부터 시작된다는 것을 잘 알고 있다. 암스트롱이 달에 갔을 때 차고 간 시계도 고도의 정확성을 자랑하는 오메가 스피드마스터였다. 그래서 녀석의 별명도 문 워치다. 시계계의 터미네이터인 녀석을 어떻게 폐휴지나 줍는 노인이 지닐 수 있단 말인가. 노인은 대체 어떻게 오메가를 착용하게 되었을까? 노인의 과거사가 그만큼 화려했다는 것일까, 아니면 어디서 훔치기라도 한 것일까?

나는 호기심을 참지 못하고 노인 곁으로 다가갔다. 노인은 내가 다가오는 줄도 모르고 다시 팔을 들어 올려 콧물을 닦았다. 노인의 손목을 따라 시선을 움직이던 나는 주춤했다. 노인의 손목에 착용된 시계의 바늘이 거짓말처럼 멈춰있었다. 실망스럽기보다는 충격적이었다. 아무리 값진 시계라도 누군가의 손목에서 시간이 멈춰버린 시계는 그 매력을 상실하는 법이다. 그런 시계는 더는 남의 시간을 수용할 가치도 능력도 없다. 주인과 혼연일체가 되어 시간을 즐길 수 없는 시계는 아무리 명품이어도 헛것이다. 그것은 오메가도 마찬가지였다.

내가 멍청히 서 있는 동안, 노인은 아무 일도 없다는 듯이 잘 정돈된 박스들이 산더미처럼 실린 손수레를 힘겹게 끌면서 거리를 지나갔다. 나는 다시 나무의자로 돌아와 그녀의 매장을 바라보았다. 어둑어둑한 바깥에 비해 환하게 불을 밝힌 매장은 대낮 같았다. 매장 안은 활기가 넘쳤다. 손님들이 진열대를 돌면서 빵을 구매하는 동안 직원들은 부지런히 진열대를 오가며 빵을 진열하거나 커피를 뽑았고, 그녀는 계산대에서 열심히 계산했다. 초침, 분침, 시침이 정말 조화롭게 돌아가는 황홀한 시계의 세계였다.

문득 나도 매장으로 들어가 그 속에 속하고 싶다는 생각이 들었다. 하지만 내가 매장 문을 열고 들어가는 순간, 세계가 마법처럼 영원히 멈춰버릴 것 같았다. 그것은 결코 내가 바라는 바가 아니었다. 나는 두 손을 가지런히 무릎 위에 올려놓은 채 신성한 성지를 바라보는 심정으로 오래도록 매장 안을 쳐다보았다. 휴대폰에서 '사육마녀'가 다급한 목소리로 불러낼 때까지도 나는 밀랍인형처럼 꼼짝없이 앉아서 눈앞의 세계에 빠져들고 있었다.

건너편

할머니, 내 꿈이 뭔지 알아? 모르지? 이건 비밀인데 특별히 할머니한테만 말해주는 거야. 왜냐하면 난 지금 기분이 아주 좋거든. 아, 그래 미안해. 내가 또 할머니 담배 훔친 거. 하지만 이해해 줘. 할머니 담배에서는 특별한 맛이 나서 그래. 뭐랄까, 군내가 섞인 달짝지근한 맛이랄까? 이상하게 할머니 담배를 피우면 마음이 편안해져. 지금 내가 기분이 좋은 것도 다 할머니 담배 덕분이야. 그러니까 제발 그렇게 쳐다보지 마. 할머니도 이제 구십이 넘었잖아. 그 나이쯤 되면 어지간한 일은 대충 넘어갈 때도 되지 않았어? 불쌍한 손자에게 자비를 좀 베풀어 달란 말이야. 그깟 담배 하나 가지고 원수 보듯 할 것까지야 없잖아, 안 그래?

그러니까 말이지. 내 꿈은 투명인간이 되는 거야. 투명인간은 나뿐만 아니라 전 세계인들의 로망이기도 해. 무슨 말인지 잘 모르겠다고? 알아, 지금부터 내가 하는 얘기가 할머니에게는 다소 어렵게 들릴 수도 있을 거야. 게다가 할머니는 귀도 어둡잖아. 그래도 그냥 참고 들어줘. 아니, 듣는 시늉이라도 해 줘. 이렇게라도 말하지 않으면 내가 미쳐버릴 것 같아서 그래.

사실, 살면서 단 한 번이라도 투명인간을 꿈꾸지 않은 사람은 없을 거야. 난 정말 할 수만 있다면 당장에라도 투명인간이 되고 싶어. 그렇지만 아무리 투명인간이 되고 싶어도 쉽게 될 수 없다는 것이 문제야. 투명인간이 되는 것은 숟가락 마술과는 엄연히 달라. 관중 앞에서 자, 여러분! 지금부터 숟가락 구부리는 마술을 해 보겠습니다. 숟가락을 하나씩 들고 집중해 보세요. 이건 숟가락이 아니라 부드러운 두부라고 생각하세요. 반드시 휠 거라는 믿음이 있어야지 조금이라도 부정적인 생각이 끼어들면 안 됩니다. 자! 이제 제가 하나, 둘, 셋을 세겠습니다. 제가 셋까지 세면 여러분도 들고 있는 숟가락을 저와 함께 힘껏 앞으로 당겨주세요, 하고 마술사의 지시에 따라 정신을 집중시키고 숟가락을 순식간에 앞으로 당겨서 휘게 하는 것은 집중력이 있는 사람이라면 누구나 할 수 있어.

하지만 투명인간은 아니야. 마술처럼 그렇게 간단한 것이 아니거든. 어쩌면 투명인간은 영화나 소설에서처럼 복잡한 화학적 단계를 거쳐야 하는 것인지도 몰라. 아니면 인류가 멸망할 때까지 영원히 불가능한 것일지도 모르지. 그래서 난 상상만 할 뿐이야. 투명인간이 되는 상상을…….

물론 투명인간을 체험한 적이 있긴 해. 현실이 아닌 꿈속이긴 했지만, 불붙은 종잇장처럼 훨훨 타서 사라진 적이 있었어. 순간의 기분은 뭐랄까. 몸이 공기 방울처럼 가벼웠어. 덕분에 잠을 깨고 난 뒤에도 공중부양을 하는 것 같았지. 어쨌건 나는 그 기분을 다시 한 번 느껴보고 싶어서 여러 가지 방법을 동원했어. 그중 한 가지는 수면상태에 이를 때까지 온종일 '투명'이라는 단어만 생각하는 거였어. 그건 복권에 당첨되기 위해 돼지꿈을 꾸고 싶어 하는 사람들의 심리와도 같은 거야. 사람들이 돼지꿈을 꾸기 위해 방 안에 온통 돼지 사진으로 도배를 하고, 하루 세끼를 돼지고기만 먹고, 잘 때는 돼지 저금통을 끌어안고 자는 것처럼 나는 하루 종일 '투명'을 생활화했어.

일단 이를 닦을 때는 투명칫솔로 이를 닦는다고 생각했고, 세수할 때는 투명세면기에 담긴 투명한 물로 세수한다고 생각했어. 세수를 하고 난 뒤에는 투명수건으로 물기를 닦아낸다는 생각으로 머릿속을 꽉 채웠지. 밥을 먹을 때에도 마찬가지였어. 투명수저로 투명밥그릇에 담긴 투명밥을 먹는다고 생각했고, 잠을 잘 때는 투명팬티를 입고 투명이불을 덮고 잔다고 생각했어. 온종일 투명으로 일관된 생각만 하면 꿈속에서 또 한 번 투명인간 체험을 할 수 있을 거로 생각했던 거지.

안타깝게도 그런 일은 두 번 다시 일어나지 않았어. 숟가락 구부리기 마술에서 통하는 집중력을 과도하게 사용했지만 아무 소용이 없었지. 오히려 칫솔질할 때는 내 손이 내 것이 아닌 것 같았고, 아무리 밥을 퍼먹어도 속이 헛헛했어. 게다가 양말을 신고 있어도 발이 시렸지. 그래서 지금은 투명인간이 되려고 애써 노력하지는 않아. 그냥 간절하게 소망할 뿐이지.

할머니, 내가 가장 자유로운 시간이 언젠지 알아? 그건 대부분 사람들이 밤잠에 빠진 시간이야. 그 시간이 되면 시들시들한 화초에 흠뻑 물을 준 것처럼 생기가 넘치고, 손가락으로 철판이라도 뚫을 것처럼 바이오리듬이 최고조에 달해. 바이오가 뭐냐고? 여태까지 그냥 듣고 있다가 새삼스럽게 왜 물어봐? 그건 할머니가 몰라도 돼. 내 이야기의 요점은 그런 게 아니거든.

한밤중이 되면 나는 꼭 투명인간이 된 기분이 들어. 그건 아무리 밖에서 돌아다녀도 눈여겨보는 사람이 없기 때문일 거야. 나는 엄마가 완전히 잠들기를 기다렸다가 뱀파이어처럼 날렵하게 대문을 나서곤 해. 그리고 빠른 걸음으로 버스 정거장을 거쳐 육교로 올라가지. 바로 그 육교가 목적지야. 나는 육교 중간쯤에서 걸음을 멈추고 건너편에 보이는 D시를 하염없이 바라보지.

D시는 말야. 날씨가 차가울수록 달빛이 맑고 아름다운 것처럼 한밤중에 바라봐야만 더 멋지고 근사해. 다리 난간에 기대고 서서 D시를 보고 있으면 마치 거대한 예술품을 보는 것 같아. 빽빽한 아파트와 빌딩 숲에서 번져 나오는 불빛들은 사파이어와 루비, 다이아몬드, 자수정을 마구 뿌려놓은 것처럼 환상적이야. 세계적으로 도시계획이 아무리 잘된 곳이라고 해도 D시 같지는 않을 거란 생각이 드는 것도 바로 그 순간이지.

나는 D시에서 화려하게 빛나는 불빛들을 홀린 듯이 쳐다보곤

해. 솔직한 심정이지만 아파트와 빌딩에서 발산되는 불빛으로 그토록 황홀할 수 있다면, 이 나라 전체에 아파트와 고층 빌딩이 들어선다고 해도 불만은 없어. 누군가는 인간들이 지구 표면에 부스럼 같은 고층 빌딩과 아파트를 자꾸만 지어서 지구가 열 받았다고 하지만, 그럼에도 나는 빌딩 숲으로 이루어진 D시가 좋아. D시를 바라보는 순간 숨통이 트이고 살아있는 것을 확인해. 할 수만 있다면 지금이라도 당장 D시의 혈관으로 들어가 적혈구처럼 살고 싶어. 적혈구는 또 뭐냐고? 있어, 피를 구성하는 성분. 그만큼 중요하다는 의미야.

할머니는 모르겠지만 언제부턴가 이곳 사람들은 D시로 편입하기 위해 혈안이 되어 있어. 마치 D시로 가기 위해 태어났고, D시에 살다가 D시에 뼈를 묻기로 작정한 사람들처럼 D시로의 편입을 위해 끊임없이 도전하고 열광해. 심지어 그것이 좌절되면 자폭하기도 하고 말아. 나라고 별수 있겠어? 일단 D시에 편입을 해야만 능력도 인정받고, 좋은 데 취직도 하는데 어쩌겠어. 죽으나 사나 D시로 편입하는 것만 생각해야지. 한마디로 이곳을 뜨는 것이 관건이야. 할머니도 이곳이 마지막 남은 문 타운이라는 건 알지? 문 타운, 달동네 말야. 이곳을 벗어나지 못한다는 건 그야말로 인생에서 낙오된다는 거나 같아.

난 그동안 D시로 편입하기 위해서 정말 열심히 노력했어. 내가 D시 편입을 위해서 탐독한 책에 의하면 편입 요구 조건은 크게 다섯 가지가 있었어. 첫째, D시에서 필요한 준비된 인재상이라고 생각하는가? 둘째, D시에서 필요로 하는 지적 무기가 있는가? 셋째, D시로 편입하기 위한 정보를 활용하고 있는가? 넷째, D시로 편입하기 위해 자신에게 유리한 조건 맵을 짜고 있는가? 다섯째, D시로 편입하기 위해 자신을 확실하게 어필할 준비가 되었는가?

제기랄, 무슨 입사시험도 아니고 너무 까다로운 조건이지 않아? 그래도 난 정말 열심히 그 다섯 가지에 맞춰서 나 자신을 단련시켰어. 틈틈이 아르바이트하면서 번 돈으로 학원도 다녔어. 그 학원은 D시로 편입하는 지름길을 속성으로 알려주는 학원이었는데, 강사의 말투가 너무 강압적인데다가 강의 내용 자체도 그다지 배울 것이 없어서 한 달도 못 채우고 그만뒀어. 그래도 D시로 편입하기 위해서 나름대로 꾸준히 스펙을 쌓긴 했어. 하지만 무엇이 문제인지 번번이 심사에서 탈락했어. 급기야 세 번이나 탈락하고 나서 심신이 지쳐 있던 나는 네 번째 심사 때에도 탈락 선고를 받자 열이 뻗쳤어.

나는 심사위원들을 향해 큰소리로 따졌지. 대체 내가 무엇이 모자라서 D시로 편입할 수 없는 거죠? 그러자 다섯 명의 심사위원 중 가장 나이가 들어 보이고 입술이 얇은 남자가 이렇게 말했어. 당신은 우리가 요구하는 조건 중에서 해당하는 것이 하나도 없습니다. 당신도 알다시피 우리는 명확한 목표를 가진 사람을 선호합니다. 당신은 왜 편입을 하려고 하는지 구체적인 목표가 결여되어 있습니다. 현재 심사 중인 사람들만 해도 대략 오십만 명입니다. 그 많은 사람 중에서도 당신의 목표치가 가장 낮다고 생각하면 됩니다.

듣고 보니 정말 재수 없는 답변이지 뭐겠어. 나는 화가 나서 더 큰 소리로 말했어. 나는 D시에서 인간적 삶을 영위하며 인간답게 살고 싶은 게 전부입니다. 인간으로 태어나 인간답지 못하게 사는 사람들이 많은 세상에서 인간답게 살고 싶다는 것만큼 구체적인 목표가 어디 있습니까? 그러자 재수 없는 답변을 한 남자가 딱 잘라 말했어. 우리는 당신처럼 추상적인 목표를 가진 사람들을 경멸합니다. 제 답변은 여기까집니다.

나도 물러설 수 없어서 다시 큰 소리로 말했지. 그렇다면 내가 가진 지적무기는 왜 해당이 안 됩니까? 내가 따져 묻자 이번에는 재수 없는 답변을 한 심사위원의 왼쪽에 앉아 있던 단발머리 여자가 대답했어. 검은 뿔테안경을 쓴 단발머리 여자는 평생 미소라고는 지은 적이 없는 사람처럼 얼굴 전체에 냉기가 흘렀어. 단발머리 여자를 십 분만 쳐다보면 메두사의 눈과 마주친 것처럼 온몸이 돌덩이가 될 것 같았지.

우리가 심사한 바로는 당신은 전혀 지적 무기를 갖추고 있지 않습니다. 독서가 지적 무기인가요? 미안하지만 독서가 지적 무기인 시대는 지났습니다. 지금은 과학이 지적 무기입니다. 당신이 전문대에서 공부한 사회복지학이 과학은 아니지 않습니까? 과학이 숭상되는 이곳에서는 과학적인 사실만큼 믿음이 허용됩니다. 그리고 적어도 우리에게는 타 동네 사람들의 무분별한 난입을 막기 위한 공식이 있습니다. 그것은 유연하고 확장된 사고와 사회성을 가진 사람들을 편입시키는 것입니다. 이만하면 만족한 답변이 되겠습니까?

말을 끝낸 단발머리 여자는 앞에 놓인 에스프레소 커피 잔을 가볍게 들어 올려 살짝 입술을 적신 뒤 우아하게 내려놓았어. 커피를 마신 것인지, 간만 살짝 본 것인지 알 수 없을 정도였지.

단발머리 여자의 말은 도무지 알아들을 수 없는 것들이었어. 나는 그날 심사장을 나오며 D시야말로 난공불락의 요새 같다는 생각이 들었어. 그런 내 마음을 눈치라도 챈 듯이 다섯 명의 심사위원들이 등 뒤에서 합창하지 뭐겠어. 긍정적이고 자신감 넘치는 모습만이 편입 확률을 높여줍니다. 자신 있게 도전하세요, 라고 말야. 하지만 심사위원들의 말과 달리 다음번 심사에 자신 있게 도전할 의욕이 생기지 않았다는 것이 문제야.

내가 네 번째 편입에서도 탈락하자 엄마가 제일 실망을 많이 했어. 엄마가 며칠 동안 식음을 전폐한 것도 바로 그 때문이었어. 엄마는 내가 D시에 편입만 하면 엄마의 팔자가 바뀔 거라고 믿고 있었거든.

그러고 보니 내가 육교에서 D시를 바라본 지도 십 년이 넘은 것 같아. 그동안 엄마는 지하에서 김밥과 떡볶이를 팔고, 나는 기나긴 백수의 역사를 기록한 셈이지. 물론 나도 알아. 그동안 엄마가 지하상가에서 얼마나 고생을 했는지. 그런데, 그거 알아? 내가 엄마 다리를 얼마나 잘 주무르는지 말야. 엄마가 밤늦게 집으로 돌아와 씻지도 않고 누우면 나는 조용히 엄마 곁으로 가서 다리를 주물러 주곤 해. 늘 부어있는 그 무릎 말이야. 나는 엄마가 예민하게 반응하는 부위를 피해 꾹꾹 주물러 줘. 어쩌다가 무릎 중간 부위를 슬쩍만 건드려도 인상을 찡그리기 때문에 뼈와 뼈가 맞닿은 부분을 피해서 시원하게 주무르는 것도 나름대로 내가 터득한 노하우야. 정말로 이 기술은 아무도 흉내 못 낼 나만의 필살기지. 엄마는 내 손이 무릎에 닿은 지 정확히 오 분쯤 지나면 무덤에 들어간 것처럼 숨소리가 잠잠해 지곤 해. 아, 세상 모든 일이 엄마 무릎을 주무르는 것처럼 쉽다면 얼마나 좋을까?

그건 그렇고, 내가 육교에서 D시를 바라보는 것은 딱 한 시간이면 족해. 나는 육교에 올라가기 전에 미리 휴대폰 알람을 설정해 놓거든. 휴대폰이 요란하게 진동하면 나는 다시 동네로 돌아오곤 해. 왜 하필 한 시간이냐고? 이유는 간단해. 한 시간이 넘으면 가슴에서 불덩어리가 치솟고, 한 시간을 못 넘기면 잠을 못 잘 정도로 우울하기 때문이야. 즉 한 시간이 한계인 셈이지. 만약 내가 D시를 바라보는 시간이 한 시간에서 오 분만 넘어도 난 정신과를 찾아가야 할 거야.

그런데 할머니. 보름 전에는 육교에서 D시를 바라보는데 갑자기 엄마가 보고 싶은 거야. 그래서 한 시간이 지나자마자 곧장 지하상가에 간 적이 있었어. 내가 지하도에 도착했을 때 엄마는 말아놓은 김밥을 수북하게 쌓아놓고 지나가는 손님들을 부르고 있었어. 밤이 깊을수록 날씨가 쌀쌀해서인지 사람들은 몸을 움츠리고 빠르게 가게 앞을 지나갔지. 나는 지하도 중간에 있는 기둥 뒤에 서서 엄마를 지켜봤어. 그런 적은 처음이었어. 그동안 단 한 번도 엄마를 먼발치에서 본 적이 없었거든.

가까이서 보는 엄마와 먼발치에서 보는 엄마는 너무나 달랐어. 나는 가까이서 본 엄마보다 먼발치에서 본 엄마가 더 늙었다는 사실에 놀랐어. 엄마는 가까이서 볼 때보다 더 왜소하고 주름살도 많고 침울해 보였어. 엄마의 얼굴은 더 이상 희망 같은 것은 기대할 수 없다는 표정이었어. 그런 얼굴로 지금까지 지하에서 장사했다는 사실이 믿어지지 않았어. 그동안 우리가 먹고산 것은 엄마가 만든 김밥이나 떡볶이가 맛있어서가 아니라, 순전히 엄마를 동정한 손님들 덕분인 것 같았다니까.

내가 기둥 뒤에 숨어서 엄마를 지켜보는 동안, 시간이 되었는지 다른 가게들은 영업을 끝내고 문을 닫았어. 하지만 엄마 앞에 쌓인 김밥은 줄어들지 않았어. 엄마는 어떻게든 김밥이 다 팔려야 문을 닫을 기세였고, 다른 가게에 하나 둘 불이 꺼져도 전혀 동요하지 않았어. 누군가가 억지로 끌어내지 않는 이상 언제까지고 그렇게 있을 것 같았지. 나는 당장에라도 엄마의 손을 잡고 지상으로 올라가고 싶었어. 하지만 엄마는 내 손을 뿌리칠 것이 뻔했어.

할머니. 언젠가 엄마는 아버지와 살았던 그때를 '지하에서의 이십 년'이라고 표현했었어. 하긴 엄마의 표현도 맞아. 하루가 멀다고 두들겨 패는 남편이 어디 남편이야? 원수 중에서도 상원수지. 그런 엄마가 실제로 지하로 들어갔어. 엄마는 나 때문에 지하에 다시 갇혔다고 했지. 그동안 나는 지하에서 장사하는 엄마 덕분에 어묵 국물을 어떻게 하면 맛있게 낼 수 있는지, 작게 조각낸 어묵을 나무 꼬치에 몇 개씩 꿰어야 이익이 많이 남는지, 김밥을 어떤 식으로 말면 저렴한 재료로 제맛을 낼 수 있는지, 떡볶이를 맛깔나게 보이려면 물엿의 농도는 어느 정도로 조절해야 하는지 훤하게 알게 됐어. 뭐, 그렇다고 엄마가 하는 장사에 관심이 있다는 건 아니야. 그냥 그렇다는 거지.

내가 엄마의 가게를 드나들면서 또 한 가지 알게 된 것이 있어. 장사를 하다 보면 별별 험한 꼴을 다 보게 된다는 사실이야. 할머니도 알다시피 사람 상대하는 모든 일이 그렇잖아. 하루에도 몇 번씩 자존심 상하는 일과 부딪치는 건 피할 수 없는 것이지. 하지만 그런 것도 어느 정도 익숙해지면 무덤덤해 지나 봐. 자신도 모르게 능청스럽고, 싸움 잘하고, 욕도 잘하는, 한마디로 속물스러운 성격으로 변해가면서 말이지. 엄마도 만만치 않아. 지하상가에서 싸움 대장, 하면 엄마가 일등일 걸? 못 믿겠다고? 정말이야.

아주 오래전이었어. 하필이면 내가 가게에 들른 날 엄마가 바로 앞 가게 곰보 아줌마와 대판 싸운 적이 있었지. 엄마가 눈인사로 먼저 손님을 불렀는데 곰보 아줌마가 큰 소리로 손님을 낚아챘기 때문이야. 손님을 빼앗긴 엄마는 당장에 곰보 아줌마에게 달려가 머리채를 휘어잡았어. 곰보 아줌마는 엄마보다 열다섯 살이나 많았지만 싸움에서는 동격이었거든.

내가 본 엄마는 격투기 선수보다 날렵했어. 난 엄마가 그렇게 욕 잘하고 싸움 잘하는 줄 처음 알았어. 나는 가게 구석에 앉아 떨어져 나간 스웨터 단추를 달고 있는 엄마에게 물었지. 엄마, 꼭 그 래야 했어? 그랬더니 엄마가 이렇게 말했어. 먹고살기 위해서 어쩔 수 없었어, 라고. 그 말에 나는 아주 무겁게 말을 꺼냈지. 엄마, 먹고사는 일이 그런 거라면 나는 절대로 먹고살기 위해 노력하지 않겠어. 그러자 앞니로 실을 끊던 엄마가 푸, 하고 웃었어.

사실 그때만 해도 엄마는 괜찮았어. 외모도 봐줄 만했지. 그렇지만 지금 엄마는 전혀 괜찮지 않아. 먹고사는 일은 정말이지 사람을 너무 많이 변하게 해. 엄마의 괜찮지 않은 얼굴을 볼 때마다 나는 투명인간이 되고 싶어. 숟가락 구부리는 마술처럼 투명인간도 집중력 하나만으로 될 수만 있다면 얼마나 좋을까. 내가 투명인간이 되어 사라진다면 엄마는 지하에서 탈출할 수 있을까?

그날도 마찬가지야. 지하도 기둥 뒤에서 엄마를 바라보면서 나는 투명인간이 되고 싶었어. 투명인간이 되어서 사라지고 싶었지. 하지만 그건 아까도 말했지만 불가능한 일이잖아. 그래서 다시 결심했지. 어떻게 해서든 D시에 편입할 방법을 찾아내자고 말이야. 엄마를 지하에서 영원히 탈출시키는 방법은 그것이 가장 유일했거든. 며칠 동안 고민하던 나는 마침내 결론을 내렸어. 일단 D시로 가기로 한 거야.

내가 목적한 곳은 D시에서 가장 유명한 D대학 근처의 고시텔이었어. 예약금도 입금했지. 물론 편입심사도 없이 무작정 D시로 간다는 것은 누가 봐도 무모한 짓이긴 했어. 게다가 D시에서는 최근 성행하는 불법 편입자들을 막기 위해 규제와 단속이 심했어.

혹시라도 불법으로 편입한 사실이 적발되면 향후 십 년간은 편입 심사를 볼 수 없게끔 아예 발목을 묶어 놓았지. 나는 D시에 불법으로 편입하려는 게 아니었어. 임시로 거주하면서 편입을 위한 방법들을 구체적으로 알아볼 생각이었어. 이미 그곳에 살고 있는 선배들을 찾아가 어떻게 해야만 심사위원들의 눈에 들어 통과가 될 수 있을 지, 편입을 위한 가이드라인에 대해서 세세히 알아볼 작정이었지.

마침내 디데이가 다가왔고 나는 엄마가 새벽에 가게로 나간 후 안방으로 들어가 장롱을 열었어. 긴 겨울옷들이 유령처럼 매달린 옷장 밑에 마침 바퀴 달린 가방 하나가 보였지. 내 기억에는 내가 태어날 때부터 있던 가방이었던 것 같아. 자세히 보니 가방에는 바퀴 하나가 떨어져 나가고 없었어. 하지만 옷장에 있는 가방이라곤 그것밖에 없어서 별로 내키지는 않았지만 옷 서너 벌과 양말, 속옷, 세면도구들을 가방 속에 구겨 넣었지. 골목을 벗어나는 동안 균형을 잃은 가방이 몇 번인가 옆으로 기울었어. 나는 바퀴가 없는 쪽을 다리 가까이 밀착시키면서 조심스럽게 끌고 갔지. 바퀴 소리가 너무 요란해서 새삼스럽게 어깨를 움츠렸어. 혹시라도 괜한 구설에 오르게 될까 봐 은근히 신경이 쓰였거든.

그동안 젊고 유능한 사람들이 D시로 대거 편입한 후, 이곳의 노인 인구는 급상승했어. 집집마다 들리던 아이들의 웃음소리도 사라진 지도 오래야. 노인들의 수가 절대적으로 많다 보니 대부분 상가는 노인들이 직접 운영을 해. 음식점이나 커피숍, 슈퍼, 술집,

정육점, 옷가게, 휴대폰 가게는 물론이고 미장원이나 목욕탕, 안마시술소까지도 노인들이 주인이야. 덕분에 노인들은 동네 사람들의 근황을 손바닥 들여다보듯 훤하게 알고 있어. 지나다니는 사람들의 얼굴만 봐도 어디에 사는지, 취미가 무엇인지, 가정 형편은 어떤지 귀신처럼 알아맞힌다니까. D시로 편입하지 못한 사람들이 버젓이 고개를 들고 다니는 못하는 것도 그 때문이야. 노인들이 족집게처럼 집어내는 약점을 도저히 피할 수가 없는 거지.

바퀴 하나 빠진 낡은 가방을 끌고 집을 나서는 내 모습도 노인들에게는 달콤한 가십거리가 될 게 뻔했어. 나는 혹시라도 등 뒤에 박힐 따가운 시선을 피해 될 수 있으면 조심해서 가방을 끌고 걸었지. 다행히 그날 내가 버스 정거장까지 갈 때까지 아무도 나를 보지 못한 것 같았어. 나는 버스를 몇 번 갈아타고 D대학 옆 골목 안쪽에 붙은 고시텔을 찾아갔어. 언제라도 환영한다는 듯이 고시텔의 문은 활짝 열려 있었어. 커다란 가방을 들고 들어서는 나를 보더니 젊고 뚱뚱한 남자가 가방을 받아 주면서 자신을 총무라고 소개하더군. 그는 대학 노트처럼 생긴 접수장에서 내 이름을 발견하고 예약금을 뺀 나머지 잔금을 챙긴 뒤 서랍에서 열쇠를 찾아들고 앞장섰어.

나는 총무가 시키는 대로 입구에 있던 신발장에서 제일 깨끗해 보이는 실내화를 골라 신었지. 그런데 총무가 안내한 숙소가 하필 지하였어. 나는 한숨을 쉬었어. 앞으로 한 달 동안이나 묵어야 할 곳이 지하라는 사실이 너무 끔찍했기 때문이지. 게다가 별빛보다 더 환하고 보석 같은 불빛이 반짝이는 D시에 컴컴한 지하가 존재한다는 것은 상상 밖의 일이었어.

총무의 말에 의하면 이층과 삼층은 고시텔에서 가장 비싼 곳이라고 했어. 평수가 넓어서 두 명부터 네 명까지 합숙할 수 있고, 오피스텔이나 원룸처럼 화장실과 주방시설이 함께 있다고 했어. 방이 남아 있느냐고 물었더니 그나마 내년 봄이나 돼야 방 하나가 나올 예정이라고 하더군. 나는 총무의 장황한 말을 들으며 잔금 지급한 것을 후회했어. 방을 보고 나서 나중에 주었어도 별문제가 없었을 텐데 말이야.

지하로 통하는 계단 입구에 가로세로 삼십 센티미터 정도 되는 신발장 열두 개가 각각 방 번호가 적힌 이름표를 달고 있었어. 지하에 있는 방들은 모두 열두 개인 것 같았어. 총무가 멈춰선 방의 문에는 'B7호'라고 적힌 이름표가 붙어있더군. 7이라는 숫자가 행운을 상징한다고는 하지만 하얀 플라스틱 바탕에 초록색으로 쓰여 있는 숫자를 보니 꼭 수인번호를 보는 것 같았어. 정말이지 기분 찝찝하더군.

두 평 정도의 작은 방에는 일인용 침대와 책상, 미니 냉장고, 소형 텔레비전, 수신만 가능한 전화가 있었어. 침대에는 시트만 깔렸을 뿐 베개나 이불 같은 것은 아예 없었어. 그래서 물어봤지. 그런데 왜 이불하고 베개가 없어요? 그러자 총무가 오히려 나를 아래위로 훑어보면서 이렇게 말하는 거야. 아니, 여기 오는 사람이 이불도 없이 왔어요? 정 필요하면 사무실 옆에 있는 창고에 가서 사람들이 쓰다가 버린 것들을 골라서 쓰시던가요. 그런데 대부분 찝찝하다고 안 쓰던데…….

총무는 방 열쇠와 신발장 열쇠를 넘겨주고는 시답잖은 표정으로 방을 나갔어. 나는 문을 닫고 방 안을 훑어봤지. 작은 쪽창 하나 없는 공간에서는 언제 해가 뜨고 지는지, 비가 오고 눈이 오는지, 밖에 나가기 전에는 절대로 알 수 없을 것 같았어. 그러고 보니 몇 시쯤 되었는지 궁금해서 호주머니에서 휴대폰을 꺼냈지. 처음으로 호프집 아르바이트를 해서 장만한 휴대폰 말이야. 그때 내가 얼마나 좋아했는지 할머니도 기억하지?

그런데 뭔가가 허전한 거야. 마치 초침 없는 시계처럼 말이지. 나는 이리저리 살펴봤어. 사실 내 휴대폰을 구매할 당시에는 성능이 다른 제품보다 월등하다고 해서 거금 들여 산 거였어. 그러다 보니 최근에 쏟아져 나온 스마트폰 같은 것도 내겐 별 의미가 없는 게 사실이야. 그나저나 사람들은 왜 그렇게 새로운 휴대폰에 열광하는 걸까? 지난번 호프집에서 만난 친구 놈조차도 스마트폰을 쓰고 있었어. 화로구이집에서 겨우 숯불이나 나르는 주제에 멀쩡한 휴대폰을 버리고 스마트폰을 산 놈을 나는 도저히 이해할 수 없었어. 그래서 빈정거리면서 물어봤지.

너, 미친 거 아냐? 멀쩡한 걸 왜 바꿨냐? 그러자 놈이 하는 말이 걸작이었어. 나도 변화하고 싶어. 비록 식당에서 불이나 나르는 불쟁이 신세지만 다른 사람들이 하는 건 다 해보고 싶어. 더구나 과학은 자꾸만 발전하고 있어. 이 상태라면 우리가 바라든 바라지 않든 앞으로는 뭐든지 기계화가 될 거야. 먹고 자는 것도 기계에 의해서만 가능하게 될지도 모르지. 너도 나중에 밥이라도 제대로 먹으려면 지금부터 변화에 익숙해져야 할걸? 그놈의 말은 D시 편입심사를 하던 단발머리 여자 심사위원의 말을 생각나게 했어. 그러고 보니 그놈이 나보다 더 현실적인 구석이 있는 것 같긴 해. 인정하고 싶진 않지만 말야.

어? 할머니, 졸지 마. 내가 이렇게라도 털어놓지 않으면 진짜로 돌아버릴 것 같아서 그래. 난 정말 미치고 싶지 않거든. 그러니까 좀 참고 들어줘. 그러지 말고 우리 담배나 한 대씩 피울까? 없다고? 에이, 거짓말하지 마. 서랍장 맨 아래에도 두 갑이나 있잖아. 난 할머니가 어디에 담배를 숨겨뒀는지 다 알아. 어떻게 그걸 아냐고? 내가 아까 말했잖아. 할머니 담배에서는 특별한 맛이 난다고 말야. 할머니 방에 오면 그 냄새가 저절로 맡아져. 좋게 말해서 구수하고 고전적인 냄새가 나를 유혹하지. 그러니까 제발 한 대만 줘, 부탁이야. 할머니의 담배를 피우면서 잠시 힐링이라는 걸 느껴보게 말야. 힐링이 뭐냐고? 그건 요즘 유행하는 거야. 뭐, 치유라고들 하지. 사람들은 참 유행을 잘 타는 것 같아. 얼마 전에는 웰빙이 유행이더니 요즘은 힐링이 대세라니까. 어쨌든 할머니도 기다린 김에 좀 더 기다려봐. 이 손자가 할머니 담배는 얼마든지 책임질 날이 올 테니까.

그러고 보니 할머니의 담배 내력도 벌써 팔십 년이네. 열다섯 살부터 담배를 피웠다고 했지? 그래 알아. 할머니가 시집온 그해부터 유난히 횟배앓이가 심했다는 거. 그래서 시아버지 권유로 피우기 시작한 담배가 오늘까지 이어진 거라는 것도 말야. 좌우지간 할머니의 담배 내력도 되게 기네. 그러고 보면 담배를 많이 피워서 폐가 나빠진다는 것도 그다지 설득력 있는 건 아냐, 그렇지? 할머니를 봐. 지금도 얼마나 건강해? 눈 침침하고 귀가 좀 어두운 것 말고는 아무런 문제가 없잖아. 자 그럼, 또 시작할게. 담배 한 대 피우니까 잠이 확 달아나는 것 같지 않아? 그래, 알았어. 힘들면 그렇게 벽에 기대고 있어.

그날, 고시텔에서 내가 휴대폰을 보고 허전하게 느낀 것은 안테나가 없었기 때문이었어. 평소에 다섯 개씩 서 있던 안테나가 하나도 보이질 않는 거야. 아무리 구형이어도 지금까지 말썽 한 번 없었고, 아직도 매우 쓸 만한 거라고 굳게 믿고 있었는데 어떻게 그런 일이 생긴 건지 모르겠어.

나는 휴대폰을 들고 이리저리 방향을 옮겨 봤어. 통하는 전파가 어디쯤엔가 숨겨져 있을 거로 생각했거든. 하지만 좁은 방구석을 샅샅이 훑으며 살펴봐도 여전히 안테나는 꼭꼭 숨어서 나타나지 않았어. 그렇다고 당장 급하게 통화할 곳이 있는 것도 아니었지만, 휴대폰이 불통이라고 생각하니까 갑자기 마음이 다급해지기 시작했어. 나는 방문을 열고 복도로 나가서 다시 확인해보았지. 그러나 안테나는 끝끝내 보이지 않았어.

그때 마침 복도 끝에 있는 공동 샤워실에서 여자애 한 명이 머리카락에서 뚝뚝 떨어지는 물기를 닦으며 나오다가 나를 쳐다봤어. 한 스무 살쯤 되었을까? 뭐 그냥 평범한 외모였어. 무심하게 나를 스치고 지나가는 여자애에게서 상큼한 오이 냄새가 나는 걸로 봐서 오이향이 나는 비누를 썼나 봐. 나는 안테나를 찾다 말고 여자애의 움직임을 따라 자연스럽게 몸을 틀었어.

여자애가 들어간 방은 B5호였어. 방문을 열고 들어가는 여자애 왼쪽으로 방 안 풍경이 살짝 엿보였는데 짧은 찰나에 관찰한 방구석엔 인형들도 있었고, 책상 위에는 '상위 1%가 되는 편입의 비밀', '편입의 기술' 등 편입 관련 책들도 보였어. 그 애도 나처럼 편입 때문에 이곳까지 온 것 같았어. 얼마나 머물러 있을 생각인지 신문지를 간 문 앞에는 샌들과 운동화, 부츠 등등 여러 켤레의 신발이 놓여 있고, 창문 옆에 세워 놓은 행거에는 두꺼운 코트와 얇은 원피스 몇 벌도 걸려 있었어. 그런데 훔쳐보는 눈길을 의식했는지 여자애가 갑자기 문을 꽝 닫아 잠그는 거야. 얼마나 그 소리가 컸던지 지하 전체가 들썩거리는 것 같았어.

나는 큰 소리를 내면서 문이 닫히는 아주 잠깐 사이에 그 애와의 사이가 완전히 단절되는 느낌을 견딜 수가 없었어. 더구나 여자애는 총무 다음으로 처음 만난 고시텔 동료이자 어쩌면 편입동기생이 될지도 모르는 애였어. 어쨌거나 문을 닫아 잠근 여자애와 여전히 불통인 휴대폰은 나를 철저하게 고립시켰어. 인간은 무인도에 떨어졌을 때만 고립감을 느끼는 게 아니라 고시텔 지하에서도 고립감을 느낀다는 사실이 뼈저리게 실감 나는 순간이었지.

할머니, 난 말이지. 투명인간이 되더라도 인간들과 살고 싶어.

완전히 사라지는 것이 아니라 모습만 감춘 채 인간사회에 속해서 살기를 원해. 그런 나에게 지하라는 공간이 주는 압박감이 얼마나 상당했을지 짐작할 수 있겠어? 게다가 휴대폰도 터지지 않는 곳에서 말이야.

안테나 세우기를 포기한 나는 B7호로 돌아와 침대 위에 걸터앉았어. 사방이 너무 고요해서 그런지 갑자기 온몸이 으슬으슬 떨려왔어. 나는 가방에서 스웨터와 점퍼를 꺼내서 이불 삼아 덮고 침대 위에 누웠어. 계절상으로 초겨울이라곤 하지만 방 안은 한겨울 수준이었어. 집에서 출발할 때 따뜻하게 챙겨 입긴 했지만 그것만으로는 갑작스러운 추위를 견딜 수가 없을 정도였어. 분명 총무는 아침부터 보일러를 가동했다고 했는데, 왜 그렇게 추웠던 건지 지금도 이해할 수가 없어. 그리고 말야. 그곳은 너무나 조용했어. 세상의 잡음이 모두 제거된 새로운 세계 같았지. 그런 곳에 오래 있다가는 돌아버릴 것 같더군. 괴기스러울 정도로 고적한 상태를 견디다 못해 내 머리털을 뽑으면서 자해할 것만 같았어. 아무래도 뭔가 방법을 찾아야 할 것 같아서 점퍼를 껴입고 방 안을 나왔지.

어때요? 좀 계실 만해요? 언제 내려왔는지 총무가 공동으로 쓰는 싱크대에서 사과 두 알을 씻어서 들고 올라가다가 나를 보고 물었어. 휴대폰이 안 터져요. 다른 곳에서는 잘 터졌는데, 왜 여기서는 안 되는지 모르겠어요. 그러자 총무가 고개를 갸웃거리며 말했어. 이상하네요. 다들 잘 터진다던데……. 총무는 휴대폰이 구형이면 안 되는 수도 있으니 웬만하면 바꾸라고 조언했어.

총무가 지상으로 올라가고 난 뒤, 나는 곰곰이 생각해봤어. 십여분 동안 고민한 끝에 내린 결론은 고시텔을 나가는 거였어. 멀쩡한 휴대폰까지 바꿔야 할 상황이라면 더는 그곳에 머물 필요가 없었거든. 나는 주인과 협상을 하기로 마음먹었어. 가전제품도 서비스기간 내에 고장이 나면 교환이나 환불을 해주잖아. 나야말로 고시텔에 입주한 지 하루도 지나지 않았으니까 당연히 환불을 요구해도 될 것 같았지.

　결심을 굳힌 나는 곧바로 지상에 있는 사무실을 찾아갔어. 어지간하면 있어 보려고 했어요. 그런데 아무래도 안 될 것 같아요. 그러자 인터넷으로 만화를 보고 있던 총무가 짜증이 잔뜩 묻은 얼굴을 창밖으로 내밀며 말하더군. 사장님은 내일 아침에 잠깐 나와요. 그때 말해보시죠. 나는 다급하게 사정했어. 그때까지 못 기다릴 거 같아요. 지금 당장 가고 싶은데…… 내 말에 총무는 난감한 표정이었어. 그럼, 어떻게 하시길 원하시는데요? 총무는 특별한 대책이 없는지 도리어 내게 질문을 던졌어.

　예약한 금액을 포기할게요. 그러니 내가 예약한 방은 필요한 사람에게 주세요. 대신 좀 전에 지급했던 잔금만 돌려주세요. 하지만 총무는 딱 잘라 거절했어. 더구나 아직 그런 경우는 없었고, 자기는 그 일에 대한 권한이 없다는 거였어. 총무는 나를 밖에 세워둔 채 커튼으로 창을 가려 버렸어. 총무가 불가능하다는 식으로 말을 하자 갑자기 집으로 돌아가야 할 절박한 이유가 생긴 것처럼 마음이 다급해졌어. 마치 그곳에 영영 고립될 것 같은 생각에 숨이 막힐 정도였지.

　나는 고시텔 앞에 쪼그리고 앉아 휴대폰 전원만 무심하게 껐다 켜기를 반복했어. 휴대폰 안테나는 어느 틈엔가 다섯 개가 분명히 서 있었지만 그렇다고 딱히 전화할 곳도 없었어. 잠시 불쟁이 친구 놈을 생각했지만, 자고 있을 시간이었어. 낮에 자고 저녁에 일하러 가는 놈을 깨우기는 싫더라고. 더구나 그놈은 내가 D시 편입 때문에 전전긍긍하는 걸 꼴사나워하는 놈이거든. 내가 주제에 맞지 않게 뜬구름을 잡는다고 은근히 무시해. 좌우지간 나와는 갈 길이 다른 놈이야.

　고시텔은 도로 안쪽에 깊숙이 위치한 탓인지 지나가는 사람도 별로 없었어. 나는 계단에 앉아서 여기저기 말라붙은 토사물을 쳐다보았지. 더럽다는 생각은 안 들었어. 그냥 뭐랄까. D시에도 잔뜩 취해서 토하고 싶을 만큼 가련한 인생들이 있다는 사실이 좀 놀랍긴 했지. 그리고 한편으론 D시에 편입하기 그렇게 어렵지만은 않을 거라는 생각도 들었어. 나는 벌떡 일어나서 고시텔 안으로 들어갔지. 당장 고시텔을 나갈 수 없다면 하루빨리 방 분위기에 적응하는 것도 좋을 것 같았거든.

　지하는 여전히 조용했어. B7호로 돌아온 나는 텔레비전을 켰지. 정규 방송을 하는 시간대가 아니어선지 돌리는 채널마다 홈쇼핑 광고 방송만 나왔어. 나는 침구세트를 방송하는 곳에 채널을 고정하고 침대 위에 누워 눈을 감았어. 잠시 파격적인 세일가를 외치던 쇼호스트의 호들갑스런 목소리가 사라지고 정적이 흘렀어. 나는 감았던 눈을 뜨고 화면을 쳐다봤지. 어느새 빠른 음악 소리에 맞춰 등장한 쇼호스트가 네모난 스펀지 하나를 들고 있는 모습이 보였어.

시청자 여러분! 지금부터 여러분을 놀라운 요술의 세계로 안내하겠습니다. 제가 들고 있는 것은 단순한 스펀지가 아니라 슈퍼매직블럭입니다. 이거 하나면 골치 아픈 청소가 말끔히 해결됩니다. 이제부터 지우기 어려운 때와 얼룩은 슈퍼매직블럭에 맡겨보세요. 신기하게 지워집니다. 쇼호스트는 슈퍼매직블럭을 들고 싱크대 문짝에 찌든 때를 지우더니 큼직한 백자 항아리에 낙서한 것까지 깨끗하게 지웠어. 조금도 힘들어 보이지 않는 표정으로 봐서는 정말 초강력 지우개인 것 같았어.

보셨죠? 힘들이지 않고도 이렇게 잘 지워집니다. 주부님들, 이제 청소는 슈퍼매직블럭에 맡기세요. 주부님들의 여가가 훨씬 길어집니다. 그 시간에 주부님들은 운동하시거나 취미활동을 하세요. 자 주문 폭주입니다. 지금 바로 자동전화로 주문해 주세요. 쇼호스트는 신 난다는 듯이 탁자 위에 있던 책 표지의 제목을 지우고 화장실 변기와 세면대에 눌어붙은 때를 지웠어. 그러더니 아예 세트장에 있던 물건들을 몽땅 지우기 시작하는 거야. 싱크대가 지워지고, 백자 항아리가 지워지고, 책들이 지워졌어. 그리고 화장실 문짝과 변기와 세면기가 거짓말처럼 지워졌어. 깜짝 놀란 나는 벌떡 일어나 앉았지. 쇼호스트가 슈퍼매직블럭을 휘두르는 곳마다 거짓말처럼 텅 빈 공간이 생겨났어. 빈 공간은 마치 다른 차원으로 들어가는 입구처럼 신비롭게 보였지.

나는 눈을 크게 뜨고 쇼호스트의 손동작을 따라 눈동자를 움직였어. 그런데 슈퍼매직블럭을 들고 세트장을 완전히 지워버린 쇼호스트가 갑자기 허리를 굽히면서 이렇게 말했어. 자, 여러분. 지금까지는 맛보기에 불과했습니다. 이제부터 본격적으로 슈퍼매직블럭의 놀라운 성능을 눈으로 확인해보십시오. 맘에 들지 않거나 보기 싫은 것이 있으면 망설이지 말고 지워주세요. 참고로 전제 구두가 맘에 들지 않습니다. 그래서 당장 지워버리겠습니다, 이러지 않겠어?

쇼호스트는 신고 있던 자신의 구두에 슈퍼매직블럭을 마구 문질렀어. 그러자 쇼호스트의 발이 순식간에 사라졌어. 그런데도 쇼호스트는 조금도 놀라워하지 않고 격앙된 목소리로 말했어. 어때요? 놀랍지 않으십니까? 정말 초강력 지우개라 해도 과언이 아닙니다. 참고로 슈퍼매직블럭은 그동안 적발된 불법 편입자들을 말끔히 제거해버린 경력으로 품질인정마크를 획득한 제품입니다. 지금 바로 자동전화로 주문해 주시면 놀라운 할인혜택을…… 쇼호스트의 말이 끝나기도 전에 놀라운 광경이 벌어졌어. 쇼호스트의 손에서 빠져나온 슈퍼매직블럭이 좌우로 움직이면서 쇼호스트의 다리를 지우고 점점 위로 올라가면서 가슴과 팔을 지우더니 목과 얼굴까지 지워버린 거야. 쇼호스트가 사라지면서 그녀의 목소리도 사라졌어. 나는 너무 놀란 나머지 목구멍 밖으로 튀어나오는 비명을 꿀꺽 삼켰어. 눈앞에 벌어진 광경은 마치 SF영화나, 공포

영화의 한 장면 같았어.

텔레비전 화면을 뚫고 나온 슈퍼매직블럭은 내가 앉아있는 일인용 침대로 슬금슬금 다가왔어. 나는 가위에 눌린 것처럼 손가락 하나 까딱할 수가 없었어. 슈퍼매직블럭은 침대 앞에 있던 책상을 지우더니 방향을 틀어서 미니 냉장고와 전화기를 지웠어. 그리고 급기야 내가 앉아 있는 침대까지 지우기 시작했어. 그제야 나는 주술에서 풀린 망아지처럼 벌떡 일어나 문으로 다가갔지. 순간적으로 슈퍼매직블럭이 문까지 지워버린다면 출구를 영영 못 찾을 것 같다는 생각이 들었던 거야.

내가 두 팔을 벌리고 문을 막아서자 슈퍼매직블럭이 천천히 나를 향해 다가왔어. 슈퍼매직블럭이 발끝을 살짝 스치는 순간, 막혔던 비명이 봇물처럼 터져 나왔어. 나는 꿈인지 생신지 모르는 상태에서 마구 소리를 지르며 밖으로 뛰쳐나왔지. 아, 지금도 그곳에서 있었던 일만 생각하면 식은땀이 나. 도대체 어떻게 그런 일이 가능했던 거지?

뭐야, 할머니. 여태껏 앉아서 졸고 있었던 거야? 설마 내 말을 조금이라도 듣긴 들은 거지? 그렇다면 고개라도 좀 끄떡거려 봐. 귀찮다고? 아, 그래 알았어. 편하게 누워서 자. 내가 머리를 받쳐줄 테니까 천천히 누워 봐. 이제 귀찮게 하지 않을게.

그런데 할머니. 귀찮게 해서 미안하지만 그날 내가 겪은 일이 사실일까? 나도 잘 믿어지지가 않아서 그래. 더 웃긴 건 말야. 그 와중에서도 바퀴 빠진 가방하고 구형 휴대폰을 용케 챙겼다는 거

야. 무슨 정신에서 그랬는지 나도 모르겠어. 나한테 그것들이 그
렇게 중요한 것들이었을까? 할머니, 난 왜 이 모양일까? 내게 건너
편은 과연 D시밖에 없는 걸까? 앞으로 내가 D시에 편입은 할 수
는 있을까?

소리 바이러스

전투기 한 대가 하늘로 치솟는다. 연이어 두 대의 전투기가 동네를 초토화할 듯이 맹렬한 기세로 따라간다. 순간 아랫배에 날카로운 통증이 느껴진다. 마치 아랫배를 면도칼로 마구 그어대는 느낌이다. 나는 아랫배를 움켜쥐고 화장실로 뛰어간다.

욕조에는 빨랫감들이 바람 빠진 풍선인형처럼 맥없이 늘어져 있다. 나는 그것들을 걷어내고 밑바닥에 숨겨두었던 커다란 물총을 집어 든다. 주황색 플라스틱으로 된 물총은 기관총처럼 길고 커서 제법 물이 많이 담긴다. 나는 물총을 들고 베란다로 나와 총부리를 하늘로 치켜든다.

전투기들이 지나가고 잠시 고요한 틈을 타서 매미들이 단체로 목청을 높인다. 그와 동시에 또다시 전투기 두 대가 뇌 속을 뚫고 들어올 것처럼 날카로운 굉음을 쏟아내며 날아오른다. 두두두두두, 두두두두두…… . 나는 입으로 총소리를 내면서 하늘을 향해 물총을 쏜다. 하늘로 뿜어 올린 물줄기는 시원스럽게 직선을 그리다가 곧장 내 얼굴 위로 쏟아진다. 거울을 보지 않아도 물줄기가 때린 얼굴은 누군가에게 한 대 얻어맞은 것처럼 벌겋게 변했을 것이다. 그렇거나 말거나 나는 얼굴이 얼얼할 때까지 계속해서 물총을 쏘아 올린다.

"야! 너, 또 그 짓이야?"

외출했던 삼촌이 베란다를 올려다보며 호통을 친다. 깜짝 놀란 나는 물총을 들고 허겁지겁 화장실로 달아난다. 하지만 문을 잠그기도 전에 잽싸게 들어온 삼촌이 내 손에서 물총을 낚아챈다.

"뭐야, 이 총은 또. 새로 샀니?"

나는 고개를 끄덕인다.

"이거 완전 대형 서바이벌 물총이네?"

삼촌은 사격수처럼 물총을 눈 아래까지 들어 올리고 압축펌프를 몇 번 당겼다 밀었다 하더니 방아쇠를 당긴다. 총구에서 세차게 뻗어나간 물줄기가 욕실 벽을 맞추고 오줌 줄기처럼 주르륵 흘러내린다.

"너, 다시 또 이 짓 하면 그땐 정말 너네 나라로 쫓아버린다, 알았어? 어린애도 아니면서 웬 놈의 물총을 가지고 난리야?"

삼촌은 물총을 욕조 안에 패대기치고 방으로 들어간다.

스물두 살의 캄보디아인인 내가 열다섯 살이나 많은 삼촌을 만난 것은 작년 이맘때였다. 나는 한국인이 경영하는 씨엠립의 한 게스트하우스에서 일하고 있었다. 바쁠 때 주방 일을 도와주고,

관광객들이 시내에 나가서 쇼핑하도록 안내해주는 것이 나의 주업무였다. 한국인 사장은 다른 종업원들보다 한국어에 능통하고, 한국 음식에 간을 잘 맞춘다며 나를 특별히 예뻐했다.

삼촌은 한국인 사장의 친구였다. 삼촌은 스님처럼 머리를 박박 밀고 달랑 배낭 하나만 멘 모습으로 나타났는데, 처음 만나자마자 자신을 '삼촌'이라고 소개하면서 들고 있던 카메라를 내 얼굴 가까이 들이댔다. 알고 보니 삼촌은 거듭된 사업 실패로 심신이 피폐해진 상태였다. 삼촌은 캄보디아에 머무는 동안, 여기저기 다니면서 사진을 찍었다. 사원도 찍고, 시장도 찍고, 노을과 강, 집, 도시의 골목을 찍었다. 하지만 삼촌의 카메라에 가장 많이 찍히는 것은 아이들이었다. 삼촌은 캄보디아 아이들의 눈이 세상에서 가장 순해 보인다고 했다. 가만히 들여다보고만 있어도 마음이 편안해진다는 것이었다.

한국인 사장은 삼촌이 마음껏 사진을 찍을 수 있도록 도와주라고 나에게 특별히 부탁했다. 나는 삼촌을 여러 마을로 데리고 다녔다. 가끔 아이들이 많은 우리 동네로 안내하기도 했다. 엄마는 병든 아버지가 죽고 나서 빚에 쪼들리고 있었지만 삼촌이 오면 옆집에서 음식재료를 빌려서라도 정성껏 요리를 만들어 대접했다. 삼촌은 볶음라면의 일종인 미차와 조개를 고춧가루로 양념한 리할을 잘 먹었다.

삼촌이 캄보디아에 온 지 삼 개월쯤 되었을 때였다. 엄마는 삼촌이 음식 먹는 모습을 흐뭇하게 지켜보더니 내가 한국으로 시집

가는 것이 좋을 거라고 말했다. 다섯 명이나 되는 동생들을 위해서라도 꼭 그래야 한다는 것이었다. 하지만 삼촌은 내가 좋아하는 타입이 아니었다. 내가 싫다고 떼를 쓰자 엄마는 돌아앉아서 흐느껴 울었다. 엄마가 훌쩍거리자 엄마의 등에 앙상하게 튀어나온 등뼈가 뱀처럼 꿈틀거렸다.

동생들은 삼촌이 시장에서 사온 찍찍이 신발을 신고 걸어 다니면서 까르르 웃음보를 터트렸다. 동생들이 걸을 때마다 신발에서 찍찍거리는 소리가 장난스럽게 들렸다. 동생들이 즐거워하는 소리에 엄마도 따라 웃었다. 나는 찍찍거리는 소리와 까르르 웃는 소리를 들으며 한국행을 결심했다.

결혼식이랄 것도 없었다. 우리는 한국으로 오기 전날, 한국인 사장이 마련해준 호텔방에서 바나나 껍질을 벗기고 서로에게 먹여주는 것으로 결혼식을 대신했다. 엄마는 바나나 한 다발을 내게 주면서 '바나나를 한 입도 먹을 수 없을 때까지, 옥수수를 깨물어 먹을 수 없을 때까지 서로서로 영원히 사랑하라'고 축복해 주었다. 결혼식 첫날밤 신랑 신부가 서로에게 바나나를 먹여주는 것은 우리나라의 전통이었다. 우리나라 사람들 대부분은 결혼반지보다 바나나가 더 진실한 결합을 상징한다고 믿었다. 그건 나도 마찬가지였다. 화려한 결혼식에 대한 환상은 있었지만, 그건 말 그대로 환상일 뿐이었다. 나는 형식뿐인 결혼식은 아무 관심도 없었다.

그날 나는 삼촌에게 고환이 하나밖에 없다는 사실을 알았다. 오래전 수술을 받았기 때문이었다. 삼촌의 정확한 병명은 '고환의

148

악성신생물', 쉽게 말하면 고환암이었다. 삼촌은 가족 중에 생식기나 비뇨기계통으로 치료를 받은 사람이 없는 걸로 봐서 자신의 병은 후천적인 거라고 했다. 그것도 군 생활 중에 생긴 것이 확실하다는 것이었다.

삼촌은 보훈처에 전공상확인신청서라는 것을 제출한 적도 있다고 했다. 공군에 입대해서 복무한 삼촌은 자신의 병이 군대에서 받은 스트레스 때문이라고 했다. 입대 이후 소속부대의 보직이 24시간 근무 보직이었던 탓에 근무조에 따라 매번 낮과 밤이 뒤바뀌는 불규칙한 생활을 한데다가, 내무반조차 활주로와 가까워서 늘 비행기 소음에 노출되어 있었다는 것이었다.

"군대에 가서 진짜로 병이 생긴 거예요?"

정말 궁금하다는 내 말에 삼촌은 말했다.

"군대에 가서 그런 것이라기보다는 주체 못할 스트레스와 피로감 때문이지. 난 극심한 피로감 때문에 툭하면 감기에 걸리고 밥도 먹지 못할 만큼 입안이 자주 헐었어. 수면 부족은 말할 것도 없고……. 생각해 봐. 일주일에 나흘 이상 밤을 새우는데 배겨낼 수 있었겠어? 보통 사람도 하룻밤을 새우면 거의 그로기 상태가 되잖아. 그런 상태에서 비행기 소음은 우리 동네보다 더 심했어. 정상적인 세포가 암세포로 전이되는 원인은 다양해. 하지만 신체적, 정신적 스트레스가 가장 큰 비중을 차지한다고 볼 때, 군 복무 중에 과도하게 누적된 스트레스가 암 발병을 초래한 것은 거의 확실해."

삼촌은 피해 보상을 위해 여기저기 뛰어다니며 알게 된 정보를 제법 유식하게 늘어놓았다. "그런데, 고환암으로 고환 하나를 잘라내면 아이는 못 만들어요?"

안타까운 마음에 내가 조심스럽게 물었을 때 삼촌은 이렇게 말했다.

"사람한테 정말 필요한 장기가 두 개씩 있는 이유가 뭐겠어? 하나가 없으면 다른 하나를 사용하라는 신의 섭리 아니겠어? 혹시라도 수술하고 나서 받은 방사선치료나 항암제 투여가 문제가 될지는 모르지. 그래도 난 건강한 편이니까 희망은 있다고 생각해."

삼촌의 말투는 자신감이 넘쳤다. 그에 비해 표정은 왠지 어두웠다.

한국으로 오고 나서 처음 한두 달은 행복했다. 나와 함께 살면서 새로운 마음으로 직장생활을 시작한 삼촌은 과분할 정도로 내게 호의를 베풀어주었다. 나는 삼촌을 아버지처럼 의지했고, 즐겁게 해주려고 애썼다. 삼촌이 직장에서 돌아오면 엄마에게서 배운 대로 따뜻한 물을 떠다가 발마사지를 해주고, 요리책을 보고 음식을 만들었다. 내가 주방에서 열심히 음식을 만드는 동안 삼촌은 청소기를 돌리거나 마른 빨래를 개켜주었다. 그리고 그런 일들이 끝나면 식탁에 앉아서 요리하는 나를 홀린 듯이 쳐다보곤 했다.

삼촌이 나를 냉랭하게 대하기 시작한 것은 내가 임신한 사실을 알고부터였다. 삼촌은 마치 다른 사람 같았다. 어떤 놈이랑 자고 왔느냐며 번번이 팬티를 벗기고 냄새를 맡기도 하고, 뱃속의 아이가 누구 아이냐고 집요하게 캐묻기도 했다. 나는 당연히 삼촌의 아기라고 말했지만 삼촌은 믿지 않는 눈치였다. 어느 날인가, 저녁 식사를 마치고 손바닥을 배 위에 얹고 있는데 뭔가가 꾸물꾸물 지나가는 느낌이 들었다. 나는 삼촌에게 뱀이 기어 다니는 것 같다고 했다. 그러자 삼촌은 차가운 표정으로 내 배를 쳐다보면서 말했다.

"맞아 뱀이야, 그러니까 빨리 없애버려."

나는 삼촌의 입에서 '뱀'이라는 말이 나오는 순간 엄마 등에 붙어사는 뱀을 떠올렸다. 하지만 엄마 등에서 뱀이 떨어질 수 없는 것처럼 내 뱃속에 있는 아기 뱀도 떨어지면 안 될 것 같았다. 나는 말없이 베란다로 나와서 아랫배를 손으로 쓰다듬었다. 삼촌이 그런 나를 무섭게 부릅뜬 눈으로 쳐다보았다. 캄보디아 아이들의 사진을 카메라에 담던 그런 눈빛이 아니었다. 한국에 와서 처음으로 삼촌이 다른 사람처럼 보였다.

아기 뱀이 떨어져 나간 것은 그로부터 며칠 후였다. 아침부터 저녁까지 유난히 전투기가 많이 뜬 날이었다. 나는 하루에도 몇 번씩 귀가 떨어져 나갈듯한 전투기 소음에 신경이 날카로워진 상태였다. 갑자기 고향 동네가 그리워진 나는 한국으로 오면서 가지고 온 사진을 꺼내보았다. 낯익은 집들이 있었고, 이곳과는 비교도 안 될 만큼 맑고 푸른 하늘과 그 하늘을 찌를 듯이 솟구친 나무들 사이에 정겨운 친구들과 내가 나란히 서 있었다. 나는 어릴 때부터 특별히 친했던 남자친구 하리 옆에서 손가락을 V자로 쳐들고 활짝 웃고 있었다.

한국으로 오기 이틀 전, 소식을 들은 하리가 나를 찾아왔다.

하리는 한국인 관광가이드를 따라다니는 관광보조원이었다. 말없이 내 손을 꼭 잡고 있던 하리는 어딘가 전화를 걸었다. 잠시 후 오토바이를 탄 하리의 친구가 집 앞에 도착했다. 하리와 나는 오토바이를 타고 앙코르와트로 갔다. 불빛이 환한 한밤의 앙코르와트는 내가 특별히 좋아하는 곳 중의 하나였다. 아무리 속상하고 슬픈 일도 그곳에만 가면 잊을 수 있었다. 그걸 잘 알고 있는 하리는 내가 화를 내거나 슬퍼할 때마다 오토바이를 빌려서 기분 전환을 시켜주었다. 그날도 앙코르와트로 향하는 길은 천상으로 가는 길처럼 여전히 화려하게 빛나고 있었다.

나는 삼촌이 들어온 줄도 모르고 손가락으로 사진을 쓰다듬으며 훌쩍거렸다. 내가 울음을 멈춘 것은 삼촌이 내게서 사진을 빼앗았을 때였다. 삼촌은 사진을 세로로 쭉쭉 찢어버리더니 나를 현관으로 끌고 갔다. 그리고는 영문을 몰라 하는 나를 계단 위에서 힘껏 떠밀었다. 정말 순식간의 일이었다. 몸이 공중으로 잠깐 떠오르면서 가파른 삼 층 계단으로 굴러떨어진 나는 잠시 기절을 했다. 그 사이에 뱃속의 아기 뱀은 흔적도 없이 사라졌다. 그 일이 있었던 후 삼촌은 그나마 다니던 직장을 그만두었다.

가끔 나는 유산된 것이 오히려 다행일지도 모른다는 생각이 들었다. 어차피 이 동네는 아이들이 적응할 수 있는 환경은 아니었다. 특히 방심한 상태에서 갑작스럽게 들려오는 전투기 소리는 지옥문을 박차고 달려오는 무시무시한 괴물을 연상시켰다. 내가 살던 동네는 정말 조용한 곳이었다. 낮에는 관광객들 때문에 소란스럽기도 했지만 그건 오히려 삶의 활력소였다. 관광객들을 상대로 돈을 버는 상인들은 멀리서 관광버스가 달려오는 소리만 들어도 얼굴 가득 웃음꽃이 피었다. 그에 비해 이곳에서 들리는 전투기 소리는 인간의 한계를 시험하는 것 같았다.

　게다가 동네에서 마주치는 사람들은 거의 노인들이었다. 간혹 젊은 남자들도 있긴 했지만, 그들은 노인들보다 더 무기력해 보였다. 그들은 여자들이 직장으로 일하러 나간 동안 집 안에 틀어박혀 화투나 치고 텔레비전을 보다가 심심하면 밖으로 나와서 어슬렁거렸다. 이 동네에 계속해서 산다면 삼촌도 그들처럼 될 것 같았다. 나는 삼촌에게 이사를 하는 게 어떠냐고 물었다. 그때 삼촌은 덤덤하게 말했다.

　"이사를 하고 싶어도 집이 팔려야 가지. 비행기길 때문에 집값은 계속해서 떨어지고 다른 동네처럼 개발도 안 돼. 그렇다고 돈 한 푼 없이 다른 동네로 갈 자신도 없고……. 나뿐만 아니라 이 동네 사람들은 전생에 지은 죄가 커서 천벌을 받고 있는 것 같아. 어떤 때는 이 동네에 보이지 않는 그물이 덮여있다는 생각도 들어. 이 동네 사는 사람은 아무도 빠져나가지 못하게 가둬놓는 그물……."

　듣고 보니 기가 막혔다.

　"그러면 우리는 언제까지 이렇게 살아야 하는 거예요? 방법이 없어요?"

　삼촌은 고개를 끄덕거리며 이렇게 말했다.

"이렇게라도 살아야지 어쩌겠어? 그물을 찢고 나갈 방법이 없는 이상 견디고 살아야지."

나는 아무리 생각해도 삼촌이 한 말을 이해할 수가 없었다. 그물은 뭐고, 그물을 찢고 나갈 방법은 또 뭔지, 그리고 삼촌은 왜 나까지 그물에 가두었는지 전부 수수께끼 같았다.

두루마리 화장지처럼 길게 펼쳐진 비행운이 연기처럼 후루룩 흩어진다. 오늘처럼 화창한 날이라면 적어도 열 대 이상은 전투기가 뜰 것이다. 안 뜨는 날도 물론 있다. 비가 오거나 눈이 오는 날이 그런 날이다. 그러나 대부분은 뜬다.

잠깐 방심하는 사이, 다시 또 전투기 두 대가 천둥 치는 소리를 내면서 날아오른다. 한 대도 아니고 두 대씩 짝지어 뜨는 바람에 온몸이 들썩거린다. 또다시 아랫배에 뻐근한 통증이 느껴진다. 아무래도 아기 뱀이 사라지면서 뱃속에 커다란 상처를 남긴 것이 분명하다.

"야! 다 죽어버려!"

나는 다시 큰소리를 지르면서 물총을 쏘아댄다. 공중으로 뿜어졌던 물줄기가 정확하게 얼굴로 쏟아진다. 내가 물총을 쏘아 올리는 것은 바로 이 순간을 위해서다. 물이 얼굴 위로 쏟아질 때만큼은 아랫배의 통증과 전투기 소음을 깨끗이 잊을 수 있다. 그래서 나는 언제나 물총을 직선으로 쏘아 올린다.

한바탕 전투를 끝냈더니 옷이 흠뻑 젖었다. 앞으로 몇 대가 더

이 건물 꼭대기로 지나갈지 모른다. 나는 화장실로 들어가 비어있는 물받이의 뚜껑을 열고 최대한 가득 물을 채운다. 조금이라도 물받이가 비어있으면 불안하다. 물이 부족하면 탄알이 없어서 싸우지도 못하고 죽어버리는 군인처럼 기분이 처참할 것 같다.

다시 밖으로 나온 나는 베란다에 기대서서 귀를 기울인다. 웬일인지 전투기가 치솟기 전에 들리는 진동음이 들리지 않는다. 늑대가 으르렁거리는 것처럼 음산하게 들려오는 진동음은 거센 돌풍이 불어 닥치기 전에 들리는 예고음처럼 섬뜩하다. 나는 잠시 물총을 내려놓고 칼칼해진 목을 가다듬기 위해 헛기침을 한다. 전투기가 지나가는 동안 먹먹했던 귓구멍이 서서히 뚫리면서 동네가 생기를 되찾는다. 공중으로 흩어졌던 사람들의 말소리도 제자리를 찾고, 꽃과 나무도 움츠렸던 잎사귀를 천천히 편다. 주위가 조용해지면서 옆집 개 짖는 소리가 점점 크게 들린다.

"조용히 안 해?"

앙칼진 내 목소리에 옆집 개가 목줄을 덜그럭거리며 부리나케 제집으로 숨어든다. 옆집 개는 동식물 통틀어서 내가 한국에서 길들인 유일한 생명체다. 시끄럽게 짖어댈 때마다 주인이 쥐어박아도 아랑곳하지 않는 옆집 개는 내 말 한마디에 조용해진다. 방법은 간단했다. 나는 주인이 없을 때 짖어대는 개를 향해 두 번 정도 돌멩이를 집어 던졌다. 한 번은 정확하게 대가리에 맞았고, 두 번째는 등에 맞았다. 그때부터 옆집 개는 내 목소리만 들어도 겁을 낸다. 다른 개들이 짖어대는 동안 동참을 못해 아쉽다는 듯이 옆집 개는 끄응, 신음을 흘리면서 제집 바닥을 발톱으로 벅벅 긁는다.

짖을 일이 있거나 없거나 온종일 심심하면 짖어대는 개들은 전투기 소음만큼 도움이 안 되는 존재들이다. 어디서 떠돌다 왔는지 유난히 많이 모여드는 유기견들은 아무 데서나 교미를 하고 아무 집이나 들어가서 새끼를 낳고 제집처럼 뻔질나게 드나든다. 우리 집도 마찬가지다. 어느 날은 태어난 지 일주일도 안 되는 강아지 한 마리가 겁도 없이 계단을 올라오다가 내가 내지르는 소리에 계단에서 굴러 그대로 즉사한 적도 있었다. 나는 널브러진 강아지를 하천 둑에 묻으면서 약간의 죄책감이 들기도 했지만 담담하려고 애썼다. 적어도 이 동네에서 견디려면 그런 것쯤은 대수롭지 않게 여겨야 했다.

캄보디아에서라면 결코 있을 수 없는 일이다. 나는 그 누구보다 착한 아이였다. 게스트하우스에 취직하기 전까지 엄마 대신 동생들을 모두 키우다시피 했고, 시간이 날 때면 공예품이나 망고 같은 과일들을 관광지에 가서 팔기도 했다. 아버지가 없는 집안에서 엄마가 가장이긴 했지만, 나는 늘 큰 딸인 내가 아버지를 대신해야 한다고 생각했다. 아마도 고향 사람들은 내가 이렇게 변한 모습을 상상조차 못 할 것이다.

예상대로라면 전투기가 벌써 서너 대쯤 더 떴어야 한다. 그런데 아직까지 잠잠하다. 그렇다고 긴장을 늦출 수는 없다. 나는 물총을 가슴 위로 치켜든 채 하늘을 올려다본다. 캔버스 천처럼 팽팽하게 당겨진 하늘에는 비행운의 흔적이 완전히 사라져 있다. 하루에도 몇 번씩 전투기가 난도질해도 흠집 하나 없이 멀쩡한 하늘이 끔찍할 만큼 징그러워 보인다. 공연히 하늘을 향해 종주먹을 들이 대려는 순간, 건물 전체가 흔들릴 만큼 거센 울림이 시작된다. 다시 또 아랫배에 참을 수 없는 통증이 시작된다.

아버지가 살아계실 때, 친척 집에서 악어 한 마리를 얻어온 적이 있었다. 너무 비싸서 감히 엄두도 못 내던 것이었기 때문에 우리 남매는 맛있는 악어 요리를 상상하면서 환호성을 질렀다. 아버지는 악어 머리를 움직이지 못하게 고정해놓고 재빨리 칼로 찍었다. 그런데 단칼에 숨통을 끊지 못해서인지 악어는 한동안 격렬하게 몸부림을 쳤다. 겁에 질린 우리는 엄마 뒤에 숨어서 악어가 죽어가는 광경을 지켜보았다. 그때 악어의 고통은 도대체 어느 정도였을까? 아픔을 참느라 얼마나 이를 악물었는지 잇몸이 욱신거린다. 전투기는 뚫렸던 귀가 다시 막힐 만큼 진동을 남기고 꼬리를 감춘다. 다시 하늘에는 짙은 비행운이 보란 듯이 흔적을 남긴다. 갑작스러운 전투기의 출현에 화가 난 나는 물받이의 물이 다 없어질 때까지 물총을 사방으로 난사한다.

웬일인지 삼촌이 잠잠하다. 삼촌은 뭘 하는 걸까? 계단에서 나를 밀어낸 사건 이후, 삼촌은 작은 방에서 따로 지낸다. 도대체 작은 방에 틀어박혀 뭘 하는지 온종일 얼굴을 못 볼 때도 있다. 나는 축축하게 젖은 옷을 벗어서 욕조에 던져 넣고 새 옷을 갈아입은 뒤, 주방으로 간다. 비빔국수를 만들어볼 생각이다. 냉장고에서 오이를 꺼내고 싱크대 아래를 뒤져서 말린 국수를 찾아낸다. 비빔국수는 게스트하우스에서 인기메뉴였다. 내가 만든 비빔국수를 맛본 사람들은 나중에 국수가게를 차리면 돈을 많이 벌겠다면서 하나같이 칭찬을 하곤 했다. 삼촌도 내가 만든 요리 중에서 비빔국수를 제일 좋아한다. 분명 이번에도 접시에 곱빼기로 담아달라고 할 것이다.

한국 오이는 볼 때마다 신기하다. 캄보디아 오이는 이렇게 길지가 않다. 짤막하고 통통하다. 아마도 캄보디아 오이를 세 개 정도 붙여놓아야 한국 오이 하나꼴이 될 것이다. 나는 오이를 도마에 올려놓고 가늘게 채를 썬다. 상큼한 오이 향이 주방 가득 퍼진다. 오이 한 개를 다 썰어갈 무렵, 삼촌이 문을 삐죽 열고 나온다.

"비빔국수 할 건데 먹을 거예요?"

삼촌은 아무런 대꾸도 없이 현관문을 열고 밖으로 나간다. 최근 들어 눈 밑이 더 검어져서 그런지 그러잖아도 침울해 보이는 얼굴이 더 침울해 보인다. 게다가 그렇게 좋아하는 비빔국수를 만든다는데도 별 반응이 없는 걸 보니 아무래도 뭔가 심각한 일이 있는 것 같다. 삼촌이 밖으로 나가자 나도 식욕이 없어진다. 나는 썰었던 오이채를 비닐랩에 싸서 냉장고에 집어넣고 안방으로 간다.

시어머니가 쓰셨다는 재봉틀에서 반질반질 윤기가 돈다. 내가 열심히 닦아놓기 때문이다. 나는 하청공장에서 가져온 일감 하나를 집어 들고 박음질을 시작한다. 오늘 들어온 일감은 다른 때보다 두 배 가까이 많다. 삼촌이 캄보디아에 있는 가족에게 돈을 부처주기로 한 약속을 어긴 이후 나는 뭔가 할 일을 찾아야 했다. 그래서 택한 일이 바로 환자용 우주복을 만드는 일이다. 대·중·소로 재단이 되어 온 것을 그대로 솔기만 접어 박기만 하면 되니까 그다지 어려울 것은 없다.

넓은 방안에서 드르륵 드르륵……, 재봉틀 소리가 울려 퍼진다. 나는 재봉틀 소리가 좋다. 이 소리가 많이 들릴수록 캄보디아에 있는 엄마와 동생들도 기뻐할 것이다. 드르륵 드르륵……, 내가 만들어내는 환자용 우주복들은 고스란히 현금이 되어 통장에 입금된다. 통장에 돈이 늘어날 때마다 마음이 너무도 뿌듯하다. 돈이 들어오는 재봉틀 소리와 비교하면 머리 가죽이 벗겨질 것 같은 전투기 소리는 아무짝에도 쓸모가 없다. 가끔 나는 전투기 소리가 들려올 때마다 하늘에서 돈이 쏟아지는 상상을 한다. 진짜로 수천 수만 장의 지폐가 눈처럼 쏟아진다면 전투기 소리가 좀 즐겁게 들릴 수도 있을까?

나는 이곳 사람들이 낮이나 밤이나 수시로 들려오는 전투기 소리에 둔감한 것이 너무 의아했다. 사람들은 침을 튀기며 큰 소리로 싸우다가도 전투기가 지나가면 얼어붙은 듯 꼼짝도 하지 않았다. 싸우던 행동 그대로 멈춰선 사람들의 모습은 마치 영화의 필름이 멈춘 것처럼 우스꽝스러웠다. 그러다가 전투기 소리가 멀어지고 나면 다시 논쟁을 계속했다. 처음에는 사람들이 장난으로 그러는 줄 알았다. 나중에 보니까 분명 장난이 아니었다. 나는 이 층에 사는 할머니에게 그 이유를 물어보았다. 그러자 할머니가 눈을 흘기며 말했다.

"뭘 왜 그래? 우리가 어쨌다고?"

오히려 나를 이상한 눈으로 쳐다보는 할머니를 보면서 이 동네 사람들은 전투기 소음에 조종당하는 장난감 로봇들이 아닐까 하는 생각이 들었다.

위아래가 붙은 우주복은 중환자들에게 주로 사용되는 모양이다. 하청공장에서는 내가 꼼꼼하게 일을 잘한다고 좋아한다. 그래서인지 늘 일감이 많다. 나는 주문받은 물량을 다 채우고 시간이 날 때마다 이것저것 만들었다. 그동안 내가 만든 것들은 손가방, 실내화, 티슈 싸개, 주방용 장갑, 커튼, 심지어 화장실 앞에 놓는 깔개까지 있었다. 최근에 내가 만들기 시작한 것은 커다란 우주복이다. 환자용 우주복이 아니라 우주인들이 입는 것과 비슷한 것이다. 실감 나게 만들기 위해 원단시장에 가서 두툼한 은색 천까지 사왔다. 이제 모자만 달면 완성이다.

한국 최초의 여자 우주인은 텔레비전 속에서 환하게 웃고 있었다. 무중력 상태에서 음식을 먹거나 지구에서 가져간 도구로 실험을 하는 모습이 너무도 근사해 보였다. 어떻게 사람이 그 먼 우주에서 지구와 통신을 할 수 있는지 신기했다. 나는 완성이 덜 된 우주복을 입고 거울 앞에 섰다. 두툼한 옷 속에 머리만 내밀고 있는 모습이 우스꽝스럽다. 나는 두 팔을 위로 들어 올리고 양쪽 검지를 안테나처럼 치켜든다. 바로 그때, 지하실에서 드럼 소리가 요란스럽게 들려온다. 내 안테나가 교신한 것은 엉뚱하게도 삼촌의 드럼이었나 보다.

삼촌은 주차장을 고쳐서 방 하나를 만들더니 어디서 중고 드럼을 사다 놓고 틈만 나면 두들겨댄다. 하지만 아무 때나 두드리지는 않는다. 분명 오늘도 동네 사람들에게 뭔가 불쾌한 일을 당했다는 증거다. 아마도 삼촌은 화가 풀릴 때까지 드럼을 두들길 것이다.

문득 달력을 보니 오늘 날짜에 붉은 동그라미가 표시되어 있다. 병원에 가는 날이다. 나는 지하실 문을 가만히 열고 들여다본다. 문어처럼 반들거리는 삼촌의 머리통이 박자에 맞춰 까딱거린다. 나는 다시 문을 닫는다. 굳이 나갔다 온다고 얘기할 필요가 없을 것 같다. 얼마 전까지만 해도 혼자서 외출하는 것을 철저하게 감시하던 삼촌이었다. 요즘 들어서는 내가 나가건 들어오건 신경도 쓰지 않는다.

삼촌은 내가 소음성난청을 치료받으러 병원에 간다고 했을 때 빈정대면서 이렇게 말했었다.

"이 동네 살면서 귀가 조금 안 들린다고 병원에 다니는 사람은 너뿐일 거야."

그러나 조금 안 들리는 정도가 아니다. 아래층 노인들과 이런저런 얘기를 하면서 장단을 맞추다가도 갑자기 윙, 하는 진동음과 함께 귀가 콱 막힌다. 그럴 때마다 벙긋거리는 노인들의 입 모양만 쳐다봐야 한다. 다른 건 몰라도 귀가 안 들리는 것은 참을 수 없는 일이다. 세상은 온통 소리로 이루어져 있다. 소리가 있어서 세상이 존재하는 것이다. 물 흐르는 소리, 바람 부는 소리, 꽃망울 터지는 소리, 아이들 웃음소리, 식탁에서 도란도란 밥 먹는 소리, 여름의 빗소리, 낙엽이 지는 소리, 뽀드득뽀드득 눈 밟는 소리, 맑고 고운 종소리……. 정말이지 세상에는 전투기 소리처럼 끔찍하고 징그러운 소리 말고도 좋은 소리가 너무나 많다. 좋은 소리를 듣지 못하고 산다는 것은 불행한 일이다. 나는 불행해지기 싫다. 비싼 진료비를 감수하면서까지 꼬박꼬박 병원을 찾는 이유도 그래서다.

버스 정거장으로 향하던 나는 멀리서 걸어오는 여자를 보고 걸음을 멈춘다. 가끔 보는 여자다. 작고 마른 여자는 두 팔에 뭔가를 소중하게 받쳐 든 것처럼 보인다. 하지만 여자의 팔에는 아무것도 없다. 여자는 티셔츠 아랫단으로 두 팔을 집어넣고 배를 잔뜩 부풀린 자세로 걸어온다. 티셔츠 아랫단이 위로 치켜 올라가는 바람에 여자의 배꼽이 적나라하게 드러나 있다. 여자는 그 자세를 여름은 물론이고 추운 겨울에도 고수한다. 영하로 내려가는 추운 날씨에 배꼽을 드러내고 돌아다니는 여자를 본 것이 한두 번이 아니다.

아래층 할머니 말에 의하면 여자는 정신적으로 문제가 있다고 했다. 몇 차례 유산하고 난 후부터 병이 생긴 것 같다는 것이었다. 더구나 여자의 남편은 오대 독자라고 했다. 기다리던 손자가 매번 유산이 되자 홀시어머니의 구박이 도를 넘어섰고, 급기야 남편도 여자에게서 등을 돌렸다고 한다. 가까이서 본 여자는 의외로 곱상한 얼굴이다. 초점 없는 눈과 창백한 얼굴이 조금 섬뜩해보이긴 하지만, 한때 꽤 예뻤을 것 같다. 나는 여자가 골목 끝으로 사라지기를 기다렸다가 다시 걸음을 옮긴다.

일주일에 한 번 가는 병원은 동네에서 열 정거장쯤 떨어져 있다. 나는 병원에 가는 시간이 제일 즐겁다. 일단 버스에 오르면 기분부터 달라진다. 칙칙하고 음울한 꿈속에서 깨어난 것처럼 기억이 명료해진다. 어렸을 때 강에서 벌거벗고 수영하던 일, 아버지와 함께 나무 공예품을 만들던 일까지 모두 생각날 정도다.

오늘은 버스가 제시간에 오지 않는 바람에 예약시간보다 이십 분 가량 늦게 병원에 도착했다. 진료실 문을 열고 들어가자, 커다란 귀 모형을 만지작거리던 의사가 아는 체를 한다. 그는 습관적으로 내 귓속을 들여다보며 묻는다.

"좀, 어, 때, 요?"

의사는 외국인인 내가 한국말을 잘 모르는 줄 알고 갈 때마다 또박또박 말을 끊어서 한다.

"다른 때와 똑같아요."

내가 유창하게 대답하자 그는 눈썹을 움찔하며 차트에 뭔가를 기록한다. 아무리 치료를 해도 호전되지 않는 환자가 답답하기도 하겠지만 그건 사실이다. 여전히 나는 귀가 안 들릴 때가 많으니까 달라진 건 없다.

"약을, 넉넉하게, 줄까요? 자주, 나오는 게, 불편하지, 않아요?"

의사의 생각처럼 내가 불편할 건 하나도 없다. 오히려 이렇게라도 외출을 하는 것이 너무도 좋을 뿐이다. 내가 아무런 대꾸도 하지 않자 그는 지난번과 똑같이 말한다.

"알았어요, 일주일, 뒤에, 나오세요."

아래턱이 유난히 뾰족한 의사는 사촌오빠를 닮았다. 외모나 하는 행동이 너무 비슷하다. 사촌오빠의 꿈은 공무원이었다. 사촌오빠는 가난의 대를 끊어야 한다는 강박관념 때문에 삼십이 넘은 나이에도 공부만 했다. 시험에는 한 번도 응시한 적이 없었으므로 당연히 붙은 적도 없었다. 집안에서는 사촌오빠를 미친 사람 취급했다. 실제로 내가 보기에도 사촌오빠는 정상이 아닌 것 같았다. 윤기 없는 머리는 허리까지 내려왔고, 잠잘 때를 빼고는 책을 손에서 놓지 않았다. 특히 사촌오빠는 날아가는 비행기만 보면 어린아이처럼 팔짝팔짝 뛰었다. 언젠가는 꼭 비행기를 타고 전 세계를 누빌 거라며 날아가는 비행기를 손으로 잡아당기는 시늉을 하기도 했다. 사촌오빠를 마지막으로 본 것은 내가 한국으로 오기 한 달 전이었다. 내가 한국으로 간다고 하자 사촌오빠는 까만 눈을 반짝이면서 말했다.

"세상에서 제일 높이 뛰는 동물은 벼룩이 아니야. 거품벌레야. 그놈은 칠십 센티미터까지 뛰어오를 수 있어. 벼룩은 고작 이십에서 삼십오 센티미터밖에 높이 뛴 기록이 없어. 나는 거품벌레처럼 뛰어오를 거야. 아주 높이 뛰어올라서 비행기보다 더 높이 날아갈 거야. 기다려. 나도 갈 거야."

사촌오빠는 금방이라도 나를 따라올 기세였다. 그런 사촌오빠는 내가 한국으로 온 지 얼마 안 돼서 집을 나갔다. 가족들이 애타게 찾고 있지만 어디로 갔는지 소식조차 없다. 사촌오빠 생각만 하면 마음이 아프다.

진료가 끝났지만 달리 갈 때도 없다. 그렇다고 괜히 돌아다녀 봤자 돈만 든다. 돈을 낭비하는 건 곧 죄악이다. 한 푼이라도 아껴서 캄보디아로 송금해야 한다. 아마도 동생들이 신고 있던 찍찍이 신발도 다 닳았을 것이다. 걸을 때마다 경쾌하게 들리던 찍찍이 신발 소리가 듣고 싶다. 찍찍, 찍찍, 찍찍……. 리드미컬하게 들리던 찍찍이 신발 소리를 생각하는 동안 집으로 가는 버스가 도착했다. 나는 내리기 쉽도록 벨이 붙어있는 자리를 찾아서 앉는다.

언젠가는 동네에서 두 정거장이나 더 가서 내린 적이 있었다. 버스가 동네에 도착하기 바로 전에 자리에서 일어나 출입문 쪽에 서 있었는데도 운전기사는 버스를 세우지 않았다. 내가 내릴 거라고 소리를 치자, 운전기사는 짜증이 잔뜩 섞인 목소리로 오히려 호통을 쳤다.

"벨도 못 눌러? 벨 뒀다가 국 끓여 먹을 거야? 벨 소리가 들려야 차가 설 거 아냐!"

내가 버스를 타면 제일 먼저 벨이 붙어 있는 쪽을 살펴보게 된 것도 그때부터다. 이번에도 나는 동네 입구가 보이기 무섭게 검지에 힘을 주어 벨을 길게 누른다. 운전기사가 그런 나를 백미러로 흘끔 쳐다본다.

버스정거장 맞은편 공터에 사람들이 까마귀처럼 무리 지어 앉아있다. 머리에 띠를 두른 사람도 있고, 피켓을 든 사람도 있다. 깔끔하고 단호한 표정으로 봐서 분명히 이 동네 사람들이 아니다. 그들은 스피커를 든 사람의 선창에 맞춰 구호를 외친다.

"공약을 이행하라! 우리의 말에 귀를 기울여라! 이 동네를 사람 사는 동네로 만들어라!"

그들의 목소리에는 나름 힘이 넘친다. 때마침 전투기 한 대가 기다렸다는 듯이 하늘로 날아오른다. 아랫배에 또 통증이 시작된다. 나는 어금니를 지그시 악문다. 사람들이 외치는 소리도 전투기 소리에 금세 묻혀버린다. 아마도 전투기가 서너 대쯤 지나가고 나면 그들도 바로 자리를 뜰 것이다. 그동안 내가 지켜본 경험에 의하면 그들이 타고 온 승합차에 몸을 싣기까지 오 분도 채 안 걸릴 것이다.

평소에 나는 왜 동네 사람들이 직접 나서서 시위하지 않는지 궁금했다. 삼촌은 나의 궁금증에 대해 심드렁하게 대꾸했다.

"해봤자 소용없는 일이야. 뭐 한두 번이었어야지."

구의원이나 시의원으로 출마하는 사람들이 버릇처럼 내걸었던 공약 중에도 전투기 소음에 관한 내용이 어김없이 들어있었다. 자신들이 당선되면 반드시 비행장을 이전하겠다고 공공연히 부르짖었다. 하지만 그들은 일단 선거에서 이기고 나면 숱한 정치인들의 전철을 여지없이 밟았다. 중이 싫으면 절을 떠나는 법이다, 여건상 이곳이 아니면 달리 비행장을 건설할 곳이 없으니 이해해 달라는 변명이었다.

무슨 일인지, 집 근처 골목슈퍼 앞에 사람들이 모여서 웅성거린다. 나는 사람들 틈을 헤집고 뭔 일인가 살펴본다. 슈퍼에서 골목

입구까지 그야말로 초토화가 되어있다. 병원에 갈 때까지만 해도 멀쩡하던 슈퍼의 통유리는 박살이 나 있고, 옆집 담에는 심하게 찌그러진 승용차 한 대가 붙박이처럼 박혀 있다. 깜짝 놀란 나는 서둘러 삼 층으로 올라간다. 아니나 다를까 이미 경찰이 와 있다.

"분명히 집에 있었단 말이지? 절대 저 차를 본 적도 없단 말이지?"

"네."

다그치는 경찰의 말투와 달리 삼촌의 대답은 간단명료하다.

"그런데 당신이 그랬다고 신고가 들어왔잖아. 제발 조심 좀 하자. 조심해서 탈 날 것은 없잖아?"

몇 번 우리 집에 온 적이 있는 키 큰 경찰관이 삼촌의 어깨를 두드리며 타이른다.

"죄송합니다."

삼촌은 고개를 숙이고 사과를 한다. 사고를 낸 차 주인이 삼촌도 아닌데 도대체 뭐가 죄송하다는 건지 모르겠다. 경찰은 그런 삼촌을 흡족한 눈으로 바라보다가 다시 한 번 조심 하라고 타이르고는 계단을 내려간다.

"으아아악! 으아아악!"

경찰이 가자마자 삼촌은 소리를 지른다. 내가 아무리 말려도 소용이 없다. 삼촌은 기분이 나빠지면 문을 활짝 열어놓고 고래고래 악을 쓰는 버릇이 있다. 저러다 사람들이 또 신고할까 봐 걱정스럽다. 사람들은 삼촌이 소리를 지를 때마다 욕을 하면서 매번 파

출소에 신고한다. 단 한 번도 그냥 넘어간 적이 없다. 한두 번도 아니고 수시로 신고를 해대는 통에 경찰들도 귀찮아하는 표정이 역력하다. 경찰은 삼촌을 차에 태워 데려갔다가 금방 풀어주면서 이렇게 말하곤 한다.

"우리가 이러는 이유는 다 주민의 평안과 안정을 위해서라는 걸 이해하지?"

정작 내가 이해할 수 없는 것은 경찰이나 삼촌이 아니라 동네 사람들이다. 하루에도 몇 차례씩 살이 떨어져 나갈 듯이 들려오는 전투기 소리에는 별 반응이 없으면서 삼촌이 지르는 소리에는 유달리 민감하다. 그뿐만이 아니다. 동네에 작은 도난 사건이 있어도 삼촌을 먼저 지목한다. 한 번은 골목슈퍼 옆에 있는 미장원에서 가위 몇 개가 없어진 일이 있었다. 미장원 주인은 제일 비싼 가위만 골라서 없어졌다고 호들갑을 떨었다.

너무 어이없는 것은 미장원 주인이 삼촌을 범인으로 지목하고 신고했다는 사실이었다. 머리카락 한 올 없이 박박 밀어버린 삼촌으로서는 미장원에 갈 일도 없었거니와 어떤 가위가 비싼 가위인지 알 턱이 없었다. 더구나 미장원 주인과는 한마디 말조차 나누어 본 적이 없었다. 결국 가위를 훔쳐간 범인은 미장원에서 쓰는 가위가 고가품이라는 것을 알고 있는 전문 털이범으로 밝혀졌다. 이번에도 조사하면 뻔히 밝혀질 일이다. 그럼에도 동네 사람들은 삼촌을 기어이 범인으로 몰았다. 나는 동네 사람들이 유독 삼촌을 괴롭히는 이유를 알 수가 없다. 마치 암묵적으로 삼촌에게만 미운

털을 박아서 화풀이하는 것 같다.

한참 동안 소리를 지르던 삼촌은 곧바로 지하실로 내려가 문을 활짝 열고 드럼을 두들긴다. 곡조를 알 수 없는 삼촌만의 음악이다. 거센 힘으로 난타 되는 바람에 드럼 소리는 속이 울렁거릴 정도다. 아무래도 위태롭게 매달려 있는 심벌 하나가 떨어져 나갈 것만 같다. 문득, 난타 되던 소리가 어느 순간 뚝 끊긴다. 드럼 소리보다 더 크고 위압적인 전투기 소리가 뇌를 박살낼 것처럼 울려 퍼진다. 솜털이 저절로 곤두선다. 나는 양손으로 귀를 꽉 틀어막는다.

전투기가 지나가고도 한참 동안 아랫배에 아릿한 통증이 지속된다. 들려야 할 드럼 소리도 들리지 않는다. 지하실로 내려가 보니 문이 닫혀있다. 슬며시 문을 밀어본다. 삼촌이 드럼 앞에 앉아서 고개를 숙이고 있다. 다시 문을 닫고 나오려던 나는 흠칫한다. 자세히 보니 삼촌의 어깨가 심하게 들썩거린다.

"삼촌 울어요?"

삼촌은 고개를 숙인 채 몸을 반대 방향으로 틀어 버린다. 우는 게 분명하다. 삼촌은 저녁때가 되도록 지하실에서 나오지 않는다. 나는 식사 준비를 포기하고 안방으로 간다. 문을 열고 들어서자마자 바닥에 널려있던 천들이 발에 걸린다. 병원에 가느라 늘어놓고 갔던 일감들이다. 하나하나 들어서 구석으로 옮기던 나는 화들짝 놀란다. 오른손이 불에 덴 것처럼 화끈거린다. 손바닥을 펼쳐보니 물감이라도 들인 것처럼 빨갛다. 게다가 지문이 없어질 정도로 허물이 벗겨진 손가락은 탈피하는 파충류처럼 징그럽다.

이곳에 오고 나서부터 시작된 증상 때문에 그동안 아래층 노인들이 가르쳐준 방법은 다 써 봤다. 식초에 담그기도 하고 나병환자가 바른다는 연고를 사다가 바르기도 했다. 그래도 아무런 소용이 없다. 오히려 점점 더 심해지는 것 같다. 이러다가는 내 몸에서 살이란 살은 모두 떨어져 나갈지도 모른다. 뼈만 남은 내 몰골을 상상하자 견딜 수 없이 우울해진다.

이런 때는 우리나라 음식을 먹어줘야 한다. 내가 이곳에서 그나마 견딜 수 있었던 것도 바로 음식 덕분이었다. 재료가 다양하지 않아서 완벽하지는 않지만 그래도 대충 입맛에 맞게 우리나라 음식을 만들 수는 있었다. 나는 가장 빠르게 만들 수 있는 요리를 생각해보았다. 문득 생선계란찜이 떠올랐다. 엄마가 자주 만들어 주던 요리였다. 고소하고 부드러운 그것을 따뜻한 밥 위에 얹어 먹으면 기분이 좀 나아질 것 같다. 생각만 해도 입에 침이 고인다. 냉장고를 열어본다. 그런데 주재료인 계란이 없다. 아무래도 슈퍼에 다녀와야 할 것 같다. 나는 흉물스럽게 변한 골목슈퍼를 지나 버스 정거장 앞에 있는 슈퍼까지 단숨에 달려간다.

계란 한 판을 사서 들고 오는 동안 나는 콧노래를 흥얼거린다. 재료를 넉넉하게 넣고 푸짐하게 요리할 생각에 기분이 좋아진다. 캄보디아에 있을 때는 정말 먹는 양이 적었다. 한국인 사장 부부는 내가 밥을 너무 적게 먹는다고 걱정을 하곤 했었다. 신기하게도 한국에 오고부터는 이상하게 허기질 때가 많다. 그나저나 삼촌도 내가 만든 요리를 먹고 기분이 좀 나아졌으면 좋겠다. 사실 그동안 삼촌을 떠나고 싶을 때도 있었다. 하지만 지금은 삼촌이 불쌍하다. 할 수만 있다면 삼촌을 작고 예쁜 뱀으로 만들어 내 뱃속에 보호하고 싶다. 나는 한 손으로 슬며시 아랫배를 만져본다.

그런데 집 베란다에서 이상한 기운이 감지된다. 나는 얼른 목을 길게 빼고 베란다를 올려다본다. 뭔가가 거실 창틀에 대롱대롱 매달려 있다. 내가 만든 우주복 같기도 하고, 아닌 것 같기도 하다. 갑자기 가슴이 철렁 내려앉는다. 나는 두근거리는 가슴을 손바닥으로 누르고 황급히 계단을 올라간다. 거실 창틀에 매달려 있는 것은 내가 만든 우주복이 아니다. 실체가 무엇인지 확인한 순간 비명이 터져 나온다.

"아악! 누가 좀, 나와 보……."

다급하게 내지른 소리가 칼로 자른 듯이 끊겨 버린다. 무슨 일인지 캄캄한 밤중에도 전투기 한 대가 세차게 날아오른다. 지축을 울리는 소리에 땅을 딛고 선 두 다리가 휘청거린다. 나는 입안에 갇힌 목소리를 꿀꺽 삼킨다. 그와 동시에 사방이 고요해진다. 얼마나 고요한지 거대한 스펀지가 세상의 소리를 모두 흡수해버린 것 같다. 내 숨소리조차도 들리지 않는다. 나는 머리를 세차게 흔든다. 문득 어디선가 찍찍, 찍찍……, 찍찍이 신발 소리가 들린다. 나는 소리가 들리는 방향으로 천천히 고개를 돌린다.

안개를 유턴하다

방문을 여는 순간 매캐한 냄새가 코를 찔렀다. 플라스틱 종류가 타는 냄새 같기도 하고, 구두나 벨트 같은 가죽 제품이 타는 냄새 같기도 했다. 약간 비릿하기까지 한 냄새는 역하게 콧속을 뚫고 들어왔다. 혹시 누전된 것은 아닐까. 도형은 술이 덜 깬 게슴츠레한 눈을 끔벅거리며 주위를 돌아봤다.

사무실 옆에 딸린 두 평 남짓한 방 안에는 유일한 가전제품인 구형 비디오기기 한 대가 앉은뱅이책상 위에 놓여 있다. 그 옆에는 차렵이불 두어 채를 올려둔 감색 트렁크가 있다. 도형은 방바닥에 이리저리 나뒹굴고 있는 옷가지를 주섬주섬 주워서 벽에 걸다가 문득 화장실 문과 통하는 벽면으로 시선을 돌렸다. 오크통 모양의 낡은 수족관이 눈에 들어왔다. 냄새의 근원지는 수족관이었다.

수면에 콜타르처럼 끈적끈적하고 검은 찌꺼기들이 물에 불린 석이버섯처럼 군데군데 엉겨 있다. 온도조절기에 이상이 생겨 합

선된 모양이었다. 열대어 중 유난히 지느러미가 우아하고 멋있었던 파라다이스 한 쌍과 몸통이 온통 황금색이었던 골든구라미 한 쌍은 배를 허옇게 뒤집은 채 둥둥 떠 있다. 전기쇼크를 받은 가이양 한 쌍과 청소부 물고기의 일종인 비파 두 마리도 밑바닥으로 몰려가 튀어나온 눈알을 불안스럽게 뒤룩거린다.

도형은 한쪽 팔을 걷고 죽은 녀석들을 손으로 건져냈다. 살아 있을 때처럼 경쾌한 감촉이 느껴지지 않는다. 반짝반짝 생기 있게 빛나던 비늘도 차분하게 가라앉은 회색이다. 도형은 살아 있는 열대어들을 대야에 옮겨놓고 꼼꼼히 내부 청소를 했다. 조약돌과 굵은 모래들을 서너 번 헹구어 다시 수족관 밑바닥에 깔고 물을 채웠다. 그제야 수족관의 물이 좀 맑아 보인다. 내친김에 전파상에 가서 온도조절기까지 사다가 바꿔 달고 보니 어느새 낮술이 다 깨는 느낌이다.

목장에 들어온 이후 도형은 정신없이 우사 일을 배웠다. 일부러 빡빡한 일정을 잡아 일했고, 일이 없을 때는 돈사를 담당하는 심씨를 따라다니며 목장의 잡일까지 기꺼이 맡아 했다. 물론 그런다고 월급이 오른다거나 하는 것은 아니었다. 도형은 자신에게 틈을 내주고 싶지 않았다. 수족관을 발견한 것도 그 덕분이었다. 도형은 사무실 벽을 새로 칠하기 위해 페인트를 가지러 간 사료창고에서 구석에 버티고 있던 수족관을 보았다. 오래도록 쑤셔 박혀 있었기 때문에 무척이나 지저분하던 수족관이었다. 도형은 그것을 창고 앞에 내다 놓고서 한가할 때마다 조금씩 손을 봤다. 우선 술통 모양의 나무로 된 부분을 사포로 문질러서 겉면을 벗겨 내고는 다시 니스 칠을 했다. 뿌옇게 백태가 낀 것 같던 유리는 아무리 닦아도 투명해지지 않았지만 그런대로 봐줄 만했다.

도형은 수족관을 자신의 방에 두기로 했다. 변변한 가구 하나 없던 방에서 커다란 수족관은 어울리지 않는 장식처럼 생뚱맞아 보였다. 전원을 연결하자 오랫동안 관심의 대상에서 제외되었다가 갑자기 스포트라이트를 받은 노배우처럼 그악스러우리만큼 푸른빛을 방 안 가득 풀어놓았다. 도형은 수족관을 방 안에 들여놓기가 무섭게 당장 시내에 있는 열대어 가게에 가서 조약돌과 수초를 사고, 열대어도 각기 다른 종류로 네 쌍을 사다가 넣어주었다. 가게 주인은 수족관을 자주 청소하지 않도록 청소부 물고기인 비파 두 마리도 함께 넣어 주었다.

온몸이 검은 얼룩으로 덮여있는 비파가 물이끼도 빨아먹고 다른 열대어들의 배설물도 먹어치웠기 때문에 힘들여 수족관을 청소하는 일은 드물었다. 아침 여덟시에 딱 한 번 먹이를 주면 열대어들은 온종일 별 탈 없이 자신들의 세계에서 만족해했다. 언뜻 보기에 열대어들은 자신들의 영역을 지키면서 나름대로 평화롭게 사는 듯이 보였다. 하지만 그 속에서도 규율을 깨는 녀석은 있었다. 조용한 정적 속에서 가끔 꼬리를 힘차게 흔들며 물속을 정신없이 돌아다니는 녀석들이 있는가 하면, 같은 종류끼리 꼭 붙어다니다가도 갑자기 수초 속에 틀어박혀 한동안 나오지 않는 녀석도 있었다.

도형은 먹이를 줄 때마다 습관처럼 수족관 유리를 툭툭 쳤다. 짧게 두 번씩 날마다 정확한 시간에 먹이를 주면서 신호를 보냈더니, 열대어들이 알아보는 것 같았다. 먹이통을 열고 다가서면 그것들은 일제히 수면으로 솟구치며 입을 벌렸다. 하지만 단 한 마리, 가이앙 암놈은 달랐다. 다른 열대어들이 열심히 먹이를 먹고 있는 동안 녀석은 수초 속에서 느릿느릿 움직이고 있다가 수놈 가이앙이 꼬리지느러미를 슬쩍 건드리면 그제야 오랜 잠수를 끝낸 해녀처럼 무겁게 수면으로 떠올랐다.

뒤늦게 올라와 수면에 드문드문 떠있는 분홍색 먹이를 천천히 먹는 녀석을 보면 늘 아이 생각이 났다. 아이는 음식을 먹을 때마다 언제나 끙끙거렸다. 입으로 들어가는 것보다 흘리는 것이 더 많았던 아이는 슬픔과 기쁨을 표현하는 소리가 같았다. 잘 먹지 못해서인지 아이는 열 살이나 되었으면서도 아직 일곱 살 정도로밖에는 안 보이는 왜소한 체구를 가지고 있다. 아마도 아이는 도형이 매달 송금하는 돈으로 그럭저럭 보호받으며 지내고 있을 것이다.

인접한 도시에 있는 특수학교는 집에서 등하교하는 아이들도 있지만 특별한 경우 따로 위탁할 수도 있는 곳이었다. 학교 뒤에는 야트막한 산이 있어 공기도 쾌적했다. 감나무가 대여섯 그루 심어진 운동장 왼쪽 구석에는 토끼와 닭을 키우는 아담한 동물사육장과 토마토, 상추, 호박, 고추 등의 식물을 기르는 온실도 있었다. 건물의 안쪽에는 사각으로 막힌 넓은 재활운동장이 있었는데,

바닥이 모두 탄력고무로 깔려 있어 아이들이 놀다가 넘어져도 다칠 위험이 없게 만들어져 있었다.

도형은 언젠가처럼 아이가 자신에게서 떨어지려고 하지 않으면 또 다른 시설기관을 알아보려고 했었다. 다행스럽게도 아이는 그 학교가 썩 마음에 들었던 모양이었다. 상당히 기분 좋은 표정으로 담당교사와 함께 교실로 들어가는 아이를 보면서 도형은 허전하기도 하고 착잡하기도 했다. 하지만 아이의 처지에서 본다면 한곳에 오래 머물지 못하고 불안정하게 옮겨 다니는 아버지와 있는 것보다는 오히려 다행스러운 일일 터였다. 게다가 그곳 환경에 잘 적응하기만 한다면 초등단계를 마치고 중고등단계까지도 마칠 수 있을 수 있을 것이다.

아이는 한 번도 집에서 등하교한 적이 없었다. 짧게는 한 달, 길게는 여섯 달씩 숙식이 제공되는 특수학교에도 몇 차례 있었다. 겨우 한 달간 머물렀던 학교는 아이가 적응을 못해서 그만두었다. 아이는 제 몸 하나도 잘 가누지 못하면서 지저분하고 더러운 것을 못 견뎌했다. 함께 있는 아이들한테서 냄새가 난다고 툭하면 밥 먹는 것을 거부했다. 아이를 찾으러 갔던 날, 도형은 나무 인형처럼 바싹 말라서 휘청거리며 걸어 나오는 아이를 보았다. 아이의 눈은 원망으로 가득 차서 도형을 쳐다보지도 않았다. 그 후에 갔었던 학교에서도 아이는 거부반응을 보였다. 시설이나 교사들의 수준이 비교적 높다는 소문에도 아이는 그게 아니었나 보았다. 아이는 조금만 마음에 안 드는 일이 있으면 책상에 머리를 쾅쾅 부딛치고, 손으로 머리카락을 쥐어뜯었다. 결국은 학교 측에서 아이를 포기했다. 노랗게 염색한 긴 웨이브 머리에 어울리지 않은 금테안경을 쓴 담당 여교사는 이런 말을 했었다.

"아이가 처음으로 자해행동을 한 날이었어요. 오전까지만 해도 제법 놀이치료도 잘하고 진도에 맞게 따라왔어요. 애처럼 언어장애와 발달장애까지 있는 아이들의 특징은 교사 측에서 아무리 주입을 시키려고 해도 자신의 상태가 스펀지 같은 상태가 아니면 어렵거든요. 잘 빨아들이지 못한 물처럼 겉돌게 돼서 치료가 반복되는 동안 아이나 교사 모두가 쉽게 지치게 돼요. 다행히 그날 이 아이의 상태는 깨끗한 스펀지 같았어요. 아이가 관심 있어 하는 초록 색깔을 가지고 학습을 했는데 결과는 좋았어요. 그런데 갑자기 창문 쪽을 쳐다보던 아이가 괴성을 지르더군요. 아무리 진정시키려고 했지만 막무가내였어요. 알고 보니 바로 맞은편 건물 옥상에서 어떤 여자애가 했던 장난질 때문이었어요. 여자애는 옥상에 서서 긴 줄에 묶인 강아지를 아래로 늘어뜨리고 있더군요. 자세히 보니까 그대로 늘어뜨리고 있는 게 아니라, 줄을 잡고 올렸다 내렸다 하면서 놀고 있었어요. 이웃 사람들 말로는 여자애가 강아지를 가지고 장난한 지가 며칠 됐다더군요. 그날 다른 애들도 모두 그걸 봤어요. 하지만 다른 애들은 이 아이처럼 심각하게 굴지 않았어요. 그냥 다들 무관심하게 쳐다보고 수업을 계속했거든요. 이 아이만 유독 그때부터 조금만 맘에 안 들면 자해행동을 하고 있어요. 제 생각에는 아이가 다른 애들에 비해서 많이 예민한 것 같아요."

도형은 담당 여교사가 여자애의 섬뜩한 행동을 '장난'이라고 표현하는 부분에서 잠깐 소름이 끼쳤다. 줄에 매달린 강아지는 분명 겁에 질려서 꼬리를 배 밑으로 말아 넣고, 네 다리는 잔뜩 오그리고 있었을 터였다. 도형은 살아 있는 강아지를 가지고 몹쓸 짓을 한 여자애나 그런 행동을 아무렇지도 않게 넘겨버리려는 담당 여교사나 똑같이 정상이 아닌 것 같았다. 왠지 그 순간만큼은 옆에 서 있는 아이가 더 정상인처럼 느껴졌다. 도형은 문을 닫고 나오기 전에 담당 여교사를 똑바로 바라보면서 딱 한마디를 날렸다.

"많이 예민한 애니까 특수교육을 받으러 온 거 아니겠소?"

그날 아이는 교실을 나오면서 도형의 손을 서둘러 잡았다. 손가락이 뻐근하게 저릴 만큼 굉장한 악력이었다. 담당 여교사는 도형과 아이가 뒤통수를 보이자마자 교실 문을 있는 힘껏 닫았다. 쾅, 하고 울리는 소리에 복도 벽에 붙어 있던 해바라기 그림 액자가 파르르 떨렸다.

언제 무슨 일이 일어날지 예상할 수 없을 정도로 시간관념을 버려야 하는 일이 목장 일이긴 하지만 오늘 새벽은 다른 때보다 유별났다. 도형이 목장에 온 이후 가장 힘든 날이기도 했다. 예정일이 아직 열흘이나 남은 암소 한 마리가 어젯밤부터 산기가 있었는데 새벽까지 진통이 계속되었다. 도형은 거의 뜬눈으로 밤을 새우며 우사 옆을 지켰다. 목장에 들어온 이후 이렇게 난감한 경우는 처음이었다. 오늘따라 목장주 대신 목장 전체를 총괄하고 있는 김 주임조차 태백의 본가에 제사를 지내러 가고 없었다.

암소는 거의 기진맥진한 상태였다. 시간을 보니 여섯시가 조금 넘은 시각이었다. 할 수 없이 거의 이백 미터나 떨어진 사무실로 단숨에 달려간 도형은 동물병원 김 원장에게 전화했다. 하지만 다른 목장의 소 한 마리가 급하게 제왕절개 수술을 받아야 하기 때문에 아무래도 도착 시각이 늦어질 것 같다는 응답만 돌아왔다. 시간이 지체될수록 어미 소와 새끼는 함께 죽을 것이 뻔했다. 어떻게든 어미 소는 살려야 했다. 초조하게 발을 구르던 도형은 심씨의 사택으로 달려가 도움을 청했다.

심 씨가 노끈을 준비하는 동안 도형은 그 옆에서 소매를 걷어붙이고 잠시 심호흡을 했다. 그리고 결심했다는 듯이 암소의 자궁 속에 팔을 쑥 들이밀었다. 어미 소가 힘을 못 쓰니 사람의 힘으로라도 새끼를 꺼내야 했다. 떨리는 손이 따뜻하고 물컹거리는 산도를 지나 새끼의 가냘픈 다리에 닿았다. 도형은 감각에 의지해서 새끼 다리를 확인한 뒤 힘껏 잡아당겼다. 가느다란 나무토막처럼 밖으로 삐져나온 두 개의 다리에 심 씨가 재빨리 노끈을 묶었다. 얼핏 마주친 어미 소의 커다란 눈망울에는 그렁그렁한 눈물이 쏟아질 듯 가득 맺혀 있었다.

도형은 공상과학영화에서 인간을 열매처럼 기르는 나무를 본 적이 있었다. 인간들은 가지에 대롱대롱 매달린 투명한 막 속에서 수액을 공급받다가, 성장을 마치면 알껍데기를 찢고 양수를 흠뻑 뒤집어쓴 채 튀어나왔다. 그 모습은 그리스 신화의 반인반수를 보는 것처럼 생경하고 소름 끼쳤다. 도형은 생각했다. 만일 인간을 열매처럼 기를 수 있는 미래가 온다면 어떻게 될까? 그렇게 된다면 미래에는 현재의 인간적 삶이 전설로 존재하게 될지도 모를 일이었다. 열매 인간들은 남녀 간의 육체적 사랑이나 가족이라는 개념을 도저히 받아들이지 못할 것 같았다. '인간적'이란 단어 자체가 숫제 존재하지 않는 세상에서는 인간적 사랑, 인간적 도리, 인간적 매력 따위의 수식어는 감히 상상으로라도 떠올릴 수 없을 것 같았다.

새끼를 꺼내는 동안, 그때 느꼈던 것과 비슷한 이질스럽고 당혹한 감정이 발끝부터 머리끝까지 저릿하게 차올랐다. 도형은 자신도 모르게 오줌을 찔끔 지렸다. 놀이기구를 타고 높은 곳에서 낮은 곳으로 급강하할 때처럼 순식간의 일이었다.

심 씨와 함께 꺼낸 새끼는 이미 질식해서 죽어있었다. 죽은 채 어미의 자궁을 빠져나온 새끼는 지구에 던져진 외계 생물체처럼 낯설어 보였다. 도형은 아직 따뜻한 온기가 남아 있는 죽은 새끼를 빈 사료포대에 옮겨 담았다. 살았더라면 어미의 자궁에서 나오자마자 초유를 힘차게 빨았을 녀석이었다. 아직 따뜻한 온기가 남아 있는 죽은 새끼를 겨우내 응달이던 목초지 한 귀퉁이에 땅을 파고 묻으면서 심 씨가 혼잣말처럼 중얼거렸다.

"잘 죽었어. 저놈은 살았어도 제구실을 못했을 거여."

무심코 그 말을 듣던 도형의 등줄기에 짜릿하게 소름이 돋았다.

아이는 태어나면서부터 울지를 않았다. 밤새 공장에서 야근하고 집으로 돌아왔을 때 아내는 이미 집에서 혼자 아이를 낳고 기진한 듯 누워있었다. 도형은 양수가 거품처럼 엉겨 붙은 아이를 부랴부랴 물을 데워 씻겼다. 아이는 아직 누구를 닮았는지 알 수 없을 정도로 빨갛고 주름도 많았다. 도형은 아이를 아내 곁에 눕히고 미역을 불리기 위해 일어섰다. 그런데 잠자코 있던 아내가 도형의 바지 끝을 잡으면서 떨리는 음성으로 물었다.

"여보, 아이가 좀 이상해요. 왜 안 우는 거죠?"

불안하게 올려다보는 아내의 눈빛은 해산하기 며칠 전에 있었던 일을 떠올리는 듯했다.

그날은 보름달이 유난히 희뿌연 날이었다. 도형은 해산 일이 얼마 남지 않은 아내를 위해 공장 근처에 있는 정육점에서 돼지고기 두 근을 사서 자전거에 싣고 집으로 돌아오는 길이었다. 도형의 집은 농로를 따라 좁고 길게 나 있는 다리를 지나서 있었다. 페달을 신 나게 밟으며 다리를 지나치려는데 오 미터쯤 앞에 시커멓고 기다란 무엇인가가 천천히 가로질러 가는 것이 보였다. 그냥 멈춰 있는 상태였다면 굵은 새끼줄 정도로 밖에 안 보였을 그것이 점점 앞으로 다가갈수록 드러내 보인 실체는 뱀이었다. 가속이 심하게 붙지 않았기 때문에 멈출 수도 있는 거리였지만 도형은 별생각 없이 재빠르게 페달을 밟으면서 물컹한 물체를 밟고 지나갔다. 언뜻 크억, 하는 소리가 난 듯도 싶었다.

도형에게서 그 얘기를 들은 만삭의 아내는, 그날 밤 꿈속에서 어린아이 형상을 한 인형들이 하얗게 말라죽는 악몽에 시달려야 했다. 도형은 출산이 가까워져 올수록 불안해하는 아내를 안심시키려고 최대한 애를 썼다. 하지만 아내는 안절부절못하고 옆에서 부스럭거리는 소리만 들려도 깜짝깜짝 놀랐다. 건망증도 심해져서 채소를 썰기 위해 여기저기 찾던 칼을 압력솥 안에서 발견했으며, 아무리 간을 해도 간이 맞지 않는다며 국이나 찌개에 소금을 몇 숟가락씩 퍼 넣기도 했다. 그런가 하면 해가 완전히 넘어갈 때까지 해가 진 방향을 향해 넋을 놓고 서 있기도 했다.

아내가 아기를 낳은 지 일주일쯤 되었을 때였다. 퇴근하여 집에 와보니 아기가 보이질 않았다. 밥상을 들고 들어오는 아내에게 도형이 물었다.

"아기 어디 있어?"

아내는 입을 꾹 다물었다. 아내로부터 밥상을 받아 내리며 아랫목에 엉덩이를 디밀던 도형은 구석에 밀쳐진 이불 더미가 부스럭거리는 것을 보았다. 황급히 이불을 걷어보니 새파랗게 질린 아기가 끅끅대고 있었다. 도형은 얼른 아기를 안고 등을 두들겼다. 잠시 후 아기의 얼굴에 다시 화색이 돌기 시작했다. 도형은 아내에게 아기를 내밀었다.

"자, 젖을 물려봐."

아내는 아기를 받아서 다시 이불 위에 던져 놓았다. 그러더니 옆에 있는 베개를 대신 끌어안고 윗옷을 걷어 올렸다. 퉁퉁 불어서 시퍼렇게 심줄이 돋은 젖통이 훤하게 드러났다. 아내는 베개를 모로 안고 앉아서 아기에게 젖을 먹이는 것처럼 몸을 구부렸다.

아내의 증세는 점점 더 심해졌다. 아기를 쓰레기통을 대신하는 고무통에 넣어 두거나 방구석 어딘가에 숨겨두고 어디 있는지 모른다고 발뺌을 했다. 도형은 그럴 때마다 집 안 구석구석을 뒤져서 아기를 찾아냈다. 도형은 아내를 타이르기도 하고, 으름장을 놓기도 했다. 그래도 아내는 그짓을 멈추지 않았다. 그대로 놔두면 아기를 죽일지도 모를 일이었다. 아내와 아기에게 신경을 쓰느라 결근이 잦았던 도형은 결국 직장에 사표를 내고 말았다.

직장을 그만두던 날, 친한 동료 서너 명이 조촐하게 송별회를 열어 주었다. 도형은 만취가 되어 집에 돌아왔다. 아내는 도형이 들어오는 줄도 모르고 아기의 옷들을 모두 꺼내서 하나씩 찢는 중이었다. 배냇저고리를 비롯한 아기의 옷들이 형체를 알아볼 수 없을 정도로 찢긴 채 아내의 발끝에 수북이 쌓여 있었다. 아기는 옷이 발가벗긴 채 방구석에 밀쳐져 있었고, 아기가 빨던 우유병들은 죄다 바깥으로 내동댕이쳐진 상태였다. 술이 확 깨는 것 같았다.

"제발 그만 해! 너, 정말 미쳤구나?"

도형이 소리를 질렀지만 아내는 아무런 반응도 없었다. 아내는 벽을 보고 앉아서 계속해서 옷을 찢었다. 그 모습이 어찌나 평화로웠던지 마치 신성한 의식을 치르는 것 같았다. 도형은 정말로 아내가 미쳤을지도 모른다는 생각이 들었다. 아내는 도형이 아무리 윽박지르고 화를 내도 미동조차 하지 않았다. 그저 양 손끝만 반복적으로 움직이며 옷 찢기에 몰두할 뿐이었다. 보다 못한 도형이 아내의 등을 발로 힘껏 걷어찼다. 아내가 맥없이 앞으로 고꾸라졌다. 도형은 눈에 보이는 대로 아내의 등을 마구 짓밟았다. 순간 엎드려 있던 아내가 코피를 흘리며 도형을 쳐다봤다. 그러더니 키득키득 웃기 시작했다. 순식간의 일이었다. 피가 거꾸로 치솟는 것 같았다. 도형은 아내의 등을 향해 다시 발길질했다. 쓰러진 아내가 비명을 질렀지만 아득히 먼 곳에서 들려오는 소리처럼 멍멍하게 들렸다. 결국 아내는 아기가 백일도 되기 전에 집을 나가 버렸다. 있을 만한 곳을 다 헤매고 다녔지만 끝내 찾을 수가 없었다.

몸이 땅속으로 푹 꺼지는 기분이다. 한잠 자 두려고 방에 들어왔다가 수족관에 한참 매달려 있었더니 젖은 담요처럼 몸이 무겁다. 도형은 베개를 베고 누웠다. 오후에 목장 한 바퀴 더 돌아보려면 아무래도 짧은 낮잠이 필요할 것 같다. 하지만 피곤한 몸과 달리 이상하게도 잠이 오지 않았다. 도형은 방 한가운데 있는 수족관을 바라봤다. 수족관에 켜놓은 불빛 때문에 작은 섬 하나가 방 안에 들어와 있는 것처럼 보였다. 푸른빛이 감도는 작고 외로운 섬이 꼭 자신처럼 느껴졌다. 도형은 서랍에 있던 리모컨을 찾아들고 TV의 전원을 켰다. 비디오와 연결된 화면에서 잠깐 치치직 하는 소음이 들렸다.

목부들은 교대로 쉬는 시간이 되면 도형이 기거하는 방 안에서 잠깐 잠을 자기도 하고 비디오를 보기도 한다. 그들이 즐겨보는 비디오는 대부분 포르노다. 육체적으로 힘든 그들에겐 구성이 치밀하고 감동적인 드라마보다는 그저 잠깐잠깐 즐기기 위한 시간만이 필요할 뿐이었다. 도형은 채널을 고정하고 누군가가 보다가 만 테이프를 봤다. 넓은 방 안이었다. 방 한가운데는 빨간색 시트가 깔린 동그란 침대가 있고 알몸의 젊은 남녀가 그 위에서 한창 정사 중이었다. 격정에 겨워 내지르는 교성인지 고통스러워 지르는 비명인지 구별할 수 없는 소리가 방 안 가득 채워졌다. 여러 가지 체위를 한꺼번에 다 보여주려는지 화면 속의 남녀는 쉴 새 없이 자세를 바꿨다. 지금은 여자가 남자의 배 위에 올라가 있다. 남자의 얼굴은 절정에 달한 듯 일그러져 있고, 여자는 상하로 격하게 몸을 움직였다. 여자의 머리카락이 허공으로 치솟았다가 어깨 위로 떨어지기가 반복되었다. 문득 화면을 바라보던 도형의 눈에 무표정한 여자의 얼굴이 와 닿았다. 쓸쓸하면서도 덤덤한 표정을 보자 바지춤에서 규칙적으로 움직이던 손이 싱겁게 멈췄다.

아내는 처음부터 섹스를 거부했다. 아기처럼 등 뒤에서 안아주면 가늘게 코까지 골며 자다가도 그의 손길이 아랫배 쪽이라도 더듬을라치면 소스라치게 놀라서 저만치 물러나곤 했다. 욕정을 못 이긴 도형이 억지로라도 욕심을 채운 날이면 아내는 부엌 한쪽에 칸막이를 쳐서 욕실 대신 사용하는 곳에 들어앉아 아주 오래오래 뒷물을 했다. 그럴 때마다 도형은 철모르는 소녀를 강간한 것처럼 기분이 찜찜했다.

도형이 아내와 함께 처가를 찾았을 때는 아내가 임신 오 개월째 되던 날이었다. 도형은 아내에게 가족이 있다는 사실을 알고 난 뒤부터 그대로 있을 수가 없었다. 더구나 시골집을 처분하고 올라와 같은 도내에 살고 있다는 그녀의 아버지를 찾아보지 않는다는 것은 어쩐지 커다란 잘못이라는 생각이 들었다. 죽어도 가기 싫다는 아내를 끌고 간 처가 동네는 시간이 정지된 것처럼 너무나 정물적인 곳이었다. 다리 하나를 사이에 두고 고층 아파트촌이 들어선 이웃 동네와 달리 그곳은 완전히 시골 분위기였다. 도시 속에 그런 동네가 남아 있다는 것이 의외였다. 동네 한복판에는 얕은 도랑이 흐르고, 텃밭에 엉성하게 쳐놓은 녹슨 철망에서는 호박 줄기가 누렇게 뜬 채 가을볕에 버석거렸다. 개와 고양이들은 낯선 사람이 다가가도 슬며시 옆으로 비켜서서 의심 없는 눈빛을 보냈다.

아내가 멈춰 선 곳은 골목 끝에 있는 파란색 나무 대문 앞이었다. 도형은 머뭇거리는 아내를 대신해서 안으로 먼저 들어갔다. 마당에는 태어난 지 한 달쯤 되어 보이는 강아지 열댓 마리가 두 패로 나뉘어 먹이를 먹고 있었다. 커다란 양은 냄비 두 개에 머리를 처박고 먹이를 먹는 모습은 거의 필사적이었다.

"아버지가 강아지를 길러서 팔아요."

처가로 오는 동안 처음으로 아내가 도형에게 건넨 말이었다. 바로 그때, 뒤켠에서 한 남자가 넘어질 것처럼 위태로운 걸음으로 비칠대며 걸어 나왔다. 다리는 양쪽 무릎이 맞붙어있어서 X자 형태로 보였고, 목은 거의 삼십 도쯤 뒤틀린 상태로 불안하게 흔들어대고 있었다. 키에 비해 형편없이 작은 두 팔은 걸을 때마다 균형을 잡느라 바쁘게 허공을 휘저었다.

"와, 와…, 아…, 안…, 냐?"

'왔냐'는 말 한마디가 남자의 입에서 떨어져 나오기까지 일 분은 족히 걸리는 것 같았다.

방 안은 어둑했고 천장은 쥐 오줌으로 늘어져 머리가 닿을 만큼 낮았다. 도형은 천장에 머리가 닿지 않도록 조심하면서 처음 보는 장인에게 엉거주춤 큰절을 올렸다. 장인 옆에서 장인보다 나이가 열 살은 더 많아 보이는 늙은 여자가 함께 절을 받았다. 아내의 새어머니라고 했다.

"집을 팔고 이사를 갈래도 언제 개발이 될지 몰라서…… 사람들 말로는 곧 여기도 개발이 될 거라는데, 그렇게 되면 땅값이 오를 것 같아서……."

여자는 방 안에 있던 냉장고 문을 열고 사과 몇 알을 꺼냈다. 얼마나 오래 냉장고에 방치되어 있었던지 수분이 빠져나간 사과 표면에 잔주름이 자글거렸다. 여자가 과도로 사과의 표면을 내리치자 둔탁한 소리가 퍽, 하고 공기를 갈랐다. 아내가 미간을 찌푸렸다. 여자가 사과의 살점을 뭉텅뭉텅 깎는 동안 도형은 여자의 손톱에 칠해진 붉은 매니큐어에 자꾸만 시선이 갔다. 그날 아내는 여자가 저녁이라도 먹고 가라고 등 뒤에서 큰 소리로 말했지만 뒤도 돌아보지 않고 나와 버렸다.

"숨이 막히는 줄 알았어요. 억지로 숨을 참았다가 한꺼번에 내뱉느라고 죽을 뻔했어요. 내 몸에 묻은 저 집의 나쁜 공기가 뱃속으로 스며들기 전에 빨리 가요, 빨리 집에 가서 씻어야 해요. 안 그러면 아기가 위험해져요."

　집으로 돌아온 아내는 부엌 바닥에 커다란 양동이를 가져다 놓고 찬물을 한가득 받았다. 그리고 도형이 보는 앞에서 주방 세제를 잔뜩 풀고는 알몸으로 들어가 앉았다. 부글부글 공중으로 떠오른 크고 작은 거품 방울들이 좁은 부엌 안을 어수선하게 날아다녔다. 아내는 미끈거리는 세제 물을 바가지로 퍼서 머리와 어깨에 계속해서 쏟아 부었다. 보다 못한 도형이 바가지를 빼앗았다. 그날 아내는 걸음도 제대로 못 걷는 사춘기의 오빠와 함께 저수지에 빠져 죽은 엄마 얘기를 꺼냈다. 도형으로서는 처음 듣는 말이었다. 아내는 가슴 밑바닥에 꼭꼭 숨겨두었던 비밀을 울면서 풀어놓았다. 도형은 아내의 아버지와 오빠가 장애인으로 태어난 것도 할아버지 대부터 내려온 집안 내력이라는 것을 그때야 알았다.

　한 시간만 누워 있으려고 했는데, 그만 깜박 잠이 들었나 보았다. 도형은 수족관에서 세차게 들리는 물소리에 잠이 깼다. 수족관에 무슨 일이 일어난 것 같다. 도형은 정신을 차리고 수족관 가까이 다가갔다. 가이앙 수놈이 평소와 달리 이상해보인다. 안절부절못하면서 수족관 안을 왔다갔다 급하게 움직이고 있다. 뭔가 심각한 사건이 벌어진 게 틀림없다. 자세히 보니 남아 있던 네 마리의 열대어 중에서 세 마리만 활동하고 있다. 가이앙 암놈은 어디에 있는지 보이지 않는다.

　도형은 수족관 안을 찬찬히 살펴봤다. 가이앙 암놈은 도형이 잠든 사이에 죽은 것 같았다. 오전 중에 먹이를 주면서 보았을 때도 약간 시들해 보였지만 그래도 혹시나 했었다. 암놈은 밑바닥에 깔린 자갈 틈 사이에 깃털처럼 가라앉아 있다. 가이양 수놈은 전에 없던 행동을 하는 중이다. 수면으로 몸을 솟구쳤다가 암놈이 있는 바닥까지 급강하하는가 싶더니, 또다시 수면을 튀어 오를 기세로 맹렬하게 솟구친다.

유난히 다정하게 짝을 이루어 수족관의 요정으로 군림하던 한 쌍이었다. 상어를 닮은 녀석들이 날렵한 모습으로 수족관을 누비고 다닐 때마다 도형은 고요한 심해를 떠올리곤 했다. 암놈 없이 수놈만 남아 있는 것을 보니 수족관이 텅 빈 것 같다. 죽은 암놈을 꺼내려고 보니 팔이 닿지 않는다. 아무래도 뜰채를 대신할 물건이 필요할 것 같다. 도형은 적당한 길이의 막대기와 망을 찾기 위해 밖으로 나왔다.

사료창고 앞에는 떨어진 사료부스러기를 쪼아 먹고 있는 까치들이 무리를 이루고 있다. 그러고 보니 모여드는 까치들의 숫자가 작년보다 많아졌다. 까치들은 어지간한 인기척에는 꼼짝도 안 할 만큼 강심장이다. 도형은 처음 까치들을 보았을 때 장난삼아 팔을 휘저으며 쫓는 시늉을 해본 적이 있었다. 몇 번은 까치들이 속아주었다. 과장된 몸짓으로 으름장을 놓을 때마다 푸드덕거리며 요란스럽게 공중으로 치솟던 까치들은 이제 웬만한 행동에는 신경도 쓰지 않는다. 반복된 학습을 통해 더 이상 미련스럽게 피하지 않아도 된다는 걸 터득한 눈치다. 어떨 땐 사람보다 더 영악하다는 생각이 든다.

사무실 뒤편 나무숲에서 기다란 나뭇가지 하나를 찾아낸 도형은 사료창고로 향했다. 나뭇가지 끝에 주걱 모양으로 철망을 붙여서 뜰채를 만들 생각이었다. 여름에 방충망으로 쓰고 남은 철망 쪼가리가 사료창고 어딘가에 있을 터였다. 목장은 새벽녘 새끼의 죽음으로 한바탕 난리를 치른 후라서 그런지 적막하기 이를 데 없었다.

창고에서 대충 뜰채를 만들어 방으로 들어온 도형은 깜짝 놀랐다. 넓어 보이는 효과를 주기 위해 수족관 한쪽 면에 붙여 놓은 거울에 가이앙 수놈이 쉴 새 없이 머리를 부딪치고 있다. 짝을 잃은 슬픔 때문에 자해하는 것인지; 아니면 거울에 비친 자신의 모습을 암놈으로 착각해서 그런 건지 알 수는 없었지만 그 모습은 분명 충격적이다. 가까이서 들여다본 가이앙 암놈의 모습은 끔찍할 정도로 문드러져 있다. 빨판처럼 생긴 주둥이로 수족관 내에 낀 물이끼나 먹어치우던 비파들이 어느새 가이앙 암놈의 살점을 뜯어먹었는지, 드문드문 넝마처럼 붙어있는 살점 속에서 앙상한 뼈가 하얗게 반짝거린다. 도형은 진저리를 치면서 뜰채를 문밖으로 집어 던졌다.

문득 푸른 수족관에 수증기처럼 하얀 안개가 보인다. 아내가 집을 나가고부터 가끔 보이던 것이다. 이곳으로 오면서 까맣게 잊고 있었던 존재, 마음만 먹으면 온몸 구석구석 스며들어 도형을 무기력하게 만드는 그것은 한번 모습을 드러낸 이상 언제나 그랬듯이 쉽게 사라지지는 않을 것이다. 순간 도형의 몸이 비좁은 성형 틀에 갇힌 것처럼 조여들기 시작했다. 목이 근질거리면서 뻣뻣해졌다. 뚝, 소리가 나도록 목을 왼쪽으로 심하게 비틀어 봤다. 그제야 숨통이 좀 트이는 것 같다. 하지만 그것도 잠시, 팔과 다리에 벌레들이 기어오르는 것처럼 스멀거리기 시작했다.

도형은 조금씩 뒤틀리는 손가락들을 바라보다가 벌떡 일어서서 미친 듯이 온몸을 흔들어댔다. 몸이 연체동물처럼 마구 흔들렸다. 마침내 그 증상이 사라지자 구석에 쪼그리고 앉아 최대한 몸을 작게 웅크렸다. 조금이라도 움직이면 세포가 마구 분열을 일으키면서, 풍선처럼 부풀어 올라 터질 것만 같다. 숨소리도 최대한 안으로 삼켰다. 잠시 후 안개가 서서히 자취를 감추면서 심한 기침이 터져 나왔다. 도형은 눈물이 나도록 밭은기침을 하면서 자세를 바로 하고 앉았다.

도형은 안개가 나타날 때마다 현실과 상상의 경계에서 버둥거렸다. 그것을 잠재우기 위해서 할 수 있는 일은 여기저기 바쁘게 떠돌아다니는 것뿐이었다. 도형이 한자리에서 오랫동안 머물지 못하는 것도 그런 이유에서였다. 도형은 한때 아이를 버리려고 했었다. 한 곳에 정착해서 아이를 돌본다는 것이 불가능하다고 생각했기 때문이었다. 세상에 넘쳐나는 숱한 직업 중에서 아이와 함께 머물면서 일할 수 있는 곳은 극히 드물었다.

아이를 맡아주던 어머니가 갑자기 사망한 후, 도형은 아이를 데리고 공단이 있는 한 중소도시로 간 적이 있었다. 어지간하면 제대로 된 공장이나 회사에 취직해서 정착을 하고 싶었다. 한 해 두 해 나이를 먹어 가는 아이를 위해서도 그렇고 자신도 언제까지 그런 식으로 살 자신이 없었다. 일단은 아이를 맡길 만한 곳을 찾아보았다. 그러나 보기에도 온전치 못한 아이를 정상적인 아이들과 함께 맡아주려고 하는 곳은 없었다. 어렵게 공단 내에 있는 한 어린이방을 알아냈지만 노골적으로 아이를 거부했다. 도형은 미련 없이 그 도시를 떠나기로 했다. 한창 개발이 이루어지고 있는 신도시로 갈 작정이었다. 아이를 데리고 다니면서 할 수 있었던 일 중에 그래도 만만한 일이 도배 일이었다. 그 일을 할 생각이었다.

도형은 기차표를 끊어 놓고 지하도에 있는 간이음식점에서 김밥과 어묵을 시켰다. 테이블이 세 개밖에 없는 대신 주방 쪽으로 길게 의자를 붙여놓아 대여섯 명 정도는 더 앉을 수 있는 간이음식점은 팥빙수와 김밥, 어묵을 먹는 뜨내기손님들로 가득했다. 역 앞에 있는 가게여서 그런지 사람들은 빨리 먹고 빨리 자리를 떴다. 도형은 음식의 절반은 흘리면서 먹는 아이 때문에 앞자리의 손님들이 다섯 번은 바뀌도록 앉아 있어야 했다. 은근히 오래 앉아 있는 것 같아 주인 여자 보기에도 미안스러웠다.

도형은 아이가 먹기 좋도록 썰어진 김밥을 손으로 더 잘게 찢어서 입속에 넣어주었다. 아이는 먹으면서도 고개를 쉴 새 없이 뒤틀고 끙끙거렸다. 손님들이 그런 아이와 도형을 번갈아 가며 쳐다보았다. 동물원의 원숭이처럼 늘 그런 식으로 노출되었기 때문에 새삼스럽게 신경이 쓰이지는 않았지만, 가게 안으로 들어왔던 손님들이 다시 나가는 것이 문제였다. 도형은 서둘러 아이에게 나머지 김밥을 마저 먹이고 휴지로 입을 닦아주다가 문득 벽에 붙은 벽보에 눈길이 멈췄다. '잃어버린 아이를 찾습니다'라는 커다란 제목 아래 열 명의 아이들 사진이 똑같은 크기로 인쇄되어 있었다. 문득 한 여자아이를 잃어버린 장소가 '청량리역'이라는 문구가 눈에 띄었다.

처음부터 그렇게 하려고 마음먹은 것은 아니었다. 도형은 사람들의 이동이 많은 역 앞에서 잡고 있던 아이의 손을 놔버렸다. 누군가에게 조종당하는 것처럼 거의 반사적인 행동이었다. 그는 아이의 시선을 피해 슬며시 지하도 입구에 숨었다. 몰래 두 시간이나 지켜보았던 아이의 표정은 무척이나 담담했다. 아이가 악을 쓰면서 울었다거나 겁먹은 눈으로 두리번거리기라도 했더라면 차라리 쉽게 포기했을지도 모른다. 하지만 아이는 미동도 없이 한 자리에 그대로 있었다. 아이를 스쳐 가는 사람들은 별다른 호기심 없이 흐르는 물처럼 무심히 지나갔다.

그날 도형은 아이를 데리고 도시에서 멀리 떨어진 바닷가에 갔다. 도심과 달리 구름이 잔뜩 낀 바닷가는 드라이아이스를 뿜어낸 것처럼 자욱한 안개로 뒤덮여 있었다. 하루에 한 차례씩 바닷길이 생겨난다는 소문 때문에 그곳은 온통 사람들로 북적거렸다. 갯벌을 거닐던 수많은 사람이 한마디씩 내뱉는 소리는 안갯속에서 웅웅거리며 울려 퍼졌다. 사람들의 형체는 안개에 가려 어둑하고 커다란 하나의 점으로 보였다.

도형은 아이를 잠깐 기다리게 하고 매점 앞에 있던 자판기에서 커피를 한 잔 뽑아 마셨다. 울렁대던 속이 조금은 가라앉는 것 같았다. 도형의 눈은 커피를 마시면서도 아이가 있는 곳에 고정되어 있었다. 그런데 아주 잠깐 사이에 아이가 마술처럼 사라졌다. 도형은 종이컵을 내동댕이치고 미친 듯이 아이를 찾아 달려갔다. 안개는 바다를 감싸고 있는 장막 같았다. 앞으로 손을 뻗어 사람의 존재를 스스로 피하지 않으면 심하게 부딪혔다. 사람들과 예고 없이 충돌할 때마다 투덜거리거나 욕하는 소리가 들려왔다. 눈을 뜨고도 볼 수 없는 답답함은 곧 두려움으로 바뀌었다.

도형은 문득 삶과 죽음의 경계에 대해서 생각했다. 세상의 모든 제도와 인간의 의지가 하나의 선만 넘으면 쉽게 결정되듯이, 삶과 죽음도 그런 것 같았다. 지금까지 그까짓 선 하나를 넘지 못해서 괴로워했다는 사실이 가증스러웠다. 아이를 찾게 되면 당당하게 그 선을 넘어갈 수 있을 것 같았다. 그런데 갑자기 안개 저편에서 깔깔대며 웃는 소리가 들렸다. 숨바꼭질을 하던 남녀가 서로 발견하고 웃는 소리였다.

도형은 갯벌을 한 바퀴 돌아서 아이가 있었던 자리로 되돌아왔다. 아이는 산만하게 돌아다니는 성격이 아니었기 때문에 분명 근처 어딘가에 있을 것 같았다. 도형은 제자리에 서서 좌우를 살폈다. 그때였다. 차갑고 작은 손 하나가 도형의 손을 건드렸다. 아래를 내려다보니 아이가 쪼그려 앉은 채 도형을 올려다보고 있었다. 아이는 갯벌바닥에 손가락으로 뭔가를 열심히 그리던 중이었다. 자세히 들여다보니 크고 작은 삼각형이 서너 개쯤 불규칙하게 그려져 있었다. 아이는 그중에서도 가장 큰 삼각형에 들어가 있었다. 도형은 섬뜩하면서도 반가운 마음에 축축한 갯벌에 주저앉았다.

해가 기울었는지 창밖이 제법 어둡다. 도형은 고개를 들고 수족관을 쳐다보았다. 좀 전까지만 해도 수족관 벽에 머리를 부딪치던 수놈 가이앙이 보이지 않는다. 가까이 가서 들여다보니 바닥에 가라앉은 수놈 가이앙 위에 비파 두 마리가 흡혈귀처럼 붙어있다. 망연하게 수족관을 바라보던 도형은 차렵이불 밑에 깔렸던 감색 트렁크를 잡아당겼다. 처음 목장에 오던 날 들고 왔던 트렁크였다. 도형은 벽에 걸린 옷가지들을 모두 내려서 트렁크 안에 쑤셔 넣었다. 트렁크의 지퍼를 채우는 동안, 수족관을 밝히던 불빛이 서늘하게 방바닥을 비췄다. 도형은 트렁크를 문 옆에 세워놓고 수족관과 연결된 플러그를 뽑았다. 형광등의 스위치도 내리고, 벽에 등을 기대고 앉았다. 캄캄한 어둠 속에서 살아 있는 열대어들이 물살을 가르는 소리가 불안스럽게 들려왔다.

무늬와의 화해

커다란 들통이 부르르 떨린다. 이 순간을 고속촬영했다가 정상적인 속도로 영사해보면 틀림없이 들통 옆면이 수십 겹으로 겹쳐 보일 것이다. 그녀는 들통이 잠잠해지기를 기다렸다가 가만히 뚜껑을 열어본다. 거품을 토해낸 미꾸라지들이 진흙처럼 엉겨있다. 그녀는 들통 속의 미꾸라지를 소쿠리에 쏟아 붓고, 고무장갑을 낀 손으로 주물러서 몇 차례 헹궈낸다. 그러자 미꾸라지 표면에 있는 얼룩무늬가 말갛게 드러난다.

푹 삶아낸 미꾸라지들을 분쇄기로 가는 동안, 그녀는 주방문 틈으로 스며든 새벽빛을 바라본다. 앙금이 가라앉지 않은 것처럼 탁한 그 빛은 풀리지 않는 수수께끼를 대한 것처럼 답답하다. 그녀는 길게 숨을 내쉬고는 형체 없이 곱게 갈린 미꾸라지를 플라스틱 용기에 담아 냉장고에 집어넣는다.

단체 손님이 많은 식당에서는 미리 이렇게 준비해 두지 않으면 장사를 할 수가 없다. 손님들이 들이닥치면 갈아놓은 미꾸라지에 채소를 넣고 신속하게 조리하기만 하면 된다. 최근 들어 그녀는 미꾸라지를 만지는 것이 꺼려지기 시작했다. 습관처럼 미꾸라지가 담긴 들통에 왕소금을 뿌려대다가도 지레 놀라서 소금 그릇을 떨어트린 적도 있었다. 그녀는 미꾸라지 손질을 제천댁에게 맡기고 싶었지만, 노파는 그 꼴을 보지 못했다. 다른 식당에 비해 별다른 비법도 없으면서 미꾸라지만은 반드시 그녀가 만져야 한다고 못을 박았다.

홀 한쪽에 딸린 방에서는 제천댁이 이불을 뒤집어쓴 채 곯아떨어져 있다. 어젯밤 늦게까지 단체손님을 받느라 힘들었던 모양이다. 재료 준비를 모두 끝낸 그녀는 제천댁이 깨지 않도록 테이블마다 조심스럽게 옮겨 다니며, 소독해 둔 숟가락과 젓가락을 일일이 수저통에 담는다. 펄펄 끓는 물에 소다와 함께 넣고 삶아낸 수저들은 아직도 새것처럼 광택이 살아있다. 반짝이는 수저를 통에 담던 그녀가 갑자기 미간을 찌푸린다. 수저에서 반사된 빛이 눈을 찔렀기 때문이다. 그녀는 두 손바닥을 양쪽 눈두덩에 대고 세게 눌렀다가 뗀다. 그래도 여전히 눈이 시큰거린다. 그녀는 잠시 벽에 등을 기대고 앉아 눈을 감는다.

문득 미꾸라지 한 마리가 천장을 향해 날아간다. 특이하게도 미꾸라지는 다섯 쌍의 수염이 끝나는 부분에 잠자리처럼 투명한 날개가 달려있다. 그녀가 팔을 휘두르자 날아가던 미꾸라지가 손끝에 부딪친다. 잠시 비틀거리던 미꾸라지는 주방 벽에 닿았다가 힘없이 바닥으로 떨어진다. 순간, 미꾸라지 날개에서 천연염료처럼 선명한 오색가루가 쏟아진다. 가루를 쏟아 낸 미꾸라지는 비틀거리며 다시 천장으로 날아간다.

주방 벽에는 언제부터 있었는지 단아한 절집 한 채가 밑그림으로 그려져 있다. 그녀는 손가락에 가루를 묻혀서 법당문에 채색을 한다. 그녀의 손이 문살에 닿을 때마다 연꽃들이 봉우리를 터트린다. 팔각형 활주에도 정성껏 칠을 한다. 표정없던 절집이 환하게 살아난다. 어느새 천장으로 날아갔던 미꾸라지가 절집 처마에서 그녀를 내려다본다. 미꾸라지의 깨알 같은 눈과 그녀의 눈이 마주친다. 미꾸라지의 눈빛이 어쩐지 슬퍼 보인다. 그녀가 울부짖는다. 제발 그런 눈으로 날 보지 마, 날 보지 마…….

미친년, 웬 잠꼬대를 하고 지랄이여 지랄이……. 어여 일어나서 밥 줘 이년아, 날 굶겨 죽일 작정이여? 납작 엎드려서 계단을 기어 내려온 노파는 자그마한 체구에 등이 활처럼 굽어 있다. 탁자에 엎드려 깜빡 잠들어 있는 그녀의 등을 후려치는 손끝에는 아직도 버리지 못한 성미가 그대로 남아 있다. 망치로 내려치는 것 같은 뻐근한 둔통을 느끼며 그녀가 눈을 번쩍 떴을 때, 노파는 탁자마다 앉은걸음으로 옮겨 다니며 손가락으로 먼지를 훑어보고 있다. 새벽녘에 이미 식당 청소를 마친 그녀는 노파가 무얼 가지고 시비를 걸지 잘 알고 있다. 노파는 이제 벽에 걸린 소 그림 앞에서 누군가가 만졌을 만한 흔적을 찾을 것이다.

그림은 생모가 그린 것 중에서 단 하나 남은 것이었다. 그녀는 노파의 식당을 찾아오던 날 그림을 둘둘 말아 옆구리에 끼고 왔었다. 그날 노파는 그림을 낚아채다시피 해서 한참을 들여다보더니 당장 옆 표구점에 맡겼다. 표구한 액자를 가져오던 날, 노파는 그림 앞에 막걸리를 한 잔 부어놓고 큰절을 올렸다. 노파만의 의식이 끝난 후 그림은 달력이 걸려있던 식당 벽에 걸렸다. 시간을 틀에 가두어 놓은 것처럼 멋대가리 없는 숫자들만 빽빽한 달력이었다. 그때부터 그림은 아주 오래전부터 그 자리에 있었던 것처럼 자연스럽게 벽의 일부가 되었다.

노파는 그림이 벽에 걸린 날부터 매일 아침저녁 이 층에서 내려왔다. 양쪽 팔로 계단 난간을 잡고 배로 기다시피 힘겹게 계단을 내려오는 노파의 모습은 마치 커다란 달팽이 같았다. 제천댁은 노파가 계단을 오르내릴 때마다 혀를 차면서 미간을 찌푸렸다. 어떤 때는 노파가 밤중에 내려올 때도 있었다. 그녀는 한밤중에 물을 마시러 내려왔다가 귀신처럼 망연히 앉아서 그림을 들여다보는 노파를 발견하곤 했다. 식당에 왔다간 사람들은 추어탕 맛보다는 소 그림을 더 정확히 기억했다. 덕분에 식당은 노파의 성을 딴 '조가네 추어탕집'이라는 상호 대신 '우(牛)가네 추어탕집'으로 더 많이 불릴 정도였다.

그녀의 예상대로 홀에 놓인 식탁들을 빠짐없이 돌아다니며 일일이 먼지상태를 확인한 노파는 벽에 걸린 그림 앞으로 성큼성큼 기어간다. 햇살이 잔잔하게 퍼지는 이때쯤이 빛의 반사가 가장 예

204

리한 시각이다. 유리창에 머리카락 하나만 붙어 있어도 눈에 띨
정도다. 그림이 들어 있는 액자에는 미세한 지문조차도 보이지 않
는다. 이미 그녀가 입김까지 불어서 말끔히 닦아 놓았기 때문이
다. 노파는 다른 것보다도 그림에 지문이 남아 있는 것을 싫어했
다. 혹시라도 손님 중 누군가가 그림에 손을 대기라도 할 것 같으
면 이 층 계단에서 노려보고 있다가 벼락같이 소리를 질렀다.

　노파와 생모는 그다지 친밀한 관계가 아니었다. 고부 사이임에
도 불구하고 노파가 생모를 만난 횟수는 통틀어 세 번 정도였다.
처음 인사를 왔을 때, 그녀를 낳았을 때, 그리고 생모가 죽었을 때
였다. 그럼에도 노파는 생모가 그린 그림에 애착을 보였다.

　아버지가 생모를 처음 만난 것은 천수관음전 신축공사를 맡아
몇 달 머무르기로 한 사찰에서였다. 대목장과 함께 도면을 들고
주지를 찾아가던 아버지는 공양간 앞에서 열아홉 살의 생모를 보
았다. 생모는 무더운 날씨에도 목도리로 목을 잔뜩 감싸고 앉아
가느다란 나뭇가지로 뭔가를 그리고 있었다. 아버지가 가까이 다
가가도 기척을 느끼지 못했다. 생모는 같은 자리에서 똑같은 소
그림만 벌써 수십 번째 그리던 중이었다.

　아버지가 땅바닥을 들여다보며 지체하는 동안, 대목장이 얼른
오지 못하냐고 벼락같이 소리를 질렀다. 그 소리에 놀란 생모는
황급히 공양간으로 숨어들었다. 그러던 어느 날, 아버지는 우연하
게 생모를 다시 만났다. 공사의 마무리 단계를 앞두고 있어서 거
의 제 모습을 갖추게 된 천수관음전 앞에서였다. 단청만 남겨 두

고 있는 건물은 사방이 어둠에 묻혀 버린 가운데 소름 끼치게 흰 뼈대를 드러내고 있었다. 그날 아버지는 생모가 태어날 때부터 온 몸에 뱀 비늘무늬가 있었다는 사실을 알게 되었다.

생모는 다섯 살 때 절집 앞에 버려졌다고 했다. 얼굴만 빼고 온몸에 뱀 비늘무늬가 가득한 몸뚱이는 가족들에게 혐오의 대상이었다. 자라면서 좀 나아질까 기대했던 부모는 기대가 어긋나자 곧 생모를 버렸고, 공양주 보살들이 측은한 마음으로 생모를 거두어 주었다. 공양주에게서 자라난 생모는 다행인지 불행인지 음식 솜씨가 좋았다. 생모가 만든 음식을 한번 맛본 사람은 반드시 다시 한 번 찾아올 정도였다. 아무리 하찮은 재료를 사용해도 생모가 만들면 감칠맛이 났다. 덕분에 사찰은 천년고찰로 유명한 것이 아니라, 생모의 음식 솜씨로 더 많이 알려질 정도였다.

아버지는 생모에게 왜 소 그림만 그리는지 물어보았다. 그 말에 생모는 보일 듯 말 듯 웃었다. 사찰에 머물면서 지켜본 결과, 생모의 소 그림은 거의 수작이었다. 땅바닥에 그린 소들은 묘사가 생생해서 금방이라도 풀을 뜯으러 돌아다닐 것만 같았다. 아버지는 시내에 나갈 일이 있던 날, 미술용품을 파는 가게에 들러 화구세트를 구매했다. 생모의 그림이 더는 사라지지 않고 보존되기를 바라서였다.

아버지는 생모에 대한 말을 할 때마다 생모의 몸이 금단청을 하지 않은 대웅전이나 극락전 같았다고 했다. 생모가 그녀를 낳자마자 산후 출혈으로 죽었을 때 아버지는 슬프다기보다는 안타까웠다. 마치 단청만 하면 완벽할 건축물이 기둥 하나가 빠져나가면서 무너져 내린 것처럼 허탈한 기분이었다. 그래서인지 아버지는 그녀가 철들기 시작하면서 단청을 배우라고 권했다. 아니, 권하는 정도가 아니라 강압적이었다.

그녀는 아버지가 단청을 배우라고 집요하게 권할 때마다 도망을 다녔다. 예민한 시기의 그녀는 또래의 아이들보다 우울했다. 예고 없이 초조가 시작되고, 양쪽 가슴이 꽃망울처럼 부풀어 오르면서 학교에 가지 않는 날이 더 많았다. 제때 처리하지 못한 생리혈로 뻣뻣해진 교복 치마를 빨 때도, 몇 달 만에 집에 돌아온 아버지는 씻겨나가는 핏물을 쳐다보면서 단청 얘기만 했다. 아버지는 그녀가 단청을 배우면 생모가 살아 돌아오기라도 할 것처럼 굴었다. 그녀는 맑은 물이 나올 때까지 빨랫감을 거듭 헹구면서 아버지의 뇌도 생모에 관한 기억이 말끔히 지워질 때까지 헹궈버리면 좋겠다고 생각했다.

그녀가 정말로 하고 싶은 것은 단청이 아니라, 패션모델이었다. 수영복이나 짧은 치마를 입고 사람들 앞에서 자세를 취하는 모델들을 볼 때마다 가슴이 울렁거렸다. 그녀는 길고 하얀 다리를 드러내고 무대에 서고 싶었다. 하지만 그것은 영원히 이룰 수 없는 꿈에 불과했다. 그녀는 어릴 때부터 있었던 화상 흉터를 들여다보면서 생모를 원망했다. 어떤 때는 흉하게 일그러진 흉터에 생모의 일부가 이식된 것 같아서 칼이나 손톱깎이로 뜯어내려고 한 적도 있었다.

아버지 말대로 단청을 배운다면 생모를 인정하게 될 것 같았다. 그녀는 절대 그러고 싶지 않았다. 생모는 그녀에게 증오의 대상일 뿐이었다. 단청을 배우느니 차라리 죽어버리겠다고 아버지와 한 바탕 언쟁을 벌인 다음 날 아침이었다. 자다가 눈을 떴는데 방 안 가득 안개가 끼어 있었다. 그녀는 그것이 방역을 위해 약을 친 걸 거라고 생각했다. 집 뒤에 작은 하천이 있는 동네는 여름이면 모기나 하루살이 같은 해충이 들끓었다. 동사무소에서는 여름만 되면 일주일에 서너 차례 방역을 했다. 방역차는 골목을 누비며 연기 같은 소독약을 꾸역꾸역 토해냈다. 그녀는 열린 창틈으로 소독 연기가 스며들어 온 거라고 믿었다. 하지만 곧 걷히리라 생각했던 연기는 한낮이 되도록 수그러들 기미를 보이지 않았다. 방문이란 방문은 다 열어 놓았지만 앞이 안 보일 정도로 점점 짙어질 뿐이었다.

그녀는 두 팔을 앞으로 뻗고 장애물을 확인하면서 방 안을 돌아다녔다. 뒤늦게 집으로 돌아온 아버지가 무슨 일이냐고 물었다. 그녀는 방 안에 연기가 가득해서 앞이 보이지 않는다고 했다. 이 연기가 안 보이세요? 방 안이 뿌옇잖아요. 그러자 아버지가 비웃듯이 말했다. 연기? 너야말로 연기 그만해라. 이렇게 밝고 환한데 무슨 연기냐? 하지만 그녀는 연기 때문에 제대로 걸을 수조차 없었다. 그녀는 비틀거리며 방 안을 걸어 다녔다. 그제야 그녀의 눈을 가까이서 들여다보던 아버지가 그녀의 한쪽 팔을 잡아끌었다.

아버지와 함께 간 안과에서 그녀는 몇 가지 검사를 받았다. 검사 결과 약간의 안구건조증이 있을 뿐 특별한 이상은 없다고 했다. 그녀가 몇 시간에 걸쳐 경험했던 현상은 신경을 과도하게 쓰면 생길 수 있는 증상이라고, 의사는 대수롭지 않게 말했다. 만약 그런 일이 또 있다거나 하면 신경정신과에 가서 치료받는 것이 좋겠다는 말도 덧붙였다. 세상이 온통 연기에 잠식된 것처럼 보이던 증상은 서너 시간이 흐른 후에야 거짓말처럼 없어졌다. 그 일이 있은 후 아버지는 더는 단청을 배우라고 다그치지 않았다.

노파는 바짝 다가갔다가 다시 물러앉기를 반복하며 그림을 유심히 살펴본다. 노파가 숨을 들이마시고 내 쉴 때마다 휘어진 등뼈가 포물선을 그리며 솟아올랐다가 가라앉는다. 그림 속에는 한적한 강가를 배경으로 누런 황소가 풀을 뜯고 있다. 조금 비켜선 곳에서는 만삭으로 보이는 암소가 고개를 틀어 정면을 보고 있다. 자세히 보면 암소의 뒷다리 부분이 거무스름하다. 불에 타다 만 흔적이다. 그녀의 손이 슬며시 넓적다리 위에 얹힌다.

이건 흉터가 아니라, 또 다른 세계야. 카메라를 들이대면서 그가 한 말이었다. 카메라를 메고 전국의 이름난 사찰은 거의 빠짐없이 다녔다는 그가 아버지를 대신해서 신축 사찰의 도면을 찾으러 왔던 날이었다. 그녀는 오랜만에 마루 끝에 앉아서 햇볕을 쬐고 있었다. 얼굴부터 훑어 내리기 시작한 햇살이 점점 다리로 옮겨오자 양말을 벗고 바짓단을 걷어 올렸다. 따사로운 햇살이 피부에 닿자 발가락부터 허벅지까지 짜릿한 전율이 느껴졌다. 그녀는 눈을 감고 심호흡을 했다. 때마침 대문을 들어서던 그는 한참 동안 마당 한가운데 서서 그녀를 지켜보다가 미친 듯이 다가가서 카메라의 셔터를 눌러댔다. 그녀는 갑작스러운 그의 행동에 순간적으로 멍해져서 어쩔 줄 모르고 앉아있었다. 마침내 그가 가까이 다가와 그녀의 다리를 향해 손을 뻗으려고 할 때 마취에서 깨어난 환자처럼 짧은 비명을 질렀을 뿐이었다.

그가 처음으로 흉터를 원하던 날이었다. 바지를 벗고 그의 앞에 누운 그녀는 수치심으로 입안이 타들어 가는 것 같았다. 그러나 그는 카메라 렌즈를 들이대면서 익숙한 애인을 다루듯이 그녀를 안심시켰다. 조금만 더 바지를 올려 봐, 흉터가 다림질한 것처럼 쫙 펴지도록 무릎을 바짝 더 구부려 보면 어떨까? 그녀는 그의 말대로 이리저리 자세를 바꿔주었다. 이상하게도 그의 앞에서는 흉터가 부끄럽지 않았다. 그가 카메라를 들이대고 있는 순간, 단 한 번도 마음껏 드러내놓지 못했던 흉터가 숨구멍을 열고 숨을 쉬는 것 같았다. 사진을 다 찍은 그가 흡족한 얼굴로 흉터를 부드럽게 쓰다듬으면 몸이 공중으로 떠오르는 것처럼 몽환적인 기분까지 들었다.

그는 그녀의 흉터에 깊은 관심을 보였다. 탐구심 강한 아이처럼 흉터를 대하는 그의 눈이 반짝거렸다. 그녀가 흉터를 감추면 감출수록 그는 흉터를 밖으로 불러냈다. 차르륵 찰칵, 차르륵 찰칵……. 그가 누르는 카메라 셔터 소리는 흉터를 없애줄 마법사의 주문처럼 들렸다. 그녀는 셔터 소리를 들으면서 다리에 있는 흉터가 서서히 옅어지다가 아주 없어지는 상상을 했다. 그는 한번 시작했다 하면 원하는 사진이 나올 때까지 몇 번이고 반복된 포즈를 요구했지만, 그녀는 지루하지가 않았다. 차르륵 찰칵, 차르륵 찰칵……. 셔터 소리가 마법을 걸어줄 것이기 때문이었다.

그러던 어느 날이었다. 선배가 운영하는 갤러리에 다녀온 그는 매우 들뜬 표정이었다. 유명작가의 사진전이 끝나고 다른 작가의 사진이 전시되려면 며칠 동안의 공백기가 있는데, 그 기간 동안 자신의 사진을 전시해도 좋다는 선배의 허락을 받았다는 것이었다. 그녀는 무슨 사진을 전시할 거냐고 물었다. 그러자 그는 조금도 망설임 없이 말했다. 너의 흉터. 나는 그동안 찍었던 흉터 사진들을 전시할 거야.

갑자기 머릿속이 아뜩해지는 느낌이었다. 몇 초 동안 할 말을 잃고 멍하니 앉아 있던 그녀는 벌떡 일어서서 소리를 질렀다. 미쳤어? 말도 안 돼! 난 그것들이 너무 징그럽고 혐오스러워서 한 번도 드러낸 적이 없었어. 너무 싫어서, 할 수만 있다면 살 껍데기를 몽땅 벗겨 내고 싶었어. 그런데 그걸 구경거리로 내놓겠다고?

그러자 그가 가방 속에 있던 사진들을 꺼내놓았다. 자, 봐. 이건 흉터지만 결코 흉터가 아니야. 양손으로 그녀의 어깨를 눌러 다시 방바닥에 앉힌 그는 그녀의 코끝으로 사진 한 장을 바짝 들이밀었다. 그녀는 고개를 돌리고 눈을 질끈 감았다. 흉터를 찍은 사진이라면 보나 마나 뻔할 것이었다. 그녀가 끝까지 외면하자 그는 사진을 들여다보면서 말했다. 이것들은 너의 흉터에 숨어있던 전혀 다른 세계야. 너, 사막에 가 본 적 없지? 이건 일몰 무렵의 결 고운 사막 같아. 여기 울퉁불퉁하고 길쭉한 것은 모래 바다에서 죽은 후에 풍화된 동물 뼈 같기도 해. 아무도 이것이 화상 흉터라고는 안 믿을 거야. 아, 어떻게 이런 절묘한 풍경이 네 안에 숨어 있었을까.

그녀는 그가 '절묘한 풍경'이라고 말하는 부분에서 살짝 실눈을 떴다. 그가 현상해온 사진들은 붉고 검은 물감을 붓에 찍어 생각 없이 터치한 것처럼 기괴하고 낯설어 보였다. 그의 말대로 흉터를 찍은 사진 같지 않았다. 뭉개지고 흘러내린 살가죽은 어느새 해질 무렵의 들판, 사막, 바다 등 딱히 제목을 붙이기도 어려울 만큼 모호하고 신비한 형상들로 보였다. 사진 속의 이미지들이 그녀의 일부라는 사실이 전혀 실감 나지 않았다. 그녀가 바닥에 흩어진 사진들을 물끄러미 바라보자 그가 입꼬리를 올리며 사진들을 차곡차곡 겹쳐서 다시 가방에 넣었다.

그날 저녁, 그는 선배의 전화를 받고 외출을 했다. 아마도 사진을 전시하는 문제로 상의할 것이 있는 모양이었다. 침울하게 앉아 있던 그녀는 그가 임시로 머물고 있는 아버지의 서재로 들어갔다. 고건축과 관련된 책들이 꽂혀 있는 책장 옆에 그의 카메라 가방이 얌전하게 놓여있었다. 그녀는 지퍼를 열고 가방 속에서 사진들을 꺼냈다.

한 장 한 장 차례로 사진을 들여다보던 그녀는 깜짝 놀랐다. 사진 속에서 뱀들이 기어 다니고 있었다. 비슷비슷한 무늬의 주황색 뱀, 분홍색 뱀, 보라색 뱀, 검붉은 뱀들이 사진마다 긴 혀를 날름거렸다. 혹시 사진이 바뀌었나 싶어서 가방을 뒤져보았지만 다른 사진은 없었다. 그녀는 얼른 바지를 내리고 다리를 살펴보았다. 사진 속에 있던 뱀들이 어느새 그녀의 다리 위에 슬그머니 올라와 있었다. 놀란 그녀는 사진을 한 장씩 찢었다. 그러자 뱀들도 한 마리씩 사라졌다.

그녀는 마당에 있는 양철쓰레기통에 찢어진 사진들을 던져 넣고 불을 붙였다. 그것들은 불이 닿자마자 기형적으로 오그라들면서 검게 타올랐다. 사진을 말끔히 소각해 버린 그녀는 방안으로 들어가 아버지가 오랫동안 보관해 온 그림 뭉치들을 들고 나왔다. 비슷한 크기의 소들이 모두 비슷한 장소에서 풀을 뜯거나 쉬고 있는 그림들이었다. 그녀가 한 장씩 펼쳐서 불을 붙이기 무섭게 그림들은 빠른 속도로 타들어 갔다. 때마침 대문을 들어서던 아버지가 하얗게 질린 얼굴로 황급히 달려와 그녀를 밀쳐냈다. 마지막 남은 그림 한 장을 막 태우려고 할 때였다.

외출에서 돌아온 그는 눈앞에 벌어진 상황을 기막혀했다. 그는 아무 말도 못 하고 벌게진 얼굴로 눈물만 뚝뚝 흘렸다. 그가 사라진 것은 다음 날 아침이었다. 그녀가 서재의 문을 열었을 때, 그의 흔적은 아무것도 없었다. 그의 흔적은 엉뚱하게도 그녀의 귓속에 남아있었다. 그녀가 맥없이 앉아있으면 어김없이 차르륵 찰칵, 차르륵 찰칵……, 카메라 소리가 들렸다. 혹시라도 그가 왔나 싶어서 번번이 서재로 들어가 봤지만 그는 없었다.

그가 사라진 후에 들리는 셔터 소리는 더는 마법사의 주문처럼

들리지 않았다. 차르륵 찰칵, 차르륵 찰칵……. 카메라 셔터 소리
는 앉거나 걷거나, 누워서 잠을 자거나, 밥을 먹을 때도 들렸다. 아
무 때나 들리는 소리 때문에 그녀는 정상적인 생활을 할 수가 없
었다. 아버지는 그녀에게 통원치료를 받게 했다. 그러나 여러 번
의 치료에도 차도가 없자 혼자서 식당을 운영하던 노파에게 그녀
를 보냈다. 단순노동으로 육체를 혹사하다 보면 신경을 분산시킬
수도 있을 거라는 의사의 처방 때문이었다.

　신기하게도 노파의 식당에서 일하기 시작한 뒤부터 증상이 호
전되기 시작했다. 특히 거품을 토해낸 미꾸라지를 손으로 바락바
락 문지르거나, 튀김옷 입힌 미꾸라지를 펄펄 끓는 기름 솥에 텀
벙텀벙 던져 넣을 때는 카메라 셔터 소리가 차르르르…… 싱겁게
울리다 멈췄다.

　한참 동안 그림을 살피던 노파는 마땅히 트집 잡을 것이 없는지
뒤로 물러난다. 그녀가 노파 앞에 재빨리 밥상을 들이민다. 노파
는 정갈하게 차린 밥상 앞에 앉아 언제나처럼 손가락으로 반찬을
집어 먹는다. 손가락에 묻은 양념까지 쪽쪽 빨아먹다가 다른 반찬
을 집적거리는 노파에게 그녀는 늘 소량의 반찬만 내놓는다. 그때
마다 노파는 그녀에게 인정머리가 없다고 싫은 소리를 했다.

　오늘은 감자 졸임에 고추장이 너무 들어갔다고 툴툴거리면서도
연신 손가락은 감자 졸임 쪽으로 열심히 움직인다. 정말로 감자
졸임이 노파의 입맛에 맞지 않았다면 곧장 식당 바닥에 패대기를

쳤을 것이다. 그걸 아는 그녀는 무표정한 얼굴로 손님상에 올릴 오이를 토막 내고 있다. 식사를 마친 노파는 그녀를 못마땅한 표정으로 흘겨보고는 끙, 소리를 내면서 이 층 계단을 기어오른다.

그녀가 식당에 온 지 한 달도 안 된 어느 날, 노파는 한밤중에 계단을 내려오다가 굴러떨어졌다. 그 일로 인해 다리뼈가 부러지고 등을 다쳐 걸을 수가 없게 되었다. 상황이 그런데도 노파는 병원을 찾지 않았다. 괜스레 돈 낭비할 것 없다며 며칠을 끙끙 앓더니 어느 날부터 손바닥으로 바닥을 짚으며 돌아다니기 시작했다. 덕분에 노파 혼자서 거의 오십 년간 꾸려오던 식당은 그녀가 맡을 수밖에 없었다. 몸을 마음대로 움직일 수 없는 노파는 그녀에게 갖은 구박을 해가며 손맛을 전수했다.

그녀는 노파가 한두 번만 얘기해도 오랜 경험자처럼 척척 알아서 메뉴판에 있는 음식들을 종류별로 만들어냈다. 그런 그녀를 보고 노파가 투덜거렸다. 육시랄 년, 지 에미 닮아서 손맛 하나는 타고난 겨……. 그녀는 그 말이 너무 싫었다. 무엇이든 생모와 연관되는 것 자체가 끔찍했다. 손맛은커녕 머리카락 하나도 닮지 않기를 바랐다. 그녀에게 있어서 생모는 영원히 기억하고 싶지 않은 불쾌한 과거일 뿐이었다.

벽에 걸린 원형 시계가 열두 시를 가리키고 있다. 주변에 있는 빌딩에서 쏟아져 나온 직장인들이 점심을 먹기 위해 식당으로 들어온다. 그녀는 눈으로 머릿수를 세어 본 다음, 소쿠리에 씻어 둔 풋배추를 한 움큼 집어 든다. 여름 한 철에는 부추나 호박잎을 넣고 끓이지만 다른 계절에는 배추를 더 많이 쓴다. 배추의 단맛이 추어탕에는 아주 잘 어우러지기 때문이다.

그녀의 식당에서 만든 추어탕은 특별한 소스나 비결이 있는 것은 아니다. 오직 산청에서 직접 배달된 국내산 미꾸라지만 쓰는 것이 비법이라면 비법일 것이다. 처음에 그녀는 외국산 미꾸라지와 국내산 미꾸라지를 구별하지 못했다. 하지만 노파가 일러준 대로 방법을 터득한 결과 이제는 눈 감고도 구별할 수 있을 정도다.

홀을 가득 메웠던 손님들이 돌아간 후, 식당은 썰물이 빠져나간 것처럼 적막하다. 그녀는 축축한 이마를 앞치마로 닦고 제천댁과 함께 늦은 점심을 먹는다. 지금 먹어두지 않으면 밤늦게 밖에는 먹을 시간이 없다. 곧바로 저녁 장사 준비를 해야 하기 때문이다. 식탁에 앉은 그녀는 언제나처럼 젓가락으로 밥알을 세듯 깨지락거린다. 제천댁이 그녀를 보고 한마디 한다. 밥을 복스럽게 숟가락으로 푹푹 퍼먹어야지, 그게 뭐여? 그러니까 살이 안 찌지. 제천댁의 성화에 그녀는 밥그릇에 물을 붓고 억지로 떠먹는다. 하지만 채 그릇을 비우기도 전에 자리에서 벌떡 일어선다. 노파가 위층에서 빨리 밥상을 치우라고 소리 질렀기 때문이다.

그녀는 이 층으로 올라가 밥상을 들고 내려온다. 노파가 그녀의 등 뒤에 대고 혀를 찬다. 염병할 년, 저렇게 굼떠서 뭘 할껴? 노파는 자신이 식당을 맡아 할 때는 날아다니듯 혼자서 모든 것을 해치웠다고 늘 무용담처럼 말하곤 했다. 하루에 다섯 끼나 챙겨 먹고도 저렇게 피골이 상접한 이유는 쉴 새 없이 해대는 잔소리 때문일 것이다.

　노파가 잔소리를 딱 한 번 멈췄던 때는 아버지가 마지막으로 다녀간 날이었다. 살짝 열린 문틈으로 보인 아버지는 어찌 된 영문인지 한 손을 점퍼 주머니에 찔러 넣고 있었다. 노파는 그런 아버지를 측은하게 쳐다보면서 담배를 피워 물었다. 담배 연기에 찌들대로 찌든 누런 벽에서 아버지의 그림자가 불규칙하게 너울거렸다.

　아버지는 대웅전 신축공사를 하다가 갑자기 대들보가 내려앉아 다쳤는데 응급처치를 소홀히 한 탓에 오른쪽 팔을 절단했다고 했다. 일이 그렇게 되려고 그랬는지 며칠째 공사 중인 건물 여기저기에 이상스런 무늬가 보이기 시작했다. 그러나 그 무늬가 다른 사람에게는 보이지 않고 아버지에게만 보인 것이 문제였다.

　처음 그 무늬가 기둥에 나타났을 때에는 보통의 나뭇결인 줄 알았는데 그게 아니었다. 무늬는 점점 위로 번지더니 마룻보와 중보, 대들보까지 이어졌다. 아버지는 나무를 잘못 선택해서 생긴 변화인 줄 알고 당장 대목장에게 알렸다. 그러나 대웅전을 돌아본 대목장은 멀쩡한 건물 보고 웬 난리냐며 호통을 쳤다. 다음 날도, 그 다음 날도 아버지의 눈에서 무늬는 사라지지 않았다. 무늬는 들여다보면 볼수록 오히려 더 짙어져 보였다. 급기야 아버지는 도끼를 들고 처마를 받치고 있는 활주부터 차례로 찍어댔다. 삼백 년 가까이 되는 적송이 쩍, 쩍, 찍혀져 나가면서 목조 건물 전체가 심하게 흔들렸다.

　일이 년 그 짓을 한 것도 아닌데 어쩌다 그 지경이 된 거? 아직까지도 그년이 너를 못 떠나고 있나부다. 이제 그만 놔 주면 안 되겠냐? 심란해하는 노파의 말에 아버지는 그저 천장만 올려다보았다. 아버지는 노파에게 마지막으로 절을 하고 식당 문을 나서면서도 끝끝내 그녀를 돌아보지 않았다. 그녀는 살짝 열린 주방 문틈으로 아버지의 뒷모습을 쳐다보았다. 아버지가 한 발짝씩 걸음을 옮길 때마다 헐렁한 오른팔이 빨랫줄에 널린 빨래처럼 힘없이 나부꼈다. 그 모습이 워낙 생경해서인지 아버지가 사라지고 난 뒤에도 한동안 환영이 되어 그녀의 시야를 가렸다.

저녁 시간에 식당을 찾은 손님들은 대부분 술손님이다. 손님들이 술안주로 찾는 것은 주로 미꾸라지 튀김이다. 그녀는 튀김용으로 비교적 뼈가 연하고 가느다란 미꾸라지를 골라 평상시대로 준비해 두었었다. 하지만 오늘따라 손님들이 튀김만 찾다 보니 준비된 재료가 거의 바닥이 났다. 이런 상태라면 오늘 장사는 일찌감치 끝내야 할 것 같다. 그녀는 구멍이 숭숭 뚫린 국자로 기름 위에 둥둥 떠 있는 찌꺼기를 건져서 싱크대에 털어낸다. 탁, 탁, 탁, 경쾌한 울림이 눅눅한 주방 안을 가득 채운다.
  바로 그때, 홀 쪽에서 그릇 깨지는 소리와 함께 손님들의 웅성거리는 소리가 들려온다. 그녀는 반사적으로 주방을 뛰쳐나간다. 홀 중앙에 짧은 스포츠머리를 한 키 작은 남자가 왼손에 피를 흘리며 서 있다. 그녀가 나타나자 손님들 몇몇이 계산대 쪽으로 우르르 몰려간다. 홀 바닥에는 소 그림이 들어 있던 액자가 박살이 난 채 흩어져 있다. 일행으로 보이는 남자가 티슈를 꺼내 스포츠 머리의 손을 닦아주며 역정을 낸다. 둘 다 많이 취해 보인다. 스포츠머리가 잔뜩 혀 꼬인 소리로 지껄인다. 씨팔, 저놈의 소가 왜 날 그렇게 빤히 보는 거야? 기분 나쁘게 쳐다보면 어쩔 건데? 무슨 놈의 식당에 돼지 새끼 그림이 있어야지, 웬 쇠새끼냔 말이야. 재수없게…….

상황을 보고 있던 제천댁이 두 남자를 입구 쪽으로 거세게 밀면서 경찰에 신고하겠다고 으름장을 놓는다. 그러자 취기가 잠시 가셨는지 일행인 남자가 계산대에 명함을 놓고 스포츠머리를 끌고 나간다. 스포츠머리는 끌려나가면서도 계속해서 욕지거리다. 미친놈, 별거 다 갖고 시비야. 추어탕 집에 왔으면 추어탕이나 처먹을 것이지……. 제천댁이 문 쪽을 향해서 종주먹을 들이댄다. 그녀는 깨진 액자를 들어 올리고 그림을 살펴본다. 그림은 군데군데 유리에 찢겨 넝마처럼 너덜거린다. 검게 그을린 다리 부분은 아예 커다란 구멍이 뚫렸다. 암소의 한쪽 눈알도 텅 비어있다. 애초부터 눈동자가 없는 것 같다.

손님들을 모두 내보낸 그녀는 유리 조각을 하나씩 집어서 휴지통에 담는다. 작은 조각들은 청소기로 빨아들이기로 하고 우선 큰 것들만 손으로 집어낸다. 탁자 밑에 들어간 유리 조각을 줍기 위해 손을 뻗친 그녀가 움찔한다. 뾰족한 유리조각 하나가 손가락 하나에 깊숙이 파고든다. 순간 신기하게도 가슴이 후련해진다. 오목가슴 근처에 머물러 있던 묵직한 것이 쑥 내려간 느낌이다.

그녀는 찢어진 그림을 들고 텃밭으로 간다. 배추를 뽑아내서 봉긋하게 흙이 솟아있는 자리에 참새 부리 같은 떡잎 하나가 머리를 내밀고 있다. 그녀는 그 옆에 쪼그리고 앉아 한 손으로 그림을 치켜들고 다른 한 손으로 라이터를 켠다. 불길이 닿은 그림은 기다렸다는 듯이 화르르 타오른다.

제천댁은 홀 한쪽 구석에 요를 펴놓고 코를 골며 자고 있다. 내일 당장 그림이 없어진 걸 알면 노파가 난리를 칠 텐데 어쩔 셈이냐고 걱정하던 것과 달리 너무도 태평스러운 모습이다. 그녀는 작은 백열등 하나만 켜두고 이 층으로 올라간다. 노파의 방은 그녀의 방 정면에 있다. 그녀는 가만히 노파의 방문을 열어본다. 잔뜩 굽은 등 때문에 똑바로 눕지 못하고 옆으로 누운 노파는 열 살 정도 된 아이처럼 작다. 이따금 중얼거리는 헛소리가 아니면 고분에서 꺼낸 미라 같은 느낌이 들 정도이다. 벽 쪽을 향하고 누워있던 노파가 끙, 소리를 내며 문 쪽을 향해 돌아눕는다. 그녀는 살그머니 문을 닫고 돌아선다.

구름만 조금 낄 거라는 예보와 달리 밖에는 비가 내린다. 자리에 누운 그녀의 양쪽 다리가 스멀대기 시작한다. 신경통환자처럼 비만 오면 화상 흉터가 가렵다. 그녀는 무거운 몸을 간신히 일으켜 서랍에 있던 면장갑을 찾아 낀다. 그리고는 손가락을 구부려 다리를 벅벅 긁는다. 화상 흉터는 아토피 환자의 피부처럼 넓적다리부터 발가락까지 선홍색을 띠고 있다. 넓적다리로 갈수록 붉은 점토를 마구 짓이겨놓은 것 같은 흉터는 무릎 아래로 내려올수록 일정한 무늬를 그리고 있다.

빗방울이 거세지면서 허벅지가 점점 더 가렵다. 그녀는 손바닥으로 허벅지 안쪽을 아프게 때려본다. 그러나 잠깐의 아픔이 지나고 난 뒤 가려움증은 더 심해진다. 날카로운 바늘로 찔러볼까도 생각한다. 언젠가 피가 나도록 긁어댄 흉터 부위에 바르기 위해 연고를 사러 간 약국에서는 이해할 수 없는 일이라고 했다. 옴이나 습진도 아닌데 가려움증이 웬 말이냐는 거였다. 그러나 그녀는 흉터 부위가 가려워 미칠 지경이었다. 시멘트벽에 다리를 문질러 대기도 하고, 누군가의 말대로 빙초산에 흉터를 닦아보기도 했지만 가려움증은 비가 그쳐야만 사라졌다.

옆방에서 노파의 기침 소리가 들린다. 시원스럽게 뱉어내는 소리는 아니다. 갈비뼈가 눌린 듯 허허로운 기침 소리다. 재채기 한 번을 해도 그 작은 몸 어디에 당찬 기운이 숨어있어 그토록 크고 시원스럽게 해소를 하는지 의아했었다. 그런데 날이 갈수록 재채기 소리도 바람 빠진 타이어처럼 힘이 없다. 그녀가 노파의 기침 소리에 귀를 기울이는 동안, 굵은 장대비가 창문을 난타하며 지나간다. 문득 주방 창문을 닫지 않은 것이 생각난다. 비가 들이치면 창문 아래 있는 조리대에도 빗물이 스밀 것이다.

그녀는 주방 문을 열고 형광등을 켠다. 젖은 흙냄새가 그녀를 향해 달려든다. 살아있는 미꾸라지 냄새다. 보름에 한 번씩 들여오는 미꾸라지는 순수 자연산이어서 흙냄새가 심하다. 노파가 해왔던 대로 맑은 물이 담긴 커다란 항아리에 사나흘 정도는 넣어두어야 한다. 그녀는 열려있던 주방 창문을 조심스럽게 닫는다. 이미 빗물이 들이친 야채 바구니에는 물기가 흥건하다. 그녀는 채소를 다시 씻어서 조리대 위에 올려놓고 잠시 주방을 둘러본다.

조용한 정적 속에서 찰박거리는 물소리가 들린다. 그녀는 싱크대 옆에 있는 커다란 항아리 쪽으로 다가간다. 미꾸라지들이 실타래처럼 빽빽하게 들어차 있다. 그녀는 항아리 속을 들여다본다. 수면으로 살짝 드러난 미꾸라지들은 부드러운 모래톱 같기도 하고 언젠가 그가 찍어서 보여준 흉터 사진 같기도 하다.

물끄러미 항아리 속을 들여다보던 그녀는 잠옷 바지를 걷어 올리고 천천히 항아리 안으로 들어간다. 돌확처럼 주둥이가 넓은 항아리는 그녀가 들어가자마자 허벅지까지 물이 차오른다. 갑자기 침입한 낯선 형체를 피해 미꾸라지들이 사방으로 흩어진다. 미꾸라지들이 다리를 스칠 때마다 곪은 종기를 빨아낸 것처럼 시원해진다.

언젠가 그녀는 사진을 찍고 있던 그에게 화해하고 싶은 대상이 있느냐고 물은 적이 있었다. 그는 딱히 생각나는 대상이 없다고 했다. 그가 되물었다. 너는 화해하고 싶은 대상이 누구야? 그녀는 곰곰히 생각하다가 무늬, 라고 말했다. 그러자 그가 크게 웃었다. 누구나 화해하고 싶은 대상이 있어. 부모, 형제, 친구, 스승, 식료품점 주인, 의사, 약사, 114안내원, 보험외판원, 정치인, 노숙자, 걸인, 심지어 개나 고양이에 이르기까지……. 하지만 무늬하고 화해하는 것은 불가능해. 화해라는 것은 상대방과 합의로 성립이 되는 거야. 일방적으로 원한다고 해서 할 수가 없는 거지. 물론 상대방 동의 없이도 혼자서 상대방을 용서할 수는 있어. 하지만 화해는 아니야. 쌍방이 앞으로 잘해 보자, 뭐 그런 의미로 화해하는 건데, 어떻게 무늬와 화해를 시도할 수 있겠어? 안 그래?

그가 동의를 구하는 눈빛으로 쳐다봤을 때, 그녀는 고개를 끄덕거렸다. 하지만 그의 말이 틀린 것 같다. 그녀는 항아리 속에서 골똘히 생각해 본다. 어쩌면 무늬와 화해하는 건 가능한 일일지도 모르겠다고…….

세계. 그리고 또 다른 세계

탐색

주어진 것으로서의 세계는 자신의 완결성에 의문을 품는 사람들의 물음을 결코 허용하지 않는다. 세계는 그들의 경계 안에 머무는 자들에게 행위의 준칙을 강제함으로써 고정된 역할을 수행하기를 요구한다. 이에 순응하지 않는 자들, 다시 말해 억압적인 세계의 권위에 도전하는 자들은 세계 안에서 소거되거나 또는 세계가 세운 경계 밖으로 추방당하게 된다. 구성원들은 자신들이 거주하는 세계에 대해 침묵하여야 한다. 그들은 세계가 부여하는 자신의 역할에 대해 알지 못하며 알아서도 안 된다. 모든 해석이 획일화된 상태로 고정된 현상. 이것이 우리가 거주하는 세계의 진정한 정체다.

그럼에도 불구하고 세계로부터 탈주를 시도하는 사람 또한 분명히 존재한다. 아직 인식의 지도에 표기되지 않은 다른 세계에 대한 전망을 가진 그들은, 세계에서 이탈해 경계 밖의 세계를 탐색함으로써 미지의 영역에 대한 정보를 제공한다. 해석의 부재로 인해 인지불능을 강제하는 도그마에도 불구하고 우리가 세계에 대한 이해의 지평을 확장할 수 있는 것은 그들의 용기 있는 시도에 기인한다. 여기에 소개할 김형주의 작업 또한 이런 시도의 연장선에 자리한다.

그러므로 김형주의 첫 번째 소설집 『빨대들』은 분명히 다른 세계에 대한 이야기다. 여기에 등장하는 모든 인물은 자신을 억압하는 세계 안에서 끊임없이 다른 세계에 대한 탐색과 탈주를 시도한다. 그들은 자신이 거주하는 현실 안에 부재하기를 소망한다는 점에서 서로의 속성을 수시로 공유하거나 교환하는 공통된 특질을 가진다. 이런 의미에서 『빨대들』에 실린 여덟 편의 소설은 서로 다른 배경과 사건을 가진 독립된 소설에 해당하지만 동시에 인물과 사건들 사이에 동일한 속성을 공유하는 연작소설로 생각해도 무방하다.

게임의 규칙

「밀리터리 게임」의 가장 큰 특징은 각각 독립된 규칙을 가진 두 개의 세계가 각 체제의 우월성을 두고 대결을 벌이는 구도에 있다. 군용품 중개상을 하는 '그'는 사업의 성공을 위해 현실의 규칙에 충실한 삶을 살고 있다. 반면 대결의 한 축을 담당하고 있는 '노인'은 국군포로 시절 잔혹한 고문의 후유증으로 인해 시대적 상황을 한국전쟁 당시로 착각하고 있는 사람이다. 서로 다른 세계의 규칙을 가진 두 사람은 가상의 상황을 통하여 밀리터리 게임이라는 형태로 마주한다. 여기서 유의해야 할 점은 두 사람이 서로의 세계가 모순이라는 점을 서로에게 결코 설득하지 못한다는 점에 있다. 어떤 체계이든 간에 내부적으로 완결성을 가진 체계는 외부의 조건으로 결코 그 모순성을 증명할 수 없기 때문이다. 때문에 두 사람이 참여한 밀리터리 게임은 서로에게 적용되는 규칙이 다름에도 불구하고 게임의 클리어 조건은 동일하다. '노인'의 클리어 조건은 다른 곳에 있는 아군이 도착해 적군으로 가득한 세상에서 자신을 게임에서 구출하는 것이며, '그'의 승리 조건은 '노인'을 상대해달라는 계약을 제시한 여성. 즉 일종의 아군이 도착해 자신을 게임에서 빠져나오게 하는 것이 그렇다.

'그'가 결정적으로 착오하고 있는 부분은 이 지점이다. 언급한 바와 같이 밀리터리 게임에 있어 서로가 거주하는 세계의 무모순성과 승패 조건은 두 세계와 관계없는 외부세계에서 관찰할 때 절대적으로 동등하다. 그럼에도 불구하고 '그'는 자신이 게임에서 우월한 조건을 가지고 있다고 생각한다. 전쟁이 휴전한 지 수십 년이 지난 후에 아군이란 것이 존재하여 '노인'을 구출해갈 리가 없다는 확신이 그렇다. 때문에 '그'는 '노인'과의 게임에서 절대적인 승리를 확신하며 은근히 "노인과의 게임을 즐기게 되었다."

(11쪽) 이는 '그'의 세계가 논리적으로 '노인'의 세계를 완전히 포함하고 있는 것은 물론 '그'가 자신이 거주하는 세계의 규칙을 완벽히 이해하고 있다고 믿는 점에 기인한다.

'그'가 범한 실수는 이마에 있는 북두칠성 모양의 흉터를 통해 자신이 특별한 존재라고 믿는 '노인'이 범한 실수와 동일하다. '노인'은 스스로를 자신의 세계에서 특별한 존재로 규정하지만 아무도 '그'를 구원해주지 않는다. '그' 또한 마찬가지다. '그'는 자신의 세계에서 성공을 확신하지만 '그'를 둘러싸고 있는 것은 '노인'과 마찬가지로 온통 자신의 뒤통수를 노리는 적군이다. 이런 측면에서 '그'와 '노인'은 절대적으로 동형관계에 해당한다. 두 사람은 자신이 속한 세계에서 자신이 수행하는 역할을 결코 인지하지 못하는 방법으로 세계에 던져져 있다.

스피노자를 빌려 말하자면 세계 내에 존재하는 각각의 개별자들의 실존은 그들의 의지와 무관하게 이미 내정된 규칙에 의해 정해져 있다는 것이다. 동시에 그들은 코나투스(conatus), 즉 자기보존욕구를 통해 세계가 요구하는 특정한 양태로 계속해서 복제되며 세계 안에 자리하게 된다. 따라서 게임에서 자신의 역할이 주인공이라고 착오하는 '노인'과 '그'와 같은 게임의 부산물들은 시대와 무관하게 무한히 반복하며 재생산된다. 밀리터리 게임은 현재진행형이며 세상에 그들을 도와줄 아군은 존재하지 않는다. 결국 '그'는 '노인'과의 밀리터리 게임에서 패배하며 자기보존을 위해 현실 세계를 포기하고 스스로를 '노인'의 세계로 편입한다.

"이제 막 새로운 게임이 시작되는 중이다."(30쪽)

　게임의 규칙을 인지하지 못한 개별자들이 파멸하는 형태는 「빨대들」의 서사에서 더욱 적나라하게 나타난다. 세계가 자신에게 요구하는 역할을 일찌감치 수용한 '나'는 규칙의 외부에서 자신의 주제를 모르고 규칙에 대항하는 '숙주'를 관찰한다. 그렇게 외부에서 관찰한 '숙주'의 모습은 그야말로 처참하다. 십 년째 돈 한 푼 벌지 못한 '나'는 물론 "아들한테 쫓겨나서 벌써 십 년째 조카딸한테 얹혀사는 주제에 더럽게도 툴툴"(38쪽)대는 '이모'를 비롯해, 권리금을 인정받지 못해 건설업체와 투쟁하는 상가의 인원들 모두가 '숙주'의 등에 빨대를 꽂고 그 진액을 빨아먹고 있는 것이다. 애초에 혼자서 여러 명을 태우는 '오리배'를 몰 때부터 '숙주'의 운명이 정해졌는지도 모른다. 결국 세계가 "화를 내면 죽은 듯이 입만 다물고 있으면 된다"(35쪽)는 규칙을 깨닫지 못한 '숙주'는 사회가 가하는 폭력에 희생된다. 하지만 그 많은 빨대들에도 불구하고 '숙주'를 돕는 아군은 어디에도 존재하지 않는다. 빨대들은 새로운 '숙주'를 찾기 시작하며 세계는 자신의 완결성을 다시 한 번 확인한다.

다른 기준

　가끔 어떤 '숙주'들은 자신들을 억압해온 세계를 굳세게 지켜온 것이 "친절한 얼굴 뒤에 숨어 있는 악마적 근성"(73쪽)이란 것을 깨닫기도 한다. 「배팅」의 화자 'J'는 숫자에 약해 평생 농사를 지어야 했던 '아버지'의 조언을 거절한다. '아버지'는 농사가 가장 정직한 일이라는 세계의 평판을 믿었지만 'J'는 그것이 단지 더 효율적인 착취를 위한 거짓에 불과하다는 걸 간파하고 있기 때문이다. 'J'는 아버지처럼 빨대들에게 착취당하는 삶을 살지 않기 위해 숫자에 매달린다. 이런 'J'의 선택은 일견 합리적으로 보인다. "하다못해 유치원 아이들조차도 살고 있는 아파트 평수로 서열이 정해"(71쪽)지는 세계에서 수리적 감각이란 세계의 주류에 편입하기 위한 중요한 능력이기 때문이다. 결국 숫자에 대한 탐구를 거듭한 'J'는 자신이 숫자에 대한 공포를 극복했다고 믿으며 로또 복권 번호에 대한 연구를 시작한다.

문제는 'J'가 세계에 삼켜지지 않기 위한 수단으로 수리적 감각을 고른 합리적 선택에 비해 그 능력을 적용하는 방식과 대상이 비합리적이라는 점에 있다. 기본적으로 로또 복권의 당첨 번호가 결정되는 확률은 이전의 결과와 이후의 결과가 완전히 분리된 독립 시행의 원칙에 따른다. 때문에 누적된 사항을 기반으로 번호를 예측하는 것은 아무런 의미가 없다. 하지만 'J'의 예측 방식은 확률의 누적을 신뢰함과 동시에, 상대방이 먹은 닭뼈의 숫자나 횡단보도의 흰색 선의 개수를 토대로 직감과 연상에 따른다. 물론 이런 방식이 일정 부분 통용될 수 있는 것 또한 사실이다. 무작위로 결정되는 당첨자의 자격에 있어 확률의 규칙에 대한 지식이 고려 조건이 아니라 우연에 기대는 것이기 때문이다. 다시 말해 로또 복권에서 당첨이라는 우연은 언젠가는 반드시 당첨자가 발생해야 한다는 필연에 기반한다. 'J'는 자신이 독특한 방식으로 개발한 숫자에 대한 능력을 통하여 당첨번호를 예측할 수 있다고 믿지만, 사실 그 또한 세계가 정한 규칙에 이미 예정된 사항에 불과한 것이다. 그러므로 로또 복권이라는 것은 "일주일을 행복하게 해주는 '해피바코드'"(65쪽)로서 세계가 자신으로부터 탈주하려는 자들에게 내려준 일종의 마약과 같다. 'J'는 자신을 지배하는 세계의 규칙에서 벗어났다고 신뢰하지만 여전히 세계 안에 매몰되어 있다.

숫자와 같이 특정한 매개물을 통해 다른 세계로 탈주를 시도하는 방식은 「퍼펙트 레이」에서도 확인할 수 있다. 바퀴벌레가 싫어 베이커리 카페의 여사장과 펫 계약을 맺은 '나'는 세계에서 일체의 자율성을 가지지 못한다. 애초에 펫의 역할이 주어진 먹이에 감사하며 주인에게 꼬리를 흔들며 재롱을 부리는 것이 전부라는 것을 감안한다면 당연한 사항이다. 이런 한계상황에서 '나'가 찾은 것은 시계라는 "완벽히 또 다른 세계"(94쪽)이다. 저렴한 시계가 튜닝 과정을 거쳐 명품 시계로 탈바꿈하는 과정을 조작하는 것은 '나'의 가치가 상승하는 것과 같은 동형의 감정을 수여하는 것은 물론 시계라는 새로운 세계의 지배자로 등극하는 것을 의미하기 때문이다. 이후 '나'는 차고 있는 시계를 통해 사람을 평가한다. 왜냐하면 '나'가 가지고 있는 '레이'는 가격은 최고가 아니지만 정직한 미덕을 가지고 있는 시계로서 품격을 가진 존재이기 때문이다. '레이'가 있는 한 '나'는 영원한 권력자가 된다.

하지만 '나'가 착각한 것은 그렇게 구성된 '나'의 세계가 고정된 불변의 세계가 아니라, '나'의 외부사정에 의해 언제든지 무너질 수 있는 모래성과 같다는 점에 있다. 영원히 함께할 것 같았던 '레이'마저도 이전부터 '나'를 사육했던 '사육마녀'의 요구에 의해 매각되어야 하는 것이다. '나'가 범하는 또 하나의 중대한 착각도 이 지점에 있다. '레이'의 새로운 주인을 '나' 스스로 선택한다는 착각이 그것이다. 다시 말해 '레이'가 매각되어야 하는 것은 필연이며 '나'는 그것을 막을 수 없다. '나'의 자유의지는 이미 이 상황에서 종료된 것이다. 그럼에도 불구하고 시계의 주인을 선택함으로써 '나'는 여전히 세계를 자신의 뜻대로 사유한다고 믿는 것이다.

하지만 너무나 당연하게도 '레이'가 '나'의 손을 떠난 순간 '나'의 의지로 구성된 세계도 동시에 소멸한다. 최고의 자리에 서서 짝퉁 시계를 찬 여성을 비웃던 '나'의 권력 또한 소멸한 것이다. 하지만 '나'는 여전히 세계 안에 있다. 물론 그 세계는 시계의 세계로 탈주하기 이전에 '나'를 억압하던 바로 그 세계이다.

격리된 사람들

이런 맥락에서 「건너편」은 소설집 내에서 매우 독특한 지위를 가진다. 소설집의 다른 작품들이 비교적 현실적인 사건을 기반으로 세계를 은유적으로 탐색하고 있다면, 「건너편」만큼은 비현실적인 상황을 기반으로 세계를 노골적으로 야유하고 있기 때문이다. 작품 속 'D시'는 세계에 성공적으로 정착한 사람들이 살고 있는 환상의 도시이다. 반면 '화자인 '나'가 살고 있는 곳은 일종의 게토와 같이 세계에 적응하지 못한 사람들이 격리된 공간으로 기능한다. 때문에 그곳에 거주하는 사람들은 끊임없이 'D시'로 편입하기를 욕망한다. '나'가 'D시'로 편입하고자 하는 이유는 마치 세계인권선언의 한 조문처럼 적나라하다. "인간으로 태어나 인간답지 못하게 사는 사람들이 많은 세상에서 인간답게 살고 싶다는 것"(123쪽)이 그렇다. 안타까운 것은 인간답게 사는 것이 세상에서 가장 어려운 일이라는 점에 있다. 그 어떤 이유에도 불구하고 'D시'가 '나'를 받아줄 리는 없다.

'D시'에서 거부된 구성원들은 안정적으로 작동하는 'D시'의 세계에 극적인 변화를 가져올지도 모르는 위험성을 가진 존재로 판단되어 부정의 대상으로 취급되고 있기 때문이다. '나'는 계속해서 'D시'의 문을 두드리지만 돌아오는 대답은 "당신은 우리가 요구하는 조건 중에서 해당하는 것이 하나도 없습니다."(122쪽)라는 예정된 거절이다. '나'는 답답하다. 격리된 장소에서 벗어나지 못하면 세계에서 낙오된다는 것을 인지하고 있기 때문이다. 하지만 이 명제는 역으로 해도 참이다. 세계에서 낙오되었기 때문에 격리된 장소에 있는 것이다. 이 우울한 순환논증은 무한루프로 기동한다. 한 번 패배한 자는 게임에서처럼 리셋되지 않는다. 세계에 있어 패자부활전은 결코 존재하지 않는 것이다. 결국 부정의 대상으로 전락한 '나'는 편입의 기회라는 명분 아래 격리라는 꺼림칙한 진실을 은폐해주는 도구로써 자신의 목소리를 수거당하며 지우개로 삭제된다.

매매혼을 통해 한국으로 이주한 여성이 등장하는 「소리 바이러스」는 비록 허상에 불과할지라도 그런 편입의 기회마저 포기한 사람들의 세계를 냉정히 해부한다. 캄보디아에서 온 '나'는 활주로에서 들리는 비행기 소음이 괴롭다. 하지만 마을의 누구도 '나'만큼 괴로워하는 것 같지는 않다. 궁금해진 '나'는 '나'의 구매자이자 남편의 지위를 가진 '삼촌'에게 이유를 묻는다. "동네 사람들은 전생에 지은 죄가 커서 천벌을 받고 있는 것 같아. 어떤 때는 이 동네에 보이지 않는 그물이 덮여있다는 생각도 들어. 이 동네 사는 사람은 아무도 빠져나가지 못하게 가둬놓는 그물……." (153쪽) 삼촌의 체념 섞인 대답은 '나'의 의문을 어느 정도 해소한다. 이미 그들은 세계가 그들에게 부여한 역할에 충실히 수행하고 있는 것이다. "할머니를 보면서 이 동네 사람들은 전투기 소음에 조종당하는 장난감 로봇들이 아닐까 하는 생각이 들었다." (160쪽)는 것은 이를 부연한다.

하지만 수긍할 수 없는 진짜 의문은 그 뒤에 이어진다. "삼촌은 왜 나까지 그물에 가두었는지" (154쪽)가 그것이다. 더 나은 세계로 나가려는 사람을 나가기를 포기한 사람들이 막는 이유 말이다. 도저히 해소되지 않는 의문은 마을 사람들이 "하루에도 몇 차례씩 살이 떨어져 나갈 듯이 들려오는 전투기 소리에는 별 반응이 없으면서 삼촌이 지르는 소리에는 유달리 민감"(168쪽)한 것을 보면서 깨닫게 된다. 그들은 자신이 더 나은 곳으로 나아갈 수 없다면 누구도 다른 곳으로 나아갈 수 없다는 생각을 가지고 있었다. 결국 격리된 자들끼리의 다툼이 시작되고 그들은 하나로 뭉치지 못한 채 영원히 게토에서 서로에 대한 투쟁 상태를 지속한다. 반면 그들을 격리한 다른 세계는 위험요소가 제거되며 안락한 평화를 유지하게 된다. 불편한 진실을 인지한 '나'는 결국 모든 소리를 차단한 채 그들의 세계에서 이탈해 절대적인 개인의 공간으로 스스로를 유폐시킨다.

혐오의 사슬

「안개를 유턴하다」의 '도형' 또한 불편한 진실이 횡행하는 혐오스런 세계의 모습에 절망한 사람이다. 옥상에서 강아지를 긴 줄에 묶어 오르락내리락하는 장난이 일상으로 벌어지는 세상에서 '도형'의 '아이'는 장애로 인해 "제 몸 하나도 잘 가누지 못하면서" 자신보다 장애가 좀 더 심한 "아이들한테서 냄새가 난다"(179쪽)며 그들을 혐오한다. 그런 '아이'의 모습은 유전적 장애에 대해 강박증세가 있는 '아내'가 '아이'를 혐오하던 모습과 유사하다. 하지만 '아내' 역시 혐오의 피해로부터 자유롭지 않다. '아이'에 대한 학대에 분노한 '도형'이 '아내'를 혐오하며 폭행하기 때문이다. 이러한 혐오의 사슬관계는 마치 러시아 인형 마트료시카 같아 세계 속에서 종횡으로 무한히 연쇄되고 있다. 때문에 이 세계는 약자들의 연대를 기대하는 "인간적 사랑, 인간적 도리, 인간적 매력 따위의 수식어는 감히 상상으로라도 떠올릴 수 없을 것 같"은 세계이다.(183쪽)

자신이 거주하는 세계에 환멸을 느낀 '도형'이 주목한 것은 자신이 직접 창조한 '수족관'이라는 작은 세계이다. 세계를 창조하는 과정에서 조금의 실수가 있기도 했지만 어쨌든 '도형'이 사다 놓은 열대어들은 서로의 영역을 지키며 협동하며 살아가는 것처럼 보였다. '도형'이 이상적으로 생각했던 세계가 형성된 것이다. 하지만 착각은 오래가지 않았다. '수족관'의 요정으로 군림했던 '가이앙'이 죽자 나머지가 와서 그 몸을 모두 물어뜯은 것이다. 만인의 만인에 대한 투쟁 상태는 이곳에서도 변함없다. 잔혹한 신이 지배하는 세계의 본질은 언제 어디서나 동일하다. 결국 '도형'은 자신이 창조한 '수족관'이라는 작은 세계에 종말을 선고한다. 마치 '도형'이 살고 있는 세계가 층위가 더 높은 세계로부터 형벌을 받는 것과 같다. 이렇게 혐오의 사슬은 인간관계뿐이 아닌 세계의 단위에서도 벌어지고 있는 것이다.

「무늬와의 화해」는 혐오의 사슬 맨 아래에 위치하여 세계와의 불화를 겪는 '그녀'에 대한 이야기다. 온몸에 가득한 '뱀 비늘무늬'로 인해 가장 친밀한 관계를 유지해야 할 "가족들에게 혐오의 대상"(206쪽)이 되었던 '생모'를 둔 '그녀'는 화상으로 인해 넓적다리부터 발끝까지 가득한 흉터를 가지고 있다. '그녀'는 흉터의 발생에 있어 '생모'가 아무런 일도 하지 않았음에도 불구하고 '생모'를 증오한다. "그녀에게 있어서 생모는 영원히 기억하고 싶지 않은 불쾌한 과거일 뿐이었다."(215쪽) '뱀 비늘무늬'를 닮은 흉터는 '그녀'에게 모든 세계로부터 소외되는 공포를 가져오기 때문이다. 아직 발생하지 않은 공포를 걱정하는 '그녀'는 결국 흉터라는 "또 다른 세계"에 자신을 유폐함으로써 자기보존을 시도한다.

하지만 그렇다고 해서 공포가 사라지는 것이 아님은 물론이다. 흉터에 저장된 기억은 은폐한다고 해서 소거되는 것이 아니다. 세계의 눈은 자신을 피해 숨어들어간 작은 세계도 놓치지 않는다. '그녀'가 했어야 할 일은 흉터로의 도피가 아닌 흉터를 정면을 마주하는 것이었다. 마침내 '생모'가 남긴 최후의 유산이 불타자 '그녀'는 이전까지 불가능해보였던 무늬와의 화해를 시도하며 흉터에서 나와 세계로 귀환을 시작한다. 세계로부터 이탈하여 다른 세계를 탐색하던 사람이 다시 세계로 돌아오는 과정이다. 하지만 그때의 세계는 이전의 세계와는 분명히 다르다. 「무늬와의 화해」가 소설집의 마지막에 자리한 까닭이다.

모색

김형주의 『빨대들』을 덮은 뒤 찾아온 감정은 일종의 허탈감일지도 모른다. 다른 세계를 탐색했던 그들은 '건너편' 어디에도 정착하지 못한 채 다시 자신들의 세계로 쓸쓸히 귀환하기 때문이다. 그들은 여전히 세계 안에 있다. 아무리 발버둥쳐도 벗어날 수 없는 잔혹한 세계는 여전히 우울하다. 이러한 태도는 소설을 읽은 사람들을 당혹스럽게 만들 수도 있다. 하지만 유의해야 할 것은 그들의 '실패'가 다른 세계에 대한 확정적인 인지불가능성을 성립하게 하는 것은 아니라는 데 있다. 당연한 이야기겠지만 세계를 탐색하는 경우의 수는 언제나 무한하기 때문이다.

중요한 것은 그들의 '실패'가 아니라, 그들이 고정된 세계 밖으로 시선을 돌린 행위 자체에 있다. 그러므로 독자들의 시선이 향해야 할 것은 '실패' 이후의 상태이다. 이는 소설가가 이후의 상황에 대해 독자의 손에 배턴을 넘겨준다는 의미를 포함한다. 다시 한 번 말하지만 김형주의 소설집 『빨대들』은 분명히 다른 세계에 대한 이야기다. 그리고 소설가가 이야기한 것의 정체를 모색하는 것은 독자들에게 남겨진 달콤한 특권이다.

어느 이른 봄날의 오후였을 것이다. 나는 차체와 분리된 폐타이어들이 탑처럼 쌓여 있는 폐타이어 집하장 근처를 지나고 있었다. 그날따라 주위는 물속처럼 고요했고, 날씨는 더없이 따스하고 부드러웠다. 유난히 춥고 지루한 겨울 날씨에 경직된 세포들이 나른하게 이완되는 느낌이었다. 나는 기지개를 켜면서 깃털처럼 가볍게 내려앉는 햇살을 온몸으로 받았다. 그런데 바로 그때, 어디선가 마치 환청처럼 낮게 수런거리는 소리가 들려왔다. 나는 별 생각 없이 녹슨 양철 담 틈에 눈을 들이대고 안쪽을 들여다보았다.

마당에는 찢어지고 구멍 난 폐타이어들 외에는 아무것도 보이지 않았다. 아니, 자세히 보니 아무것도 없는 것이 아니었다. 쌓다가 만 폐타이어 몇 개가 마당에 흩어져 있었는데, 찢어지고 구멍 난 바퀴의 틈새를 메우고 있던 흙 속에서 새끼손가락만 한 연두색 풀들이 세상을 향해 열심히 발돋움 중이었다.

믿거나 말거나, 소리의 주인공은 바퀴들이었다. 마당에 수북하게 쌓여있는 폐타이어들이 저마다 빛나던 시절에 대해서 떠들어대고 있었다. 탱탱하게 구르던 한 때, 저마다 지나온 길에 대해서 주절주절 말하고 있었다. 구르는 것에 상처를 내어 주저앉히는 것은 얼마나 사소한 것들이었는지, 상처 난 자리에 고약처럼 메워진 새똥만 한 흙 속을 비집고 풀씨가 몸을 풀었을 때 생의 깊이가 얼마나 아늑했는지, 쉴 새 없이 지껄이고 또 지껄여대고 있었다. 그리고 그 소리들은 발화되는 순간, 아지랑이처럼 사방으로 흩날렸다.

내 소설 속 인물들의 '소리' 또한 소소하고 사소하고 어쩌면 무의미한 것일 수도 있겠다. 게다가 이 시대에 누가 남의 소리에 신경이나 쓰겠는가. 하지만, 그럼에도 불구하고 공허한 메아리일 수도 있는 '소리'를 쓰고 싶었다. 그 소리가 아픔이던, 슬픔이던, 기쁨이던, 증오이던 구체화하고 싶었다. 그래서 조금이라도 세상 밖으로 끄집어내주고 싶었다.

이번 소설집을 묶는데 도움을 주신 분들이 많다. 묵묵히 나를 응원해준 가족들, 그리고 첫 소설집이 빛을 볼 수 있도록 문을 열어 주신 실천문학사에 진심으로 감사드린다.

2013년 6월 김형주

● 수록작품 및 발표지면

「밀리터리 게임」:『작가세계』 2008 겨울호

「빨대들」:『학산문학』 2011 겨울호

「배팅」:『작가세계』 2010 봄호, 『2011 올해의 문제소설』

「퍼펙트 레이」:『문학과 의식』 2011 겨울호

「건너편」:『한국소설』 2011 9월호

「소리 바이러스」: 공저『사막에서 온 여자』 2010

「안개를 유턴하다」:『시에』 2012 봄호

「무늬와의 화해」:『문학웹진 뿔』 2012 2월호